Manuel Vermeer

Das Jahr des Hahns

Prof. Dr. Manuel Vermeer, Sohn einer indischen Mutter und eines deutschen Vaters, studierte klassische und moderne Sinologie in Heidelberg, Shanghai (1982/83) und Mainz. Er lehrt am Ostasieninstitut der HWG Ludwigshafen sowie Hochschulen in Europa und Asien. Er ist Inhaber der Dr. Vermeer Consult (Unternehmensberatung für China, Indien und Südostasien, www.vermeer-consult.com). Seit über 40 Jahren bereist er zahlreiche Länder Asiens, er ist Sachbuchautor zu Indien und China und arbeitet als Mediator und Coach im Asiengeschäft. Zahlreiche Interviews in Radio und TV; Podcasts und Youtube-Videos. „Das Jahr des Hahns" ist sein zweiter Asienthriller um die deutsche Heldin Dr. Cora Remy.

Manuel Vermeer

Das Jahr des Hahns

3. Auflage 2024

Bibliografische Information der Deutschen Nationalbibliothek: Die Deutsche Nationalbibliothek verzeichnet diese Publikation in der Deutschen Nationalbibliografie; detaillierte bibliografische Daten sind im Internet über http://dnb.dnb.de abrufbar.

©Manuel Vermeer
asia@vermeer-consult.com
Umschlaggestaltung: Harms Kraa, www.dekstaslab.de
nach einer Idee von Ralf Kramp
© 2017
Verlag: BoD · Books on Demand GmbH,
In de Tarpen 42, 22848 Norderstedt
Druck: Libri Plureos GmbH, Friedensallee 273,
22763 Hamburg
ISBN: 978-3-7431-9261-4

Bei meinem vorliegenden Buch handelt es sich um einen Roman. Dieser ist das Werk meiner Fantasie und beinhaltet damit eine Fiktion, keine Dokumentation. Den Flughafen Hahn, die in seinem Zusammenhang in Erscheinung getretenen Menschen und Unternehmen sowie Institutionen gibt es natürlich tatsächlich. Sie alle sind u. a. Gegenstand unterschiedlicher Berichte. Hierauf habe ich bei den Recherchen zu meinem Buch zurückgegriffen. Soweit mein Roman von der Realität abweicht, ist meine Darstellung frei erfunden.

TAG EINS

Als der Mann das Tier sah, wusste er, dass er heute sterben würde. Der Hahn war in einen engen Käfig gesperrt, schlug unruhig mit den Flügeln, als wüsste er, was ihm bevorstand. Der Mann wusste es. Er wusste auch, dass sein eigenes Ende nicht so leicht werden würde wie das des Tieres. Und dass es keinen Ausweg aus dieser Situation gab. Wenn die Gesellschaft etwas beschlossen hatte, gab es kein Entkommen. Wenn sie das Opfer vorwarnten, dann töteten sie es nicht. Wenn sie es töten wollten, warnten sie es nicht. Es hatte keine Vorwarnung gegeben.

Hätte er es wissen können? Eine müßige Frage, aber es war ganz natürlich, sie zu stellen. Die Verabredung an diesem Ort war ungewöhnlich, aber das war das ganze Unterfangen ohnehin. Er hatte Fehler gemacht, ja, aber er hatte sich eine zweite Chance erhofft. Offensichtlich vergeblich. Es gab keine Fluchtmöglichkeit; die Halle war auf allen Seiten abgesichert. Sie waren schon da, natürlich; der Hahnenkäfig auch. Seine Augen gewöhnten sich an die Dunkelheit, und zunächst schemenhaft, dann langsam deutlicher konnte er das Szenario erkennen.

Sie hatten sich, entsprechend ihrem Symbol, zu einem Dreieck aufgebaut, und zwar so, dass er die Spitze bildete. Sie waren zu acht, auch das war logisch. Acht Männer, Sporthosen, T-Shirts, ganz in Schwarz. Alle trugen sie ihre langen, schwarzen Haare offen. Völlig ruhig sahen sie ihn an; da war kein Hass in ihren Augen, keine Gefühle, nichts. Nur ruhige, ausdruckslose Blicke. Unbeteiligte Blicke. Hatte er nicht wenigstens Hass verdient? Zorn? Nein, nicht einmal das gaben sie ihm.

Einer ging ruhig in die Mitte des Dreiecks und stellte sich neben den Käfig. Der Hahn wurde immer unruhiger; hatte er die Machete gesehen? Der Mann machte langsam einen Schritt nach vorn; wohin sonst? Hinter ihm war die Stahltür, durch die er eben eingetreten war, in diese riesige Halle voller Regale, Gabelstapler, undeutlich zu erkennender Gegenstände und Vorrichtungen. Der Boden bestand aus nacktem Beton; wie praktisch. Das Blut konnte man von diesem Boden leicht entfernen, und es würde viel Blut geben. Er hatte Bilder gesehen, viele Bilder. Sie gingen ihm gerade durch den Kopf.

Niemand sprach ein Wort, wozu auch? Es gab nichts zu sagen, keine Rechtfertigung, keine Erklärung. Langsam beugte sich der in der Mitte separat stehende Mann, fast ein Junge noch, ja, definitiv ein Junge, vielleicht achtzehn oder neunzehn Jahre alt, nach unten, öffnete die Käfigtür und griff blitzschnell nach dem Tier, packte es am Hals und zog es aus seinem Gefängnis. Der Mann, der voraussah, was gleich mit dem Tier geschehen würde, beneidete es; wer hätte gedacht, dass er je einen Hahn beneiden würde? Das Leben war seltsam. Nun, ihn betraf es nicht mehr, sein Leben würde nicht noch mehr seltsame Wendungen nehmen. Es war vorbei. Er sah ausdruckslos zu, wie der Junge, der mit der rechten Hand das Tier am Hals gepackt hatte, ihm mit der Machete, die er in der linken Hand hielt, ganz leicht den Hals anritzte. Er ließ einige Blutstropfen in eine vorbereitete Schüssel fallen. Dort befand sich bereits eine ansehnliche Menge Baijiu, chinesischer Schnaps. Rasch schnitt der Junge dem Tier den Hals komplett durch und ließ den Körper achtlos auf den Boden fallen. Dann bückte er sich, hob die Schüssel empor, schwenkte sie vorsichtig, sodass sich Blut und Alkohol vermischten. Er nahm einen tiefen Schluck aus der Schüssel und reichte sie an den neben ihm stehenden Mann weiter. Dieser trank ebenfalls einen Schluck und gab danach die Schüssel weiter. Als alle Männer schweigend getrunken hatten, somit Blut und Alkohol von allen gemeinsam getrunken worden waren, war das Ritual erfüllt.

Der Junge lachte laut; er war stolz. Dem Ritual war Genüge getan, er war ein Teil der Gruppe geworden.

Dann wandte der Junge sich ihm zu, um seine erste Aufgabe als vollwertiges Mitglied zu erledigen. Instinktiv trat der Mann einen Schritt zurück, er wusste, dass es sinnlos war; er spürte den warmen Urin, der seine Beine hinunterlief. Vor Angst hatte sich seine Blase entleert. Er wollte in einer Abwehrbewegung die Hände erheben, aber zu spät. Der Junge packte die Machete erneut und, mit einer für sein Alter erstaunlichen Fertigkeit und Eleganz, schlitzte er ihm den Bauch auf; zwei Hiebe, Blut und Eingeweide quollen hervor. Der Mann hielt seine Hände vor den Bauch, als wolle er alles, was da heraushing, wieder zurückstopfen, aber der Junge war nicht fertig, und das wussten sie beide. Noch zwei blitzschnelle, kaum sichtbare Bewegungen, und seine beiden Hände wurden vom Handgelenk abgetrennt und fielen zu Boden. Als der Junge erneute die blutige Machete hob, waren die Götter, wenn es sie denn gab, so gnädig, den Mann ohnmächtig werden zu lassen. So bekam er nicht mehr mit, was sie noch mit ihm machten.

Der Hahn war tot. Der abgeschlagene Kopf lag auf dem Boden. Die Augen, leer, tot, schienen dennoch zur Tür zu starren, genau zu der Stelle, wo, welche Ironie, das Schild hing: *Cargohalle Flughafen Hahn.*

Shanghai, 1 Jahr zuvor.

Zhang wischte sich den Schweiß von der Stirn. Er war es nicht gewohnt zu laufen, wozu hatte er schließlich einen Wagen mit Chauffeur? Aber der Stau war heute wieder unerträglich, und er wollte nicht zu spät kommen. Also hatte er seinem Fahrer kurzerhand gesagt, er solle anhalten und war ausgestiegen, um die letzten Meter zu Fuß zu gehen. Die Sommerschwüle Shanghais war kein Spaß. Natürlich kannte er das; er war hier geboren, aufgewachsen, hatte an einer der renommiertesten Universitäten des Landes studiert. Die Tongji Daxue, Tongji-Universität, hatte 1924 unter diesem Namen wiedereröffnet; ihre Vorgängerinstitution, die Deutsche Medizinschule für Chinesen in Shanghai, war 1907 von der deutschen Regierung und einigen Ärzten gegründet worden. Die deutsche Tradition hatte sich fortgesetzt; viele Unternehmen aus Deutschland unterstützten diese Institution auch in den folgenden Jahren und Jahrzehnten. Schließlich hatte man ein chinesisch-deutsches Hochschulkolleg dort gegründet, um die akademische Zusammenarbeit weiter zu fördern. Daher wurden dort noch immer viele Deutschkurse angeboten. Zhang hatte aber daran nicht teilgenommen; er hatte Wirtschaft studiert und sprach ein gutes Englisch.

Er konnte sich gar nicht erinnern, wann er das letzte Mal so weit zu Fuß gegangen war. Wie viele Chinesen seines Alters war er kein großer Freund von körperlicher Betätigung; aber er hatte es weit gebracht, er hatte eine schöne Villa, einen Fahrer, genug Geld, wozu also sollte er laufen? Da schwitzte man nur; er bereute es schon, ausgestiegen zu sein. Die Luftfeuchtigkeit hier in Shanghai war extrem hoch; sicher wieder über neunzig Prozent heute; dazu die circa fünfunddreißig Grad und der Smog

… Er blickte sich um, aber sein Fahrer war abgebogen und verschwunden. Zaogao, Mist. Zhangs weißes, kurzärmeliges Hemd aus Polyester klebte an seinem Körper; er strich sich eine nasse Haarsträhne aus der Stirn und wischte sich mit einem seidenen Taschentuch, das er in Paris erstanden hatte, über sein Gesicht.

Endlich, da war es, in Sichtweite lag das Bürogebäude, in dem das entscheidende Meeting stattfinden sollte. Wolkenkratzer säumten die Century Avenue in Pudong; vor vierzig Jahren waren hier nur Hütten, Kanäle und Felder gewesen. China war, nach den verheerenden Jahren der maoistischen Gewaltherrschaft, wirtschaftlich und gesellschaftlich am Boden, eines der ärmsten Länder der Welt. Millionen waren für und durch Mao Zedong gestorben. Erst 1976, als der Große Vorsitzende endlich tot war, beruhigte sich die Lage, aber es hatte noch einige Jahre gedauert, bis die Wende erfolgt war. Deng Xiaoping hatte das Land umgekrempelt, die Reform- und Öffnungspolitik begonnen und China auf den Weg gebracht, auf dem es jetzt an die Weltspitze strebte. Und dann hatten sie, dank Leuten wie ihm, Zhang, die imposanteste Skyline der Welt errichtet! Ja, der Welt. Allerdings wäre etwas Schatten jetzt besser gewesen als diese tolle Skyline; es gab hier keine Bäume! Die mageren Sprösslinge, aus denen nie große Bäume werden würden, boten keinen Schutz vor der sengenden Sonne; aber gut, gleich hatte er es endlich geschafft.

Aiyaa! Mit einem erleichterten Aufatmen betrat Zhang durch eine Drehtür die Lobby des Bürogebäudes; sofort umfing ihn die erfrischende Luft der wie immer zu kalt eingestellten Klimaanlage. Ah! Das war jetzt gut! Auf dem blitzblank geputzten Marmorboden ging es direkt zu den Aufzügen, rechter Hand befand sich eine große Rezeption, daneben das obligatorische riesige Schild mit allen Firmen und Büros, die in diesem Gebäude untergebracht waren, und der dazugehörigen Stockwerk- und Raumnummer.

Zhang wusste genau, wohin er wollte, und steuerte auf die Aufzüge der linken Seite zu. Die hielten nicht in jedem Stock, wie die auf der rechten Seite, sondern nur ab dem zwanzigsten Stockwerk aufwärts, das sparte Zeit. Und Zeit war etwas, was Chinesen nicht hatten. Sie mussten ihr Land aufbauen, Geld verdienen, leben! Jetzt, hier und heute. Sofort. An ein Leben nach dem Tod glaubten nicht alle Chinesen, schon gar nicht an eine Wiedergeburt, wie die Inder. Tausende Male wiedergeboren zu werden, womöglich als Kuh oder als Gummibaum, na danke! Aber die Inder waren ohnehin unzivilisiert, das sah man doch; Dreck an jeder Ecke, sie beteten Elefanten an, oder waren das nicht sogar Menschen mit Elefantenköpfen? Egal, alles Humbug. Er hielt sich, wie die meisten Chinesen, lieber an das Hier und Jetzt, an Geld, das man jetzt hatte, nicht erst im übernächsten Leben!

Müßiggang war Chinesen sehr fremd; eine Studie hatte gezeigt, Zhang hatte das neulich irgendwo gelesen, dass weltweit die Chinesen diejenigen waren, die als Schnellste nach Betreten eines Aufzuges den Knopf mit dem Symbol für „Türe schließen" drückten. Zhang fand das völlig normal, er verstand nicht, wieso sich der amerikanische Verfasser des Beitrages darüber lustig gemacht hatte. Warum Zeit verschwenden mit dem Warten? Man sah ja sehr gut bei den Amerikanern, wohin das führte. Die waren satt, langsam und pleite. China war auf dem Weg nach oben, hatte keine Zeit zu verlieren, nicht in der Welt und auch nicht in diesem verdammten Aufzug! Wieso fuhr der nicht los?

Ah, da kam Lao Peng, einer seiner Partner, wie immer in aller Ruhe. Deswegen schwitzte der auch nie.

Auch er trug eine graue Stoffhose und ein weißes Hemd, aber eine schicke Intellektuellenbrille, der alte Angeber. Sicher hatte er den Lift gestoppt. Als Lao Peng (eigentlich war sein Nachname ja nur Peng, aber aus alter Freundschaft heraus, und weil Peng älter war als er, Zhang, nannte dieser ihn Lao Peng, „alter" Peng, eine liebevolle und gleichzeitig höfliche Anrede) den Aufzug betrat, nickte er Zhang zu, mit einem Streichholz in seinen Zähnen stochernd. Unverkennbarer Knoblauchgeruch schlug Zhang entgegen, als Peng ihm nahekam, bemüht, ein kleines Stückchen Knorpel, das ihm von den eben genossenen Hühnerfüssen zwischen zwei Zähnen stecken geblieben war, zu entfernen und gleichzeitig zu sprechen. Hühnerfüße waren gesund, ja, und Peng achtete sehr auf seine Gesundheit.

„Zenmeyang?", murmelte Peng. Diese Frage nach Zhangs Befinden war keineswegs von genuinem Interesse geprägt, und Zhang machte sich daher auch nicht die Mühe, zu antworten; man kannte sich, und jedes überflüssige Wort wurde vermieden. Nachdem sich noch eine Angestellte hineingedrängt hatte, schlossen sich die Türen endlich, während Zhang sein Handy checkte und Peng mit Kennerblick auf den kurzen Rock der jungen Frau starrte. Es galt ebenfalls als ausgesprochen gesundheitsfördernd, ja, geradezu lebensverlängernd, für einen Mann, möglichst oft mit einer Jungfrau …, vorausgesetzt, man beherrschte die richtige Technik, beherrschen war ohnehin das Entscheidende, aber, war sie überhaupt noch Jungfrau, man wusste ja nicht, heutzutage …. So glitten sie lautlos und rasend schnell in den zweiundvierzigsten Stock, wo sich ihr Meetingraum befand. Zhang lief raschen Schrittes zu einer Glastür zur Linken des Aufzuges, Peng folgte, einen letzten bedauernden Blick auf den Rock und die dazugehörigen Beine werfend. Die Unsterblichkeit würde warten müssen.

Sie waren zu viert, alle etwa gleich alt. Zhang, der erfolgreiche Geschäftsmann, der am Kopfende des braunen, ovalen Tisches Platz genommen hatte; Lao Peng, der in seiner Aktentasche schon wieder auf der Suche nach Essbarem war; Liang, ein Freund von Peng, ein hagerer Mittvierziger mit schon grauem Haar, schiefen Zähnen und dem aus Zhangs Sicht grauenhaften Dialekt der Bauern aus Zhejiang, und schließlich der hochgewachsene Mao, der, mit seinem rundlichen Gesicht und den breiten Schultern witziger Weise seinem berühmten Namensvetter auch äußerlich ähnelte, was ihm den Dauerspott seiner Freunde einbrachte. Aber er hatte das Geld, ihm hatte das größte Stück Land gehört, er besaß noch mehr, und seine Partner brauchten ihn.

Eine Assistentin hatte die weißen Teetassen gefüllt. Die Teeblätter, tiefgrün, schwammen noch oben auf dem kochenden Wasser. So musste der Tee sein, erst wenn die Blätter langsam nach unten sanken, war die Trinktemperatur erreicht. Man schlürfte kurz, probierend, dann legte man den Deckel mit der Unterseite nach oben auf den Tisch, damit das Wasser besser abkühlen konnte. Auf jedem Platz lagen Block und Kugelschreiber, in der Mitte des Tisches stand eine ganze Batterie von Plastikflaschen mit angeblich aus dem Himalaya stammenden Quellwasser; „5100" hieß es, weil die Quelle auf dieser Höhe in Tibet lag. Wenn es keine Fälschung war, dachte Zhang bei dem Anblick dieser blauen Fläschchen; überall in China gab es zunehmend gefälschte Lebensmittel; auch vor Wasser wurde da nicht Halt gemacht. Es gab sogar gefälschten Reis aus Plastik! Eine Schande.

Zhang räusperte sich, zündete eine Zigarette an, blickte kurz durch die Fensterfront auf die Skyline von

Shanghai und den gut zu erkennenden 632 Meter hohen Shanghai Tower und eröffnete die Runde.

„Also, Freunde, lasst uns anfangen. Ich fasse kurz zusammen, wie der Stand der Dinge ist. Mao und Liang haben ihre Grundstücke verkauft, dank meiner Beziehungen zur Stadtregierung zu durchaus ... äh ... angemessenen Preisen." Er grinste, auch die anderen konnten sich ein Lächeln nicht verkneifen. Natürlich waren die Preise völlig überzogen gewesen, aber der zuständige Parteisekretär hatte ihnen großzügig den verlangten Betrag gezahlt, wohl wissend, dass einige Prozente daraus wieder an ihn zurückfließen würden. So waren sie alle reich geworden, das übliche und in China tausendfach erprobte Schema im frisch erwachten Kapitalismus der letzten Jahrzehnte.

„Gut, das Geld ist da, und die Frage ist, wohin damit. Wir haben uns zusammengetan, ich habe die Beziehungen zur Partei und passe auf, dass uns nichts passiert. Lao Peng hier ist ein Freund von mir, den ich euch heute vorstellen möchte, und er hat einen interessanten Vorschlag. Los, erzähl, was du mir neulich berichtet hast!"

Zhang blickte auffordernd zu seinem Freund. Lao Peng nickte, nahm laut schlürfend einen ordentlichen Schluck aus seiner Teetasse, spuckte ein Teeblatt, das ihm in den Mund geraten war, auf den Tisch, rückte vornehm seine Brille zurecht und blickte in die Runde.

„Ja, also Zhang kenne ich aus unserer gemeinsamen Zeit an der Tongji-Universität. Er hat damals BWL und Englisch studiert, ich war an der deutschen Fakultät und habe dann in Deutschland studiert. Später habe ich hier in Shanghai eine Professur erhalten. Ein Freund von mir heißt Ma, er ist Ingenieur und hat auch viel mit Deutschland zu tun. Dazu später mehr, ihr werdet ihn kennenlernen. Als Zhang zu mir kam und mir bei einigen Gläsern Maotai erzählte, er suche nach

Investitionsmöglichkeiten, dachte ich gleich an Ma. Wie ihr alle wisst, ist Deutschland eines der reichsten Länder der Welt. Sehr klein, aber mit hervorragenden Ingenieuren, Technikern, sehr guten Produkten, die ihr ja auch alle täglich benutzt."

Sie nickten, sowohl Mao als auch Liang fuhren einen Audi A8, Zhang einen 7er BMW, er selbst einen Porsche Cayenne. Jeder Chinese wusste, wie weltweit anerkannt deutsche Produkte waren und dass man sich auf deutsches Knowhow verlassen konnte. Und die Frau, diese deutsche Kanzlerin, war ja die mächtigste Frau der Welt! Das stand in vielen Rankings, und so etwas beeindruckte Chinesen. Und, auch das war klar, sie ließ sich nichts sagen. Das beeindruckte noch mehr. Ebenso wie ihre Volksnähe; wie sie mit den Flüchtlingen umgegangen war, hatte auch viele Chinesen beeindruckt. Mitmenschlichkeit gehörte nicht zu den herausragenden Attributen ihrer Politiker, was sie aber sehr vermissten.

„Ja, also auch im Vergleich zu anderen europäischen Ländern ist Deutschland unschlagbar. In Südeuropa gibt es viele finanzielle Probleme, marode Banken, hohe Verschuldung, Arbeitslosigkeit. Sogar Frankeich hat Probleme, Großbritannien nach dem Brexit-Beschluss ohnehin. Was bleibt außerhalb Europas? Afrika ist potenziell lukrativ, aber hochriskant, und wir kennen uns da nicht aus. Die USA sind derzeit auch nicht planbar, und wir haben zunehmend das Gefühl, dort nicht willkommen zu sein. Auch wenn – oder weil – schon weitaus mehr amerikanische Unternehmen in chinesischer Hand sind, als die meisten Menschen wissen. Ich denke, es ist offensichtlich, dass wir bei der Überlegung, wohin mit dem Geld, nach Deutschland blicken sollten. Und dabei kann ich helfen." Zufrieden lehnte er sich zurück und schob sich noch ein Stück Trockenfleisch in den Mund.

Liang nickte nachdenklich. Es war sein Geld, er war von Natur aus sehr vorsichtig, aber Deutschland erschien auch ihm als sicher. Auch Mao, der ja am meisten investieren wollte, schien interessiert.

„Und was genau schwebt dir vor, Peng? Ich meine, wir haben richtig viel Geld, aber was sollen wir damit machen? Immobilien? Fonds? Firmen? Kennst du vielleicht eine deutsche Firma, die etwas Interessantes herstellt, die wir kaufen können?"

Hier griff Zhang ein. „Genau", sagte er und rülpste kräftig. „Dafür habe ich Peng mitgebracht. Er kennt sich aus, er spricht die Sprache, kennt die Kultur, kennt Leute. Lao Peng, was ist dein Vorschlag?"

Peng beugte sich vor. Seine Augen blitzten, und für einen Moment hörte er zu kauen auf (was ihm schwerfiel, denn die Streifen von getrocknetem Rindfleisch, die er in seiner Tasche gefunden hatte, waren sehr lecker). „Ich habe mir einiges angesehen an Firmen, Immobilien und so. Das ergibt Sinn. Keine Fonds, wir investieren nur in Sachwerte. Und dabei bin ich auf etwas äußerst Interessantes gestoßen." Er machte eine bedeutungsvolle Pause, um die Wichtigkeit seiner Entdeckung und damit seiner Person zu unterstreichen. Alle warteten gespannt. Welche Investition würde er vorschlagen? Es gab viele gute Mittelständler in Deutschland, viele waren schon von Chinesen gekauft worden, und die Käufer hatten sehr gute Erfahrungen damit gemacht. Vielleicht ein Automobilzulieferer? Sie interessierten sich alle für Autos; das wäre doch eine gute Idee! Oder eine Bank?

Als eine junge Chinesin mit zwei Kannen heißem Wasser den Raum betreten wollte, um ihnen nachzuschenken, verscheuchte Zhang sie unwirsch mit einer Handbewegung.

Peng genoss noch kurz die Spannung, dann ließ er die Katze aus dem Sack. „Wir kaufen einen Flughafen!"

Er lehnte sich zurück und genoss den Augenblick der allgemeinen Überraschung. Mao und Liang saßen wie erstarrt, selbst Zhang sog scharf die Luft durch seine Zahnlücke ein. Donnerwetter, dieser Peng! Das alte Schlitzohr hatte sich wieder mal selbst übertroffen. Der wusste, wie man Eindruck machte; nicht kleckern, sondern klotzen. Ein Flughafen!

Nachdem sich die erste Überraschung gelegt hatte, sprachen alle durcheinander. Ein Flughafen? Kaufen? Durfte man das denn? War das nicht verboten? Das war doch sicher viel zu teuer, selbst sie hatten nicht so viel Geld? Und was sollten sie damit; keiner von ihnen verstand etwas von der Fliegerei, geschweige denn von Technik oder Logistik. Fragen über Fragen prasselten auf Peng ein, und er ließ es lächelnd geschehen. Sein Auftritt war wie geplant gelaufen, er hatte die volle Aufmerksamkeit seiner Partner.

„Hört mal zu. Das ist alles noch nicht im Detail ausgearbeitet, ich wollte erst mal mit euch sprechen. Es gibt mehrere Flughäfen in Deutschland, die sehr klein sind und sich nicht tragen. Einer speziell ist zu kaufen, ich habe euch die Unterlagen hier mal mitgebracht." Peng schob jedem von ihnen eine Mappe zu. „Schaut euch das kurz an, dann erläutere ich das."

Zhang musterte ihn anerkennend von der Seite. Er hatte Peng unterschätzt. Sein ständiges Essen und sein unverhohlenes Interesse an der Damenwelt, um es vorsichtig auszudrücken, ließen ihn irgendwie unprofessionell erscheinen. Diese Präsentation war aber vom Feinsten. Man merkte, dass er in Deutschland gelebt hatte. Zhang blätterte durch die Mappe, und dann blieb sein Auge an dem Wort hängen, das, wie er aus den Augenwinkeln sah, auch seine Partner fesselte: Hahn. Flughafen Hahn im Hunsrück. Wo zum Teufel lag das denn?

Peng, der in der Zwischenzeit kurz den Raum verlassen hatte, um die Toilette aufzusuchen, kam zurück. Er lächelte, was seine Freunde fälschlicherweise auf den Flughafendeal zurückführten. Sie konnten ja nicht wissen, dass er draußen versehentlich eine wunderschöne Halskette hatte fallen lassen, als er an der von ihm präferierten Kellnerin vorbeikam. Das funktionierte immer. Er hatte sich entschuldigt und die Kette wieder eingesteckt, aber die Botschaft war angekommen. Der heutige Abend war gesichert. Zielstrebig und gut gelaunt nahm er Platz und, ohne auf Zhang zu warten, der ja eigentlich das Meeting leitete, fing er an, die Sache zu erläutern.

„Hao, gut. Fangen wir an. Ihr wisst ja hoffentlich, dass 1945 der Zweite Weltkrieg in Deutschland endete. Nicht? Na gut, auch egal. Die Deutschen hatten den Krieg ja angefangen, 1939 hatte Hitler Polen überfallen und den Krieg erklärt." Alles nickte; Hitler, *Xi te le*, war allen ein Begriff. Diktator, zielstrebig, diszipliniert, hatte halb Europa in wenigen Monaten erobert – beeindruckend. So lernte man das in der Schule. Liang und Mao hatten zwar als Bauern nicht nur wenig von der Schule gesehen, sondern auch darüber hinaus nichts von der großen Welt gehört, aber Diktaturen galten im chinesischen Reich sehr viel. Demokratie hatte es in China nie gegeben. Das Schlimmste, was einem Staat passieren konnte, war *Luan*, Chaos; das kannte man von Fremdherrschaften oder auch von den wenigen Regierungszeiten, in denen Frauen an der Macht gewesen waren. Und Demokratie war *Luan*; China, mit seinen 1,3 Milliarden Einwohnern, brauchte eine starke Zentralmacht, die alles regelte. Hitler hatte sein Land fest im Griff; sein Image war daher überwiegend positiv. Er war für den Tod vieler Menschen verantwortlich, gewiss. Aber das war Mao Zedong auch, und dennoch war die offizielle Bewertung seiner Amtszeit, dass er zu dreißig Prozent Fehler gemacht, aber doch zu siebzig Prozent Gutes für China geleistet hatte. Und störende Elemente mussten nun einmal eliminiert werden, darüber waren sich alle einig; wie sonst sollten die anderen in Frieden leben?

„Okay, also, nach dem Kriegsende in Deutschland 1945 warfen die Amerikaner noch Atombomben auf Hiroshima und Nagasaki, und der Zweite Weltkrieg war endgültig beendet. Ihr wisst, dass wir, also die Republik China, auch zu den Siegermächten gehörten, weil wir Japan besiegt hatten? Nein? Das solltet ihr aber. Deswegen bekam China auch einen permanenten Sitz im Sicherheitsrat der Vereinten Nationen. Die Franzosen hatten eigentlich eine Niederlage gegen Hitler erlitten, wurden aber von den drei Siegermächten USA, Großbritannien und Sowjetunion auch zu einer Siegermacht erklärt."

Peng merkte, dass er seine Zuhörer völlig überforderte, und kam auf das eigentliche Thema zurück.

„Frankreich fing dann an, in dieser nahe zu seiner Grenze gelegenen deutschen Region einen Militärflugplatz zu bauen. Die Amerikaner haben ihn dann, so 1953 glaube ich, übernommen und einen richtigen Flughafen daraus gemacht. Das war damals einer der größten Luftwaffenstützpunkte der USA in Deutschland! Das lief lange gut, und erst Anfang der Neunziger haben die Amerikaner den Flughafen den Deutschen übergeben, die ihn nun zivil nutzen wollten. Das war die Idee des damaligen Wirtschaftsministers. Dieser Flughafen bedient zur Zeit primär kleinere Linien, die innerhalb Europas in Konkurrenz zu den großen Flughäfen versuchen, mit Billigangeboten zu konkurrieren. Soweit ist alles gut. Der Flughafen gehört in erster Linie dem Bundesland, in dem er liegt, Rheinland-Pfalz, und zu einem kleinen Teil noch einem anderen

Bundesland. Das muss uns alles nicht interessieren, ich erkläre es euch nur der Vollständigkeit halber. Aber in letzter Zeit ziehen sich die kleinen Linien zurück, der Hahn, so heißt der Flughafen, ist nicht ausgelastet und scheint Richtung Insolvenz zu gehen. Es gab irgendwie Probleme mit staatlichen Zuschüssen, angeblich lief da nicht alles sauber, na ja, das kennen wir ja. Das Konzept scheint also nicht aufzugehen, es gab eine Zusammenarbeit mit einem russischen Flughafen, auch mit einem chinesischen hier in Zhengzhou. Andere chinesische Fluglinien, vor allem im Frachtbereich, landeten auch auf diesem kleinen Provinzflughafen, sie sind aber inzwischen wieder abgezogen. Also, es droht die Insolvenz, denn die Konkurrenz von Frankfurt / Main ist einfach zu groß."

„Was wäre denn daran so schlimm?", fragte Mao interessiert. „Dann geht er eben pleite, ich dachte, so funktioniert Marktwirtschaft. Was sich nicht trägt, verschwindet. Oder nicht?"

„Stimmt genau, Mao, so ist das in der Theorie auch." Peng nickte zufrieden. So dumm waren diese Bauern doch nicht, hatten immerhin schon mal von Marktwirtschaft gehört. „Aber in Deutschland wird auch alle fünf Jahre gewählt, und wenn am insolventen Flughafen Arbeitsplätze verloren gehen, und das wird natürlich der Fall sein, gehen Wählerstimmen verloren. So muss man das verstehen. Rein rechnerisch wäre es wohl billiger, jedem Arbeitslosen einen Teil des Geldes zu geben, das die Regierung da jedes Jahr investiert, und den Laden zuzumachen." Peng lachte über diese Idee, die auch er absurd fand.

„Jedenfalls will die Landesregierung die Insolvenz verhindern. Sie könnte theoretisch die Subventionen weiterlaufen lassen und so mit dem Geld der Steuerzahler die Insolvenz verhindern; aber das erlaubt die Europäische

Kommission nicht. Die Dauer und die Höhe weiterer Subventionen für den Flughafen sind begrenzt. In Europa ist das so geregelt, dass zwar jeder Staat seine Souveränität hat, aber dennoch in manchen Dingen die Kommission das Sagen hat und die Staaten sich daran halten müssen. Das macht Europa für uns Chinesen ja so interessant; die ungefähr achtundzwanzig Staaten sind ja nie einer Meinung. Jetzt treten die Briten auch noch aus der EU aus, sehr gut! Wir können günstig dort einkaufen, weil das Pfund gefallen ist, und wir können die einzelnen Staaten wunderbar gegeneinander ausspielen. Meist machen sie das auch selbst schon. Sie sind also oft zerstritten, auch zum Beispiel in der Frage, wie sie mit China Geschäfte machen sollten oder nicht, und machen sich so gegenseitig das Leben schwer. Das ist wunderbar für uns."

Peng lachte zufrieden, Mao und Liang stimmten in das Lachen ein, auch wenn sie nicht alles verstanden hatten. Diese Europäer, die sie immer so bewunderten, waren offensichtlich nicht so schlau wie die Chinesen! So viel hatten sie verstanden. Peng war wirklich *congming*, ein Schlaukopf!

„Also", fuhr Peng geduldig fort, „sucht Rheinland-Pfalz dringend Käufer, die selbstverständlich auch ein Konzept mitbringen sollen, was sie mit dem „Hahn" vorhaben. So einfach ist das. Ein deutscher, voll funktionsfähiger Flughafen, mitten in Europa! Ein Logistikzentrum – ihr wisst, wie groß der Handel Chinas allein mit Deutschland ist? Die importieren jährlich Waren im Wert von hundert Milliarden Dollar von uns! Und vielleicht beeindruckt es euch, wenn ich sage, dass wir Chinesen allein im ersten Halbjahr 2016 fast fünfunddreißig Milliarden Dollar in Europa investiert haben! Das ist mehr als in den USA! Wenn wir auch nur einen Bruchteil dieses Handelsvolumens auf den Hahn umleiten können … stellt euch das vor!

Frankreich, Belgien, die Niederlande liegen direkt vor der Tür; die Deutschen haben das beste Autobahnnetz in Europa, und der Hahn ist direkt daran angeschlossen. Na, wie klingt das für euch?"

Einen Moment herrschte Stille. So langsam ging ihnen die Tragweite dessen auf, was Peng da eben gesagt hatte. Er schien es ernst zu meinen. Sie hatten die Chance, etwas Unglaubliches zu tun. Sie konnten ihr Vermögen ins Unermessliche steigern, wenn es ihnen gelang, auch nur einen kleinen Teil des Frachtaufkommens dort hinzubringen und dann entsprechende Gebühren zu kassieren, Infrastruktur dort anzusiedeln, chinesische Firmen dazu zu bewegen, sich dort niederzulassen… Peng malte ihnen noch eine halbe Stunde lang die Möglichkeiten aus, und er sparte nicht mit Superlativen. Sie würden den Frachtverkehr zwischen China und Europa revolutionieren. Und ihr eingesetztes Kapital würde sich vervielfachen.

Schließlich war es Mao, der die entscheidende Frage stellte: „Was soll das denn kosten?"

Peng war gut vorbereitet. Er schaute langsam in die Runde. „Keine zehn Kuai", sagte er langsam. „Oder einen Euro, um es in deutscher Währung auszudrücken."

Seine Freunde sahen ihn verblüfft an. War er jetzt verrückt geworden? Oder hatten sie sich verhört? Zehn Kuai für einen Flughafen? Kuai war die umgangssprachliche Bezeichnung für die chinesische Währung, die ja eigentlich Yuan hieß; im Ausland sprach man auch von Renminbi, also wörtlich 'Volkswährung', abgekürzt RMB. Alles das Gleiche, aber in welcher Bezeichnung auch immer, es war ein absurd lächerlicher Betrag.

Peng lachte in die Runde. Es gefiel ihm, dass er im Mittelpunkt stand und alle, auch Zhang, auf ihn hörten.

„Jaja, ich weiß. Ihr glaubt, ich bin nicht mehr ganz dicht. Aber wartet ab. Natürlich bieten wir mehr. Viel mehr. Das läuft so: Ich habe euch ja gerade erklärt, dass die Regierung verkaufen muss. Es gibt für sie keinen Verhandlungsspielraum. Sie kann nicht Nein sagen oder mehr verlangen, als der beste Käufer bietet. Eigentlich sollte das Land also froh sein, wenn überhaupt jemand bereit ist, etwas zu investieren. Sind sie auch, deswegen werden sie den Flughafen verschenken müssen. Das dürfen sie nicht, also bieten wir einen Euro. Moment", wehrte er den aufkommenden Protest ab, „hört doch mal zu! In der Kasse des Flughafenbetreibers sind ja noch Millionen drin. Ich musste rauskriegen, wie viel genau. Ich habe das getan, ich kenne da jemand, der mir die Infos geben konnte." Alle nickten verständnisvoll; Insiderwissen weiterzugeben, war eine ganz normale Sache in China. Niemand wäre auf die Idee gekommen, nachzufragen, wer das denn sei. Man hatte seine *Guanxi*, Beziehungen. Punkt.

„Ich weiß, dass in der Kasse derzeit etwa dreizehn Millionen Euro sind. Wir bieten offiziell dreizehn Millionen! Damit kriegen wir den Zuschlag! Denn ich weiß auch, dass die anderen Bieter nur einen Euro bieten. Also muss die Landesregierung uns als den höchsten Bieter akzeptieren!"

Triumphierend blickte er sich um. Und sah in verständnislose Gesichter.

„Aber", warf Mao vorsichtig ein, da er Angst hatte, sich zu blamieren. „Wenn wir dann den Zuschlag bekommen, müssen wir doch dreizehn Millionen zahlen, richtig?"

„Ja!", rief Peng aus. „Aber die sind doch in der Kasse, die kriegen wir ja wieder. Unterm Strich haben wir dann nix bezahlt! Wir lassen in der Presse verlauten, dass wir dreizehn Millionen zahlen wollen. Das finden alle gut. Im Vertrag steht dann, aber der ist ja nicht öffentlich, dass wir einen Euro zahlen plus den Kassenbestand zum Tag des Kaufs. Wenn also bis zum Kauf nur noch, sagen wir, sieben Millionen in der Kasse sind, zahlen wir sieben Millionen und einen Euro. Versteht ihr? Wir erscheinen als die Käufer, die den höchsten Preis zahlen, in Wirklichkeit zahlen wir nichts. Das heißt, einen Euro. Den müssen wir schon investieren", fügte er augenzwinkernd hinzu. „Die Politiker in Mainz, so heißt die Hauptstadt des Bundeslandes, in dem der Flughafen liegt, werden froh sein, wenn sich überhaupt ein ernsthafter Investor findet. Ich kenne die Deutschen, die nehmen jedes Angebot als seriös an und glauben, da sei ohnehin kein Spielraum! Natürlich könnten wir auch viel mehr zahlen, aber warum sollten wir? Deutsche handeln nicht."

Ungläubiges Kopfschütteln begleitete diese Aussage. Nicht handeln? Natürlich war jede Zahl nur ein Angebot; kein Chinese würde auch nur annähernd das zahlen wollen, was der andere verlangte. Das war ein Spiel, das gehörte dazu, das machte ja auch Spaß. Aber einfach bezahlen oder gehen? Gut, dass sie Peng an Bord hatten. Der kannte sich aus mit den Deutschen.

„Also, ich schlage vor, wir bieten für den Flughafen. Ein Schnäppchen, meint ihr nicht?"

Sie hatten alle keine Ahnung von den deutschen Preisen. Shanghai war eine der teuersten Städte der Welt; Deutschland war ein reiches Land, dort würde alles sehr teuer sein. Und dann nur wenige Millionen für einen Flughafen? Sicher war schon das Gelände viel mehr wert! Peng hatte keine Lust, ihnen zu erklären, dass der Hunsrück nicht Berlin war; die Quadratmeterpreise dort, wohin ja niemand mehr ziehen wollte, lagen für chinesische Verhältnisse unvorstellbar niedrig.

Mao hatte dennoch Bedenken, dass man sie von vornherein von der Liste der Bieter aussortierte. Nach einer heftigen Diskussion einigten sie sich schließlich auf

Pengs Geniestreich, in der Presse einen anderen Preis zu streuen, als sie in den Vertrag schreiben würden.

Peng hatte sie überzeugt. Sie würden mitbieten. Ein Konzept konnte man dann immer noch erstellen; irgendetwas würde man diesen Politikern schon erzählen.

„Noch etwas. Wir müssen uns organisieren, also eine Firma gründen. Natürlich eine GmbH, damit unser Risiko begrenzt ist. Ganz einfach: Wir investieren das nötige Kapital, das sind etwa fünfhunderttausend Yuan, und diese GmbH kauft dann den Flughafen. So kann uns im schlimmsten Fall nichts passieren, wir haften nur für die fünfhunderttausend Yuan! Die Deutschen werden nie und nimmer an eine Investorengruppe verkaufen, die nicht einmal richtig eingetragen ist. Also brauchen wir eine GmbH und einen Namen; denken wir uns einen aus, dann soll Zhang das im Handelsregister eintragen lassen."

Peng dachte aber auch an alles, ging es Liang durch den Kopf. Darauf wäre er nie gekommen! Eine Firma gründen! Kein Risiko! Genial!

„Und wie geht das? Wie machen wir das mit dem Geld? Wem gehört wie viel?" Mao verstand nichts von diesen Dingen, aber er wollte auch nicht einfach alles hinnehmen. Etwas Kontrolle war immer gut.

„Ich kläre erst mal, welche Anforderungen aus Deutschland kommen", warf Peng ein. „Die Unternehmensberatung, die die lokale Landesregierung unterstützt, wird mir sicher sagen, welche Voraussetzungen zu erfüllen sind. So, und die erfüllen wir dann eben. Aber einen Firmennamen benötigen wir auf jeden Fall. Zhang, du hast die meiste Erfahrung, wie sollen wir uns nennen?"

Zhang dachte einen Moment nach, während er die Flasche „5100"-Wasser betrachtete und überlegte, ob er das nachgemachte Zeug nicht auch den Deutschen verkaufen sollte. Die standen doch auf alles, was aus Tibet kam.

„Also, hm, der Name der Stadt, in der wir unser Unternehmen haben, sollte auf jeden Fall enthalten sein. Shanghai also. Dann hinten die Rechtsform, die GmbH. Dazwischen am besten etwas Allgemeines, Nichtssagendes, da wir ja noch nicht wissen, welche Geschäftsfelder wir noch eröffnen werden. Vielleicht wird das mit dem Flughafen ja nichts, und wir machen etwas völlig anderes. Oder es läuft gut, wir verdienen viel Geld und kaufen weitere Firmen oder so. Wenn wir uns da mit dem Namen zu sehr einschränken, ist das von vornherein schlecht. Wie wäre es mit einer Handelsfirma? Shanghai Trading GmbH? Und dann noch ein Fantasiename, mal sehen …"

Zhang dachte weiter nach, während Peng mit seinem Handy schon eine Mail nach Deutschland sandte und Liang und Mao etwas hilflos dabeisaßen. Sie bewunderten Zhang für seine Erfahrung und sein Wissen, und da mischten sie sich besser nicht ein.

„Es gibt ja zum Beispiel die berühmte chinesische Marke BYD, das steht für Build Your Dream. Versteht ihr? Der Name sagt nichts über das Produkt aus, so kann man Autos bauen, aber auch Batterien, rosa Plüschhasen oder sonst einen Müll, den die Ausländer uns dann abkaufen. So etwas brauchen wir auch. Wir wollen reich werden, das wäre dann das Wort „Fu"; wir sind Freunde, „You", hm, nicht schlecht, wie wäre „Shanghai Fu You Ltd."? „Shanghai Rich Friends Company"?"

Peng, der über mehr Bildung als alle anderen im Raum zusammen verfügte, lächelte freundlich, obwohl ihm innerlich bei diesem Namen graute. Das war nicht sehr elegant formuliert! Aber gut, es war besser, Zhang das Gesicht zu lassen und ihn zu loben, sie brauchten ihn nun mal. Also stimmte er in das begeisterte Nicken seiner Freunde ein, und sie beschlossen gemeinsam, die neue Firma so zu nennen, wie Zhang es eben vorgeschlagen hatte. Die soeben entstandene Shanghai Fu You Ltd. würde den Flughafen kaufen!

Und so war eines Tages, in einem schicken Meetingraum in der Century Avenue in Shanghai Pudong, am östlichsten Ende des eurasischen Kontinents, ein Jahr vor Coras Ankunft in der „Stadt überm Meer", eine Firma von vier Freunden gegründet worden, die sich vorgenommen hatten, ohne jegliche Kenntnis der Materie einen deutschen Flughafen zu kaufen. Nicht, weil sie etwas davon verstanden, nicht, weil sie das Thema oder die Branche reizte, sondern einfach, weil sie es konnten, und auch, weil sie es wagten. Das war der Geist des neuen China: Wer wagt, gewinnt. Auch wenn er nichts, aber auch gar nichts von dem versteht, was er da erwirbt. Und auch das Gefühl, etwas zu tun, was eigentlich dem Staat vorbehalten war, war gut. Nur der Staat kaufte oder baute Flughäfen. Und nun sie!

Jetzt durfte das Mädchen hereinkommen und heißes Wasser nachschenken, aber sie bestellten auch rasch eine Runde Maotai. Den hatten sie sich jetzt verdient.

„Ganbei!", rief Zhang, und alle hoben ihr Glas und leerten es auf einen Zug. Dann drehten sie die Gläser um zum Beweis, dass sie leer waren, wie der Trinkspruch es forderte: „gan" hieß trocken, und „bei" war das Glas. Die Stimmung war prächtig. Der Flughafen würde in chinesische Hände gelangen!

Während alle durcheinandersprachen, verließ Zhang kurz den Raum und machte im Hinausgehen eine entschuldigende Geste mit seinem Handy; er musste einen Anruf annehmen. Dass er direkt vor der Tür keinen Anruf annahm, sondern im Gegenteil eine eingespeicherte Nummer wählte, bekamen seine Geschäftspartner nicht mit.

TAG ZWEI

Sorgfältig wischte sie die Blutspritzer von der hölzernen Tischplatte. Sie spülte den Lappen am Waschbecken aus und legte ihn dann beiseite. Cora besah sich nochmal den Schnitt an ihrer Hand und beschloss, die Wunde offen heilen zu lassen; ein Pflaster störte nur.

Sie war wieder einmal unkonzentriert gewesen; während sie die Zucchini in kleine Streifen schnitt, hatte sie schon wieder an ihr nächstes Projekt gedacht. Eine Reise nach Asien stand an; in der Mongolei plante ihr Ingenieurbüro eine Anlage zur Wasseraufbereitung in der Hauptstadt Ulan Bator. Nächsten Monat sollte sie fliegen; ausreichend Zeit, um sich mit dem Projekt vertraut zu machen. Als promovierte Hydroingenieurin war sie eine begehrte Fachkraft, und da sie gern reiste, bekam sie von Fischer, ihrem Chef, immer die exotischen Orte zugeteilt, an die nicht jeder Kollege wollte. Schon von den Namen bekam Cora glänzende Augen. Mongolei! Letztes Jahr war sie in Tibet gewesen, davor in Südamerika. Das war doch mal was anderes als der Westerwald! Aber wohnen wollte sie nur hier; sie liebte die einsamen, manchmal etwas düsteren Wege ihrer Heimat, die dunklen Wälder, die herrliche Luft. Leben in Shanghai oder New York? Nein, das nicht. Aber immer wieder in diese Orte reisen, fremde Kulturen und Menschen kennenlernen, spannende Aufträge erledigen – ja, das war ihr Leben.

Sie dachte an Ganesh, ihren indischen Kommilitonen aus Studienzeiten hier in Rheinland-Pfalz, der jetzt wieder in Indien lebte; an Ma Danli, ihren chinesischen Kollegen, den sie letztes Jahr bei ihrem Abenteuer in Tibet kennen- und schätzen gelernt hatte. In welch fremder Welt er lebte; selbst Shanghai, so westlich es ihr auch vorgekommen war, war doch nach wie vor sehr chinesisch, wenn man als Chinese dort lebte und nicht nur als Tourist oder Geschäftsfrau im schicken Hotel wohnte. Was immer das auch heißen sollte – eine chinesische Stadt! Sie war ja auch in Lhasa gewesen und in Xiamen, da gab es nicht viel Gemeinsamkeiten, die man als typisch chinesisch hätte klassifizieren können. Oft fragten Freunde sie, was denn typisch chinesisch sei, wie chinesisches Essen schmecke, wie ihr die Männer dort gefielen – wie sollte man bei anderthalb Milliarden Menschen pauschalieren? Wie schmeckte denn europäisches Essen? Das wäre eine vergleichbar sinnlose Frage. Natürlich gab es in China Dinge, die sie nicht mochte, Essen, das ihr nicht schmeckte, Menschen, die sie nicht leiden konnte – genau wie in Deutschland und jedem anderen Land auch!

Jäh riss das Klingeln ihres Handys sie aus ihren Gedanken. Beinah hätte sie sich schon wieder geschnitten. Rasch legte sie das Messer beiseite, suchte und fand das Telefon unter einigen Kleidungsstücken auf dem Küchenstuhl und nahm ab, ohne auf das Display zu sehen.

„Remy?"

Es knackte kurz, dann eine vertraute Stimme: „Cora? Bist du es? Danli hier. Ma Danli. Hallo, wie geht es dir?"

Das gab es doch nicht! Wenn man vom Teufel sprach, ging es Cora durch den Kopf, aber ein Teufel war Ma nun wahrlich nicht. Gab es da kein positives Sprichwort? Gerade hatte sie an ihn gedacht, da rief er an? Unwillkürlich machte ihr Herz einen Sprung. Ma! Sie hatte ihm viel zu verdanken, und hatte andererseits sein Leben gerettet, auf dem Dach der Welt … Sie bemerkte, dass sie ihn vermisst hatte.

„Danli! Das gibt es doch nicht! Bist du es wirklich? Gerade habe ich an dich gedacht. So ein Zufall! Wo bist du? Etwa in Deutschland? Soll ich dich abholen? Erzähl doch endlich …"

Sie hörte sein tiefes, beruhigendes Lachen. „Ich möchte ja erzählen, aber du lässt mich nicht … Ich bin nicht in Deutschland, nein. In Shanghai, alles wie immer, alles gut. Du kannst mich gern abholen, aber dann hier, vielleicht am Bund?" Wieder lachte er.

Der Bund! Cora sah die Shanghaier Uferpromenade vor sich, leicht geschwungen, die herrlichen Gebäude aus der Kolonialzeit, mit den modernen Wolkenkratzern der Skyline von Pudong auf der anderen Flussseite kontrastierend. Da wäre sie jetzt gern! Vielleicht ein Drink im *3 on the Bund*?

Danli schien auch über die Entfernung ihre Gedanken lesen zu können. „Nein, kein Sightseeing, keine Drinks, Cora! Aber erzähl mal, was du so machst. Spannende Aufträge in Sicht? Oder hast du Ferien? Wie geht es dir?"

Cora lachte fröhlich. „Mir geht's sehr gut, danke! Ich habe viel zu tun; eine tolle Reise nächsten Monat, aber derzeit habe ich noch eine Woche Resturlaub vom letzten Jahr. Fischer hat mich gezwungen, den jetzt zu nehmen, er meinte, ich arbeite zu viel. Also bin ich zu Hause, besuche meine Mutter, jogge jeden Tag, habe wieder angefangen, meine Kampfsportkünste zu trainieren, und freue mich, wenn es endlich wieder losgeht!" Cora machte eine kurze Pause. „Aber los jetzt, Danli, was hast du auf dem Herzen? Du rufst doch nicht an, um dich nach mir und meinem Wohlbefinden zu erkundigen? Was brauchst du?"

„Jetzt bin ich aber doch etwas beleidigt", rief es empört aus dem Lautsprecher. „Ich bin dein Freund, ich werde doch mal anrufen können, einfach so! Aber", fügte er dann lachend hinzu, „du hast in China doch einiges gelernt. Wenn Chinesen sich unverhofft melden, dann wollen sie meist etwas, ob sie es nun direkt sagen oder eher indirekt ... du hast recht. Ich möchte dich einladen, hierher nach Shanghai zu kommen. Ich brauche deine Hilfe hier, und natürlich möchte ich die Gelegenheit nutzen, dich wiederzusehen. Kommst du?"

Cora fuhr sich aufgeregt durch ihre blonden Locken. Shanghai? Jetzt? Klar, sie hatte Zeit, Lust sowieso, aber worum ging es? Wozu konnte ihr Freund sie brauchen, wie er es formuliert hatte?

„Also", erklärte Danli auf ihre Frage hin. „Es ist so: Freunde von mir, gute Freunde, das heißt, eigentlich gute Freunde eines Freundes von mir, sind zu ziemlich viel Geld gekommen. Zwei von ihnen waren Bauern, aber sie hatten das Glück, einiges Land in guter Lage zu besitzen. Du weißt vielleicht, dass noch immer fast die Hälfte der Chinesen auf dem Land lebt; die Regierung hat eine große Kampagne gestartet, um den Urbanisierungsgrad voranzutreiben. In den letzten dreißig Jahren wurden über dreihundert Millionen Menschen umgesiedelt. Das entspricht der gesamten Bevölkerung der Vereinigten Staaten ... Überall im Land entstehen Megacities für Millionen von Menschen; sie planen sogar drei Megacities mit jeweils mehr als hundert Millionen Menschen! Um Beijing herum, um Shanghai und um Guangzhou herum, das mit Hongkong zusammenwächst und als Großraum in wenigen Jahren die Wirtschaftskraft von Frankreich haben wird! Manche Kader haben es etwas übertrieben mit dem Wohnungsbau bzw. den Planungen; gerade kam heraus, dass die derzeitigen Planungen zusammen mit dem schon vorhandenen Wohnraum für 3,4 Milliarden Menschen reichen ... Das ist fast die Hälfte der Weltbevölkerung! Jedenfalls werden immer mehr Städte gebaut. In China gehören Grund und Boden aber dem Staat, der einzelne Bauer kann sein Land also nicht verkaufen. Aber wenn die Regierung, das heißt im Einzelfall der Bürgermeister des Dorfes, der lokale Parteifunktionär oder so, es schafft, die eigentlich als Ackerland ausgewiesenen Flächen den Bauern abzunehmen und in Bauland umzuwandeln, dann kann er viel Geld verdienen. Der Korruption ist da natürlich Tür und Tor geöffnet. Die Bauern werden dafür entschädigt, mal fair, mal auch nicht. In unserem Fall wurden diese Freunde meines Bekannten sehr großzügig entschädigt, um es mal vorsichtig zu formulieren.

Jetzt haben sie einen Haufen Geld und sind auf der Suche nach sinnvollen Investments. Hier in China kann man an der Börse viel verdienen, aber eben auch viel verlieren. Noch mehr Häuser kaufen? Riskant, falls es mal zu einer Immobilienblase kommt. Also suchen viele ihr Glück im Ausland. Wir sind reich, ihr habt Probleme, perfekt! Du hast ja mitbekommen, dass immer mehr Chinesen amerikanische und europäische Firmen kaufen, nicht wahr?"

Cora nickte unwillkürlich, obwohl er das ja nicht sehen konnte. „Ja, habe ich. Steht ja jeden Tag in der Zeitung. Anteile am griechischen Hafen Piräus, die berühmten Londoner Taxis, französische Autohersteller und Ferienclubs, italienische Jachtbauer; nach dem Brexit-Entscheid der Briten ist das Pfund so gefallen, dass viele jetzt günstig auch in Großbritannien einkaufen. Und bei uns natürlich auch, ich glaube vor allem Automobilhersteller bzw. deren Zulieferer. Aber auch andere Mittelständler wie Betonpumpenhersteller oder IT-Firmen. Sogar eine deutsche Privatbank! Ich weiß auch nicht, ob ich das gut finden soll oder nicht. Geht da bei uns nicht viel Knowhow verloren? Das kommt doch nie wieder zurück. Aber sag, was hat das mit mir zu tun? Ich habe nichts zu verkaufen. Oder wollt ihr mich kaufen?", fügte sie lachend hinzu.

„Das kann China sich aber nicht leisten ..."

Ma lachte nicht. „Ich kenne hier Menschen, die würden sehr viel für dich bezahlen!", meinte er leise, und Cora wusste, dass er das nur halb im Spaß sagte. Er mochte sie sehr, und in Tibet war der Abschied nach allem, was sie gemeinsam erlebt hatten, bewusst sehr kurz ausgefallen. Aber er war verheiratet und stand damals kurz vor der Geburt seines ersten Kindes, also verbat sich jede weitere Überlegung von selbst.

Ma räusperte sich. „Also, liebe Cora, meine Freunde haben vor einiger Zeit beschlossen, in Deutschland zu investieren. Sie haben einige Projekte geprüft und sind der Meinung, dass Deutschland, mitten in Europa gelegen, die ideale Drehscheibe für eine Logistikzentrale ist. Produkte von und nach Asien transportieren, und das über Deutschland, das ergibt doch Sinn. Also suchten sie nach geeigneten Investmentmöglichkeiten. Und da stießen sie auf etwas sehr Interessantes. Wusstest du, dass ein chinesischer Privatmann vor einiger Zeit einen Flughafen in Mecklenburg-Vorpommern gekauft hat? Parchim heißt der. Der Flughafen, nicht der Käufer. Er will da Frachtaufkommen hinbringen, das läuft allerdings mehr schlecht als recht. Es ist nicht viel los in dieser Region. Und dann war da noch ein Flughafen in Lübeck; ich habe mir das mal durchgelesen. Den hat 2014 ein chinesischer Privatmann gekauft, ein Jahr später war er insolvent. Der Flughafen, aber auch der Investor. Auch am Flughafen Bitburg lief es schlecht, auch da waren chinesische Investoren involviert. Also, auch wenn es bisher nur weniger erfolgreiche Beispiele gibt, ist der Erwerb eines deutschen Flughafens aus chinesischer Sicht doch noch interessant. Mit Frachtflügen kann man sehr viel Geld verdienen, wenn die Lage besser ist, wenn die Größe stimmt. Das war bei den eben genannten Beispielen nicht der Fall.

Also haben meine Bekannten weitergesucht. Und dann fiel mir ein, dass ich vor einiger Zeit auf einem Empfang im deutschen Konsulat hier in Shanghai war. Da ging es bei dem Besuch einer deutschen Politikerin, den Namen habe ich vergessen, darum, dass ein Käufer gesucht wurde für einen deutschen Regionalflughafen. Das haben wir recherchiert und tatsächlich: Der Flughafen Hahn, ganz nah bei dir, ist zu verkaufen! Überleg mal, ein deutscher Flughafen, fertig ausgebaut, mit laufendem Flugverkehr, zu kaufen! Ist doch eine einzigartige Chance! Und Frankfurt-Hahn ist nicht zu vergleichen mit Bitburg oder Parchim; viel größer, besser ausgelastet, liegt zentral in Europa. Meine Freunde haben sofort einen Flug gebucht, sich den Flughafen angeschaut und ein Angebot abgegeben. Jetzt ist die Entscheidung gefallen, meine Freunde haben den Zuschlag! Und deswegen brauchen wir dich!"

Cora war etwas überrumpelt. Der Flughafen Hahn? Natürlich wusste sie, dass die Regierung in Mainz schon lange versuchte, ihn zu verkaufen und so vor der drohenden Insolvenz zu retten. Sie hatte das nicht weiter verfolgt; nach dem Skandal um den Verkauf bzw. vielmehr den missglückten Verkauf des Nürburgrings an einen dubiosen Investor hatten sich die Medien natürlich auf das neue Thema gestürzt. Sie las das nicht mehr, zu sehr wurden da Fakten und Gerüchte vermischt. Sie hatte am Rande mitbekommen, dass Chinesen den Flughafen kaufen wollten, aber nicht weiter darüber nachgedacht. Und das waren jetzt also Freunde von Danli? Und was sollte sie da nun tun?

„Und", fuhr Danli fort, „dich brauchen wir als Vermittlerin. Nicht für den Deal, sondern für die Kultur. Wie geht man mit den Deutschen um, was müssen wir beachten, wie sind die Mitarbeiter dort auf dem Hahn, wie ticken die Politiker in Mainz? Da kannst du uns bestimmt wertvolle Tipps geben."

„Moment", unterbrach Cora ihn sofort. „Kulturvermittlerin? Ich bin Ingenieurin, du erinnerst dich dunkel? Woher soll ich wissen, wie Politiker denken? Keine Ahnung, das ist mir auch ein Rätsel. Eine Freundin von mir arbeitet im Ministerium für Wirtschaft, die nennt das nicht Ministerium, sondern nur Mysterium. Das sagt einiges aus. Und ..."

„Du bist Deutsche!", fiel ihr Danli ins Wort. „Du weißt doch, wie Deutsche denken und handeln. Und du bist aus Rheinland-Pfalz, da kennst du die Menschen dort. Und du warst schon mal in China, weißt viel über uns, da bist du doch die ideale Vermittlerin! Na komm, du sollst uns nur ein wenig helfen, Fettnäpfchen zu vermeiden, und natürlich bezahlen wir alles. Also nicht ich, meine Freunde. Und wir beide sehen uns wieder, und wir gehen leckere Jiaozi essen!"

Cora verzichtete darauf, Danli den Unterschied zwischen Menschen aus ihrer Heimat, dem Westerwald, und denen aus dem Hunsrück, wo der Hahn lag, zu erklären. Aus chinesischer Sicht waren die Dimensionen ja winzig; das ganze Bundesland Rheinland-Pfalz war nur wenig größer als der Verwaltungsbezirk Beijing, in dem allerdings zweiundzwanzig Millionen Menschen lebten, also fünfmal so viele wie in ganz Rheinland-Pfalz. Was hieß da schon Westerwald oder Hunsrück? Andererseits – Jiaozi zu essen, das war ein echtes Argument; sie liebte diese Teigtaschen, gefüllt mit Fleisch oder Krabben oder Gemüse, viel Knoblauch, das Ganze dann in eine leckere Mischung aus Sojasauce und Essig getunkt ... Genug! Das Wasser lief ihr schon im Munde zusammen. Sie würde fahren. Geschenktes Ticket, gutes Essen? Was hielt sie noch?

Danli hatte aus ihrem Schweigen die Zustimmung herausgelesen.

„Ich wusste es!", rief er ins Telefon. „Ach, übrigens, warst du schon mal am Flughafen Hahn? Kennst du da jemand?"

„Äh, nein", sagte Cora, etwas verwirrt. „Aber meine Mutter kennt bestimmt Leute, die am Hahn arbeiten. Sie hat viele Freundinnen. Wieso?"

„Na ja, ich dachte, falls wir noch Informationen brauchen … Egal jetzt. Dein Flug geht übermorgen, ich hole dich am Flughafen Pudong ab. Bis dann! Das Ticket ist am Air China-Schalter hinterlegt. Business. Ein Visum musst du dir sofort besorgen! Zaijian!"

Das chinesische Wort für „Auf Wiedersehen" hatte Cora behalten. „Zai" hieß „wieder", und „jian" hieß „sehen", also ganz wörtlich „wiedersehen". Also auf nach China oder „Zhongguo", „Reich der Mitte"!

Als sie das Telefon weglegte, um endlich das Essen zu kochen, sah sie die kleine Blutspur, die von dem Schnitt in ihrer Hand auf dem Display zurückgeblieben war. Gut, dass sie nicht abergläubisch war, dachte Cora. Ihre Freundin hätte da schon wieder Gott-weiß-was hineingedeutet. Nein, keine Abenteuer diesmal, keine Überfälle wie in Tibet, keine Soldaten, keine Geier, die auf sie warteten. Nur Jiaozi. Das war der Plan. Leise summend wischte sie das Blut vom Telefon und dachte nicht mehr darüber nach.

Mainz, 5 Monate zuvor

Als sie die leicht nach links geschwungene Auffahrt entlangging, die von dem breiten Eingangstor an der Stiftsstraße aus zur Pforte des Wirtschaftsministeriums führte, musste Angela Krug blinzeln. Die Sonne blendete sie, aber sie war froh um ein paar Sonnenstrahlen, selten genug in letzter Zeit! Es war wieder ein verregneter Sommer gewesen, da genoss man bescheiden. Sie lief mit raschen Schritten an dem vor dem Eingang geparkten Dienstwagen des Ministers vorbei und betrat das Gebäude; der Pförtner hatte sie schon kommen sehen und den Türöffner gedrückt.

„Guten Tag, Herr Appel!", grüßte sie freundlich, sie mochte ihn. Immer nett lächelnd, immer hilfsbereit, war der Pförtner so etwas wie die gute Seele des Hauses. Schon einige Minister hatte er kommen und auch wieder gehen sehen; er war zu allen gleich nett. Letztlich brauchten sie ihn mehr als er sie, das war seine Einstellung, und dem konnte Angela nur beipflichten. Sie lief geradeaus die Treppe hinauf in den Zweiten Stock, wo das Büro des Ministers lag. Der graue Teppichboden, mit dem der Gang ausgelegt war, war kein Vorbild für eine neue Ausgabe von *Schöner Wohnen*, aber er erfüllte seinen Zweck: Er schluckte den Schall. Als sie vor der Tür stand, strich sich Angela, die die in der Decke angebrachten Kameras sah, unwillkürlich durch die Haare, räusperte sich und klopfte an die Tür zum Vorzimmer des Hausherrn. Ohne auf eine Aufforderung zu warten, trat sie ein; sie kannte die Sekretärin des Ministers und hatte sich auch schon vorher durch eine kurze WhatsApp angekündigt.

„Hi, Renate, alles klar? Ist viel los?" Angela und Renate kannten sich gut; während der letzten Jahre hatten sie sich angefreundet und arbeiteten manchmal auch auf dem kurzen Dienstweg zusammen.

Renate stöhnte übertrieben. „Schon okay, aber derzeit ist wirklich die Hölle los. Du kannst reingehen, die Minister und deine Kollegin sind schon drin."

Die Tür zum Büro des Wirtschaftsministers war nur angelehnt; Angela klopfte kurz und betrat dann den weitläufigen Raum. Am gegenüberliegenden Ende des Raumes stand ein großer, eindrucksvoller Schreibtisch, rechts in den Regalen waren Flaggen, Urkunden, Fotos und Geschenke diverser Besucher zur Schau gestellt. Am länglichen Tisch, der links von der Tür stand, saßen schon der Innenminister, der Wirtschaftsminister und Angelas Kollegin, die Referentin im Innenministerium. Durch die hohen Fenster hinter ihnen hatte man einen guten Ausblick auf die Kaiserstraße und die Christuskirche, aber dafür hatte Angela jetzt keinen Sinn.

„Frau Krug, da sind Sie ja. Dann können wir anfangen", begrüßte ihr Chef sie. „Ich darf kurz bekanntmachen, Michael, das ist meine Referentin für Außenwirtschaftsbeziehungen, Frau Krug. Die anderen kennen sich ja. Möchtest du kurz zusammenfassen?" Er sah den Innenminister auffordernd an.

„Ja, gern." Der Innenminister blickte die beiden Referentinnen und seinen Kollegen an. „Seit wir die Ausschreibung für den Flughafen Hahn weltweit veröffentlicht haben, sind schon dreißig Angebote eingegangen; davon kommen drei in die engere Wahl. Die anderen wirken teils unseriös oder können keinen nachvollziehbaren Businessplan vorlegen. Wir im Innenministerium sind bekanntlich für die Infrastruktur und damit für den Flughafen zuständig, aber es gehen ja fälschlicherweise immer wieder Angebote auch bei euch ein, also hielten wir es für sinnvoll, uns mal zusammenzusetzen und gemeinsam zu evaluieren. Frau Reiter, erläutern Sie doch bitte den Sachstand."

Seine Referentin Julia Reiter klappte eine orangefarbene Umlaufmappe auf. „Ich habe hier alle bisher eingegangenen Angebote zum Kauf des Hahn. Ich habe die aussortiert, die offensichtlich nicht berücksichtigt werden können. Es bleiben, wie eben gehört, drei, die wirklich interessant sind. Aber wir haben noch Zeit; es gehen sicher noch Angebote ein. Insofern sieht es ganz gut aus. Jetzt zum problematischen Teil: Diese drei kommen alle aus China. Ganz oben auf der Liste steht derzeit eine Firma namens Shanghai Fu You Ltd., die auch von unseren Beratern bisher sehr gut bewertet wird. Wir sind daher überzeugt, den Verkauf erfolgreich abwickeln zu können. Aber es wird sicher starke Bedenken in der Bevölkerung geben, den Hahn nach China zu verkaufen. Ich …"

„Moment", fiel der Innenminister ihr ins Wort. „Die Bevölkerung wird natürlich wieder die üblichen Befürchtungen haben, Ausverkauf deutscher Technik und so. Okay. Aber letztlich macht die Opposition mir viel mehr Sorgen. Die werden das als gefundenes Fressen ansehen und uns angreifen, wo sie können. China! Die gelbe Gefahr! Ich höre die schon, die werden alles aus der Mottenkiste holen, was es mal gab. Schon Napoleon hat gesagt: ‚Wenn der gelbe Riese erwacht, erzittert die Welt'! Oder der frühere Bundeskanzler Kiesinger, Ende der Sechzigerjahre, glaube ich, ‚Ich sage nur: Kina, Kina, Kina!' Der hatte aber keine Ahnung von China und hat deshalb gewarnt. Mann, Mann, das wird nicht lustig. Haben wir keine anderen Interessenten? Amis, Franzosen, Deutsche womöglich? Wieso wollen die Chinesen eigentlich alle auf den Hahn? Nun gut, aber wenn wir verkaufen müssen, sind die Chinesen immer noch besser als eine Insolvenz. Wir müssen das nur geschickt unters Volk bringen. Ich will nicht noch mal so ein Desaster wie beim Nürburgring! Das können wir uns nicht leisten, vor allem nicht vor der Wahl. Wir brauchen daher frühzeitig eine gute Pressearbeit, das heißt, vor der Wahl gibt es keinen Vertrag mit wem auch immer. Ich will das Thema nicht in der Presse sehen! Ich setze meinen Staatssekretär dran, der soll sich kümmern. Und der liebt China, das weißt du ja", fügte er hinzu, an den Wirtschaftsminister gewandt. „Der war da schon oft, kennt sich angeblich aus. Ich war bei dem mal zu Hause eingeladen, da hat der doch tatsächlich chinesisch gekocht!" Der Minister schüttelte sich noch nachträglich bei der Erinnerung daran. „Irgendwas wie Qualle oder so, und dann so klein gehackte Ente mit Knochen und diese hunderttausendjährigen Eier oder wie die heißen! So schmeckten die auch, das sei alles ganz typisch! Na wenn das typisch ist, lobe ich mir doch meinen Pfälzer Saumagen! Da weiß man doch, was man isst!"

Sein Duzfreund, der Wirtschaftsminister, beherrschte sich; es schien ihm nicht so sicher, ob man da immer wusste, was man aß … er war Württemberger, kein Pfälzer; Saumagen oder Qualle, da konnte er sich gar nicht entscheiden, was er zuerst ablehnen sollte! Wie auch immer, insgeheim war er froh, dass er sich aus dem Thema Hahn raushalten konnte. Der Verkauf fiel in die Zuständigkeit des Innenministeriums, formal war er da völlig außen vor. Schon die Vorgängerregierung hatte, das Problem eines Verkaufs schon ahnend, die Zuständigkeit für Infrastruktur und damit auch für den Flughafen Hahn an das Innenministerium abgegeben. Noch ein Skandalprojekt wie den Nürburgring wollte man sich nicht aufhalsen. Gott sei Dank, dachte der Wirtschaftsminister, wenigstens das hatten sie richtig gemacht! Die Umwandlung in einen zivilen Flughafen, eines von über sechshundert Konversionsprojekten der rheinland-pfälzischen Landesregierung, war von Anbeginn an von vielen Seiten sehr kritisch gesehen worden. Der konkrete Verkauf jetzt, wo die Insolvenz kaum noch abzuwenden war, gab sicher noch Ärger! Aber natürlich sprach man unter Koalitionspartnern darüber und half sich; dennoch war es nicht er, der das Ganze in der Öffentlichkeit zu vertreten hatte, und schlimmer, im Landtag.

„Jetzt mal ganz ruhig", sagte er daher. Er selbst war ja auch ruhig. „Wir warten erst mal, bis die Frist abgelaufen ist, und dann sehen wir, wer sich alles für den Kauf interessiert. Und wenn es dann die Chinesen sind, dann sind es eben die Chinesen. Die Opposition will auch nicht, dass das Ding an die Wand fährt. Also jetzt keine unnötige Aufregung, okay? Marschrichtung ist klar, wir sammeln weiter", er nickte den Referentinnen zu, „und dann treffen wir uns wieder hier bei mir. So, und jetzt gehe ich zum Italiener essen, ich habe eine halbe Stunde bis zu meinem nächsten Termin. Kommt jemand mit?"

Minuten später standen Angela und Julia auf der Straße; die Herren Minister bogen eben um die Ecke zur Bauhofstraße und verschwanden Richtung Landesmuseum.

„Und, was meinst du? Klappt das? Sind die Angebote seriös?", fragte Angela ihre Kollegin.

„Denke schon, wir prüfen das noch. Aber wir haben ja die renommierte Beratungsgesellschaft im Boot, die haben den Prüfungsauftrag. Auf die können wir uns verlassen. Also kein Stress. Du, ich muss los. Wir sehen uns, ja? Mach's gut!"
Und weg war sie, ihre Mappe fest an sich gedrückt. Angela blickte ihr nach. Nervös wirkte sie, die Referentin im zuständigen Innenministerium. Wieso eigentlich? Gab es da etwas, was das Wirtschaftsministerium nicht wissen sollte? Kopfschüttelnd ging sie zurück an ihren

Arbeitsplatz in der Kaiser-Friedrich-Straße, wohin aus Platzgründen viele Mitarbeiter des Hauses ausgelagert waren. Irgendetwas stimmte da nicht. Sie würde wachsam bleiben.

TAG ZWEI

Als Cora zu ihrer Mutter fuhr, ging sie im Geiste noch mal alles durch, was sie zu erledigen hatte. Seit sie alleine lebte – ihr Ex hatte sich aus dem Staub gemacht –, war das Leben doch bedeutend einfacher geworden. Packen, abfahren. Keine Abstimmungsprobleme, keine schlechte Laune des Partners, nichts. Jedenfalls hatte sie beschlossen, diese Einstellung zu haben; das machte die neue Situation leichter.

Das Visum hatte sie beantragt, mit einer saftigen Zusatzgebühr würde sie es morgen erhalten oder notfalls direkt am Flughafen abholen können. Zu packen gab es nicht viel, sie reiste ja immer mit leichtem Gepäck. Bequeme Schuhe, das war ihr sehr wichtig; Sportsachen, um wie immer einmal täglich, wie es eben passte, laufen zu können, möglichst draußen und nicht auf dem Laufband im hoteleigenen Fitnesscenter; ihre ramponierte Reisetasche, die schon viel von der Welt gesehen hatte und auch genauso aussah; ein paar Sachen zum Wechseln, das war es auch schon. Für ihre übliche Arbeit als Ingenieurin brauchte sie keine High Heels, nicht das kleine Schwarze, und in China sowieso nicht. Und diesmal war es ja eher ein privater Besuch; gut, sie sollte den Freunden von Ma etwas erzählen, aber das war wohl kein förmlicher Rahmen.

Gutgelaunt fuhr sie die B50 Richtung Flughafen und Dillendorf entlang. Die Landschaft war herrlich, die leichten Hügel, grünen Weiden, immer wieder wunderschöne Ausblicke. Sie registrierte die zahlreichen Windräder, die sich auf den Hügelkuppen drehten, und freute sich darüber, dass die erneuerbaren Energien auf dem Vormarsch waren und gerade in Rheinland-Pfalz schon einen hohen Anteil an der Energieerzeugung einnahmen.

Natürlich war ihr die Diskussion darum bekannt; die Rotmilane, die durch die Windräder zu Tode kamen, die Lärmbelästigung für die Anwohner, sowie die prinzipiell kritische Hinterfragung der möglichen Unabhängigkeit von fossilen Brennstoffen. Die Räder drehten sich eben nur, wenn Wind blies, und auch die Sonnenkollektoren konnten nur Energie erzeugen, wenn die Sonne schien, so hieß es dann oft bei den Gegnern. Energie brauchte man aber immer. Alles richtig, aber dass Öl und Kohle nicht die Konzepte der Zukunft waren, war ja offensichtlich. Als Ingenieurin war Cora an Weiterentwicklung interessiert, an neuen Technologien, und da leisteten die erneuerbaren Energien einen wichtigen Beitrag zur zukünftigen Lösung des weltweiten Energieproblems. Fracking war definitiv kein sinnvoller Ansatz!

Als Cora den kleinen Ort erreichte, in dem die Freundin ihrer Mutter wohnte, fuhr sie langsam die Hauptstraße entlang und suchte die Hausnummer, die sie aufgeschrieben hatte. Sie verließ sich nicht gern auf ein Navi, das passte nicht zu ihrer Unabhängigkeit, die sie sich immer zu bewahren suchte. Sie wollte allein klarkommen, sich auch ohne Google Maps in einer fremden Stadt zurechtfinden. Manche hielten sie für seltsam verschroben deswegen, aber damit konnte sie leben. Sie war nun einmal gerne unabhängig, in jeder Hinsicht. Von Männern, von Navis, von Plänen oder Meinungen anderer Leute.

Da, sie war richtig. Das kleine, weiße Häuschen, halb verborgen hinter hoch gewachsenen Hecken, sah einladend aus; die blauen Fensterläden, die Rosen, die sich an der Wand emporrankten. Cora parkte direkt vor dem Eingang, stieg aus und schob das quietschende Gartentor auf. Der Weg zur Haustür war gepflastert und hätte auch einmal eine Erneuerung vertragen, aber das Gesamtbild stimmte. Und genauso wirkte auch die Dame, die ihr die Tür öffnete.

„Kommen Sie herein, liebe Cora! Ihre Mutter ist schon da, sie hat mir schon so viel von Ihnen erzählt!", begrüßte sie die weißhaarige, winzige Frau, die sich auf einen Stock stützte und aussah, als ob sie jeden Moment zusammenbrechen konnte. Aber sie war geistig topfit, das wusste Cora. Ihre Mutter hatte sich nach dem plötzlichen Tod ihres Mannes zunächst völlig zurückgezogen, hatte dann aber dank einiger guter Freundinnen ihren Lebensmut wiedergefunden und sich, um der Einsamkeit zu entfliehen, einem Online-Lesekreis angeschlossen. Da es für einige der Frauen zu beschwerlich war, sich aus ihren Dörfern aufzumachen, um die anderen zu treffen, hatten sie die geniale Idee gehabt, sich über ihre iPads zusammenzuschließen. Jede Woche trafen sich also virtuell einige Freundinnen, alles geistig sehr wache Damen, lasen sich gegenseitig Krimis vor und versuchten, die Lösung zu erraten beziehungsweise mitzukombinieren. Als Cora ihrer Mutter vom Flughafen Hahn erzählt hatte, und dass sie gern ein paar Informationen darüber hätte, hatte die Mutter gleich mal in ihrem Notizbüchlein nachgeschaut, wen sie dort in der Region kannte. Richtig, eine Freundin, die auch Cora schon ewig kannte, wohnte in einem Dorf, nur wenige Kilometer die B50 entlang! Sie könnte sich dort mit Cora treffen, an diesem Nachmittag, wenn Cora wollte, und Cora wollte!

„So, gleich sechzehn Uhr. Ich möchte die Nachrichten hören." Cora musste lächeln. Das würde ihre Mutter nie ändern; solange Cora zurückdenken konnte, war ihre Mutter darauf erpicht, stets aufs Aktuellste informiert zu sein. Sie hörte wenn möglich jede Stunde die Nachrichten, sah die Tagesschau, und wenn sie wachblieb, auch später noch mal die Nachtausgabe. Ihre Freundin war offensichtlich genauso; die beiden interessierten sich für alles, was in der Welt vor sich ging. Man konnte mit ihnen genauso gut über den Krieg in Syrien diskutieren wie über den Klimawandel, über Fremdenhass wie über die manipulierten Dieselmotoren. Während ihre Mutter daher zum Radio ging und es etwas lauter stellte, schaute Cora auf ihr Handy, ob es etwas in ihrer Mailbox gab. Nichts Wichtiges; gedankenverloren scrollte sie durch die Nachrichten, die sie erhalten hatte.

„… ist im Frachtbereich, der an die Abflughalle angrenzt, eine bisher nicht identifizierte Leiche gefunden worden", hörte sie plötzlich im Hintergrund. Cora sprang auf und stellte das Radio noch lauter, als es schon war. Was war das? Eine Leiche? Frachtbereich? Doch nicht hier, am Hahn?

„In den frühen Morgenstunden sah eine Mitarbeiterin des Facility Managements beim Betreten der Cargohalle eine Blutspur. In der Halle, in der das Catering und andere Zulieferer be- und entladen, entdeckte sie dann die Leiche; Details sind noch nicht bekannt. Es scheint sich aber, so viel kann den Kommentaren der Polizei entnommen werden, um einen Mord zu handeln. Wir berichten weiter. Koblenz. In …" Cora dreht das Radio wieder leiser.

Ihre Mutter blickte sie aufgeregt an. „Cora, habe ich das richtig gehört? Ein Mord, hier? Aber wieso das denn? Wir hatten hier noch nie ein Verbrechen, oh Gott, wer macht denn so etwas? Und wer hat die Leiche gefunden? Was für eine Mitarbeiterin?"

„Facility Management. Also die Putzkolonne vermutlich. Jeder Hausmeister hat ja inzwischen eine englische Bezeichnung, völlig albern!" Die Freundin ihrer Mutter war bestens informiert. Verächtlich schüttelte sie den Kopf. „Immer diese englischen Ausdrücke! Geht das nicht auch auf Deutsch? Ist man dann weniger wert? Wartet mal, ich schau mal nach." Mit diesen Worten holte sie einen iPad von einem kleinen, mit einer hübschen gehäkelten Decke verzierten Tisch und scrollte unter Coras erstaunten Blicken schnell durch die Tagesschau App.

„Hm, hier steht auch nicht mehr. Ja, Cora, da staunst du, was? Ich finde diese Dinger toll, endlich kann ich wieder Zeitung lesen. Man kann die Schrift so groß ziehen, wie man sie braucht. Ist doch endlich mal eine sinnvolle Erfindung für alte Menschen, die noch lesen wollen …"

Cora war in Gedanken schon längst nicht mehr auf dem Sofa, in diesem Wohnzimmer, in diesem kleinen, gemütlichen Häuschen. Ein Mord am Hahn? Ausgerechnet jetzt, wo der Flughafen verkauft werden sollte? Gab es da einen Zusammenhang? Hm. Was sollte sie tun? Nach Hause fahren und sich nicht darum kümmern, sondern heute Abend die Nachrichten sehen, wie es jeder vernünftige Mensch tun würde? Cora Remy wäre nicht Cora Remy, wenn sie nicht schon diese Frage zur Entscheidung geführt hätte. Sie sollte morgen nach China fliegen, sie sollte in den Verkauf des Hahn nach China in irgendeiner Weise einbezogen sein, ihr Freund Ma war ebenfalls involviert. Und jetzt gab es einen Mord am Hahn, sie war genau zu diesem Zeitpunkt in Sichtweite des Flughafens, und all das sollte Zufall sein? Nein, so dachte eine Cora nicht. Zufälle gab es nicht, hatte sie von ihrem indischen Kommilitonen und Freund Ganesh gelernt. Als Hindu hatte er eine andere Weltsicht, die auf Vorherbestimmtheit und Zwangsläufigkeit der Ereignisse beruhte. Sie hatten viele Nächte durchdiskutiert und über ihre Weltanschauungen gesprochen. Ganesh war ein sehr spiritueller Mensch, so ganz anders als Ma, der als Chinese eher diesseitig unterwegs war. Er lebte jetzt wieder in Indien, nachdem er mit ihr hier in Deutschland studiert hatte. Sie hatten sich lange nicht gesehen, nachdem er ihr damals, noch im Studium, einen Antrag gemacht hatte. Die völlig überrumpelte Cora hatte abgelehnt; daraufhin war er bald in seine Heimat zurückgekehrt. Cora hatte oft überlegt, ob sie einen Fehler gemacht hatte, denn er war ein ganz besonderer Mensch.

Schon hatte Cora beschlossen, sich die Lage am Hahn näher anzusehen. Im Grunde lag das ja sowieso an ihrer Strecke, redete sie sich ein, nur wenige Minuten Umweg …

Zehn Minuten später saß Cora in ihrem Auto und kurvte Richtung Flughafen. Ihrer Mutter hatte sie lieber nicht gesagt, was sie vorhatte, aber sie hatte das unbestimmte Gefühl, deren Freundin nicht getäuscht zu haben. Als die Dame sie zur Tür brachte, zwinkerte sie ihr zu und sagte: „Cora, viel Spaß bei deinen Unternehmungen, aber sei vorsichtig! … Und sag Bescheid, wenn ich dir helfen kann. Ich kenne viele Leute, die am Hahn arbeiten. Top Manager, weißt du, Facility Manager!" Sie lächelte verschmitzt. „Einfache Leute, aber falls du etwas brauchst, die wissen oft mehr als die angeblichen Chefs!"

In wenigen Minuten war Cora auf der Straße, die direkt zum Flughafen führte. Links standen leere, baufällige Baracken, ein trauriges Bild, das an die besseren Zeiten der amerikanischen Aktivitäten hier erinnerte. Ein Schild wies auf die neugegründete Hochschule der Polizei Rheinland-Pfalz hin, die hier am Hahn die Polizeiausbildung durchführte; die Straße dorthin führte links weg vom Flughafen. Jetzt kam Cora an einem ehemaligen Parkhaus, wohl noch aus den Zeiten der amerikanischen Oberhoheit, vorbei. Alles wirkte ziemlich heruntergekommen und zeugte davon, dass hier früher deutlich mehr losgewesen sein musste. Rechter Hand, Cora fuhr an den verschiedenen Parkflächen vorbei, ging es den Hügel hinab in den Cargobereich; war dort der Mord geschehen? Sie beschloss, direkt auf den Parkplatz vor der Abflughalle zu fahren. Vier Euro Parkgebühr pro Stunde, das war saftig. Sie parkte auf den schräg gekennzeichneten Parkbuchten und hatte einen guten Ausblick über das Gelände.

Hinter ihr befand sich die Abflughalle, vor ihr fiel das Gelände leicht ab zum Cargobereich. Sie blickte nach rechts, über den Parkplatz hinweg, und konnte das ehemalige Parkhaus sehen und im Hintergrund das Gelände der Polizeiausbildung erahnen. Links hinter einem Zaun befand sich eine große Halle mit einer Laderampe. Dort fuhren die Lkw vor, die das Catering anlieferten; diese Halle war nicht direkt mit der Abflughalle verbunden, sondern durch einen schmalen Durchgang getrennt. Dort musste der Mord geschehen sein; sie sah die Absperrbänder der Polizei und jetzt auch mehrere Polizeiautos, die bisher hinter einigen Lkws verborgen gewesen waren. Dort musste sie also hin, wenn sie etwas erfahren wollte. Aber das war unmöglich, alles war abgeriegelt; sie sah einige Fotografen, die Presse war natürlich vor Ort, wurde aber von einer sehr resolut wirkenden Polizistin abgewiesen.

Also gut, erst mal in die Abflughalle. Dann würde sie weitersehen. Cora stieg die wenigen Stufen zum Gebäude empor und betrat durch die Glastür die Halle. Auch hier sah man, dass der Flughafen bessere Zeiten erlebt hatte; von den zwölf Gates waren gerade einmal vier geöffnet. Cora studierte die Abflugtafeln; die beiden Bildschirme über ihr zeigten nur Flüge einer einzigen Linie an, fast alle in die bekannten Ferienorte wie Fes, Mallorca oder Ibiza, einige auch zu beliebten Städtezielen wie Venedig oder Lissabon. Sie wandte sich nach links und lief durch die Halle, an einigen Geschäften vorbei, die Souvenirs anpriesen, Kleidung und Essen, der übliche Mix. Hier war nichts Besonderes, vor allem aber gab es keine Möglichkeit, näher an den Ort des Verbrechens heranzukommen. Sie drehte sich um und lief wieder zurück, bis an das äußerste Ende der Halle in der Richtung der Ladezone. Ein einsamer Informationsstand, ein Kiosk, mehr gab es auch hier nicht. Im Schaukasten des Infostandes konnte man Schirmmützen mit der Aufschrift „*We can Airport*" erwerben; auch diese geniale, wenn auch linguistisch diskutable Marketingidee hatte es wohl nicht mehr geschafft, den Hahn profitabel zu machen.

Cora verließ das Gebäude wieder und blickte über den Zaun hinweg auf das angrenzende Gelände. Alles war von der Polizei abgesperrt worden, da war nichts zu machen. Sie kam nicht weiter. Na gut, sie hatte es versucht! Sie drehte um, unzufrieden mit sich selbst, da sie nicht gern aufgab. Mit dem Kopf durch die Wand war ein Umweg, so ungefähr hatte ein Freund sie einmal beschrieben. Aber sie war an den Hahn gefahren und sollte unverrichteter Dinge wieder abziehen? Sie entschied sich, noch einen Kaffee in der Abflughalle zu holen, um für die lange Rückfahrt gewappnet zu sein. Als sie mit dem Becher zurück zum Parkplatz lief und darüber nachdachte, wie beängstigend schnell auch sie sich an diese umweltschädlichen Pappbecher gewöhnt hatte und sie ohne zu denken einfach mitnahm, summte ihr Handy. Eine WhatsApp der Freundin ihrer Mutter; die Nummer hatte sie schon vor der Abfahrt sicherheitshalber eingespeichert.

Hallo Cora, las sie. *Du bist ja sicher noch am Flughafen; deine Mutter ist eben nach Hause gefahren, ich habe ihr nichts gesagt.* Cora lächelte; die Dame war ja wirklich gut drauf! Sie las weiter. *Ich habe gerade mit meiner Nachbarin darüber gesprochen, was passiert ist und dass du dahingefahren bist. Sie meinte, da sei alles abgesperrt, aber wenn du Hilfe brauchst, sollst du am*

Infoschalter neben dem Ausgang fragen; da arbeitet eine Freundin von ihr, die auch mit uns im Lesekreis ist. Viel Glück!

Na, das war ja super! Die Ladies hatten offensichtlich Spaß an der Detektivarbeit. Cora stellte den Kaffeebecher in die dafür vorgesehene Ablage zwischen den Vordersitzen und lief gleich wieder zurück ins Gebäude und zum Infostand. Die Mütze im Glaskasten war noch da, der Verkauf war sicher überschaubar. Jetzt sah sie auch eine Frau hinter dem Tresen sitzen, sie war klein und der Stuhl wohl zu niedrig eingestellt, Cora hatte sie vorhin gar nicht bemerkt. Sie las ein Buch und schaute erst auf, als Cora direkt vor ihr stand.

„Ja, bitte?", fragte sie freundlich. Cora stellte sich kurz vor und verwies auf die WhatsApp, die sie gerade erhalten hatte. Die Dame am Infostand war gleich Feuer und Flamme.

„Cora? Du bist Cora Remy? Ich bin beeindruckt; ich weiß alles über Ihre, äh deine Tibet-Abenteuer, ich darf doch Du sagen, das hat deine Mutter uns alles erzählt! Und jetzt kann ich helfen? Das mache ich natürlich; nur …", hier senkte sie ihre Stimme und schaute sich vorsichtig um, „natürlich geht das nicht hier und jetzt. Hm. Ich könnte dich aber in die Cargohalle dahinten bringen, ich kenne da einen Zugang, den die Polizei nicht abgesperrt hat. Kann sie auch nicht, da müssen ständig Leute durch, der Betrieb läuft ja weiter. Aber das fällt zu sehr auf; lass mich mal überlegen."

Umständlich nahm sie ihre Brille ab und begann, sie zu putzen. Cora wartete geduldig, bis sie mit der Sauberkeit zufrieden war.

„Ja, so könnte es gehen. Also, ich kenne da jemand bei den Putzleuten. Eine junge Frau, ich habe neulich auf ihr Baby aufgepasst, als sie arbeiten musste. Du kannst rübergehen und dich als Reinigungskraft ausgeben, aber zieh dir ein Kopftuch über, damit man deine blonden Haare nicht sieht. Komm, ich zeig dir, wo der Raum mit den Putzsachen ist, da finden wir sicher auch einen Kittel für dich ... hier ist sowieso nichts los. Ist das aufregend!"

Schnell stand sie auf, schloss ein paar Dinge weg, die auf ihrem Tisch lagen, und zog Cora mit sich. Sie ging durch eine schmale Tür am Ende der Halle und lief dann, Cora immer hinterher, um ein paar Ecken und an Türen vorbei, die offensichtlich zur Verwaltung und zum Facility Management gehörten, wie die Türschilder verrieten. Cora musste lächeln, als sie die Beschriftung sah. Schließlich betraten sie einen Raum voller Putzzubehör, und Cora schnappte sich einen Kittel und ein Tuch, das im Notfall als Kopftuch durchgehen würde, sowie einen Wischmopp.

„Und wie komme ich da jetzt rein?", fragte sie mit einem Blick auf die Tür, die wohl die entscheidende war.

„Nur ruhig, das machen wir schon", lachte ihre neue Komplizin. Sie zog eine Chipkarte aus ihrer Tasche und zog sie durch einen Schlitz neben der Tür.

„So", grinste sie dann, „du glaubst gar nicht, was alles möglich ist in diesen Zeiten von Hochsicherheitskontrollen. Auf die kleinen Leute achtet niemand, und wir halten zusammen. So, du bist drin. Zurück musst du es aber allein schaffen. Okay?"

Cora drückte sie zum Abschied. „Das war sehr lieb", sagte sie. „Ich werde berichten, wenn ich aus China zurückkomme; dann haben Sie wieder etwas zu besprechen bei Ihrer nächsten Online-Lesung!" Damit ging sie durch die Tür, die hinter ihr ins Schloss fiel, und betrat einen langen Gang.

Das ging ja einfach, dachte sie bei sich. Sie suchte in dem dunklen Flur, in dem sie stand, nach einem Lichtschalter und tastete die Wände ab. Da, das fühlte sich wie ein Schalter an. Sie drückte darauf, und der Gang wurde in helles Licht getaucht. Kurz schloss sie ihre Augen, geblendet. Als sie sie wieder öffnete, schrie sie unwillkürlich auf. Direkt vor ihr stand ein Asiate, der ein langes, blutiges Messer in der Hand hielt.

Der Asiate schien genauso erschrocken wie Cora auch. Er zuckte zusammen, und dann lächelte er. Cora hatte sich wieder gefangen und sah genauer hin. Ein Asiate, ja. Aber er sah ganz normal aus, und was er da in der Hand hielt, war auch kein blutiges Messer, wie ihre Einbildungskraft es ihr vorgespiegelt hatte. Es war ein roter Besen, und der Asiate schien zum Reinigungstrupp zu gehören. Sie lächelte ihn etwas verlegen an; warum hatte sie nur geschrien? Blöd von ihr, sie hatte sich durch den Radiobericht und das, was sie zu sehen erwartete, wohl schon in eine schreckliche Szene hineingesteigert. Als er an ihr vorbeiging, meinte sie, auch bei ihm eine gewisse Unsicherheit zu spüren, aber was wusste sie schon von Asiaten und deren Gefühlen? Egal, Hauptsache, sie war nicht enttarnt worden.

Rasch ging sie den Gang entlang und öffnete die Tür am anderen Ende. Ganz langsam, sagte sie sich, sie wusste ja nicht, was sie diesmal erwartete. Die Tür führte direkt in eine riesige Halle, das musste der Tatort sein, die Halle, an der die draußen parkenden Lkw die Trolleys mit Essen und Getränken und all das ablieferten, was an Bord für einen Flug benötigt wurde. Cora vernahm lautes Stimmengewirr; die Halle war durch riesige Scheinwerfer taghell erleuchtet, vor einer der Laderampen sah sie Polizisten und Menschen in weißen Overalls, die Spuren sicherten. Niemand blickte in ihre Richtung, und da ihre Tür hinter einigen Containern etwas verborgen war, nutzte sie die Gelegenheit, schlüpfte rasch hindurch und schloss sie leise hinter sich. Und jetzt? Die Entscheidung wurde ihr abgenommen, als sie jemand an der Schulter fasste und mit rauer Stimme sagte: „Hallo? Was machst du hier?"

Eine Putzfrau, die am helllichten Tag einen Tatort betrat, war vielleicht doch keine gute Idee gewesen. Cora drehte sich erschrocken um, wie das auch eine echte Putzfrau getan hätte; sie musste das nicht spielen, da ihr der Schreck von eben noch in den Knochen steckte. Da sie nicht wusste, was für ein Landsmann der südländisch wirkende Mitarbeiter des Sicherheitsdienstes war, der sie gepackt hatte und noch immer an ihrem Kittel hielt, zuckte sie nur hilflos mit den Schultern und gab vor, nichts zu verstehen. Hoffentlich sprach der sie jetzt nicht in einer Sprache an, die sie nicht verstand! Das tat er aber nicht, stattdessen sagte er: „Bist du neu? Türkisch, russisch, arabisch, hm? Na egal, ihr könnt ja alle kein richtiges Deutsch. Hier kannst du nicht bleiben, siehst du, hier wird gearbeitet. Polizei. Polizei, verstehst du?", wiederholte er, diesmal lauter, wie das Deutsche meist taten, wenn sie glaubten, ein Ausländer verstehe sie nicht. Dabei waren die Angesprochenen im Allgemeinen nicht schwerhörig, sondern nur der deutschen Sprache nicht mächtig. Der Mann verdrehte genervt die Augen, als er in ihr verschrecktes Gesicht sah. „Gott, wieso muss ich immer mit diesen Leuten arbeiten, die kein Deutsch können? Also geh da rüber, siehst du, da hinten. Da kannst du putzen oder was du sonst hier tust. Los, ab!" Er schickte sie mit einer unhöflichen Handbewegung an die andere Seite der Halle. Perfekt, dachte Cora, so muss ich einmal quer durchlaufen. Sie nickte ängstlich, lächelte dankbar und lief mit gesenktem Kopf, ihren Wischmopp fest umklammernd, an den Absperrbändern vorbei. Auf dem Boden standen Markierungsschilder, vermutlich an den Stellen, an denen etwas gelegen hatte. Es waren viele Schilder. Sie wäre gern stehen geblieben, um sich das näher anzuschauen, aber das wäre zu auffällig gewesen. Also verlangsamte sie nur ihre Schritte und schlurfte über den Boden. Man sah Blut, viel Blut, und dann sah sie einen Holzkäfig. Daneben lag ein Tier, aber ohne Kopf, ja, ein Huhn wohl. Wo war der Kopf? Was hatte denn ein Huhn mit einem Mord zu tun? Cora musste weitergehen und hatte jetzt das Ende der Halle erreicht; sie war zu weit vom Tatort entfernt, um irgendetwas erkennen zu können. Mist, das hatte sich ja nicht gelohnt. Wohin jetzt? Sie musste zurück, einen anderen Ausgang sah sie nicht. Aber noch mal zu diesem Typ, der sie gepackt hatte? Wie sollte sie erklären, dass sie schon fertig mit Putzen war? Langsam ging sie zurück, als sie sah, dass eine der großen Stahltüren, die nach außen zu der Laderampe führten, offen stand. Hier war niemand, sie konnte unbemerkt dorthin gelangen. Ein rascher Blick umher, niemand beachtete sie in dieser Ecke. Sie beschleunigte ihre Schritte und lief durch das offen stehende Stahltor hinaus.

Auf der Laderampe herrschte rege Betriebsamkeit, aber nur an der von ihr entfernten Ecke. Wegen des Mordes jedoch war auch hier, wo sie jetzt stand, alles abgesperrt. Cora konnte nicht weiter, es wäre zu verdächtig gewesen, eine Putzfrau zu sehen, die über die Absperrung stieg.

Sie hatte keine Wahl, sie musste wieder hinein und denselben Weg wieder zurückgehen, den sie gekommen war. Möglichst unauffällig, soweit das überhaupt möglich war, lief sie durch die gesamte Halle wieder zurück, am Tatort vorbei und wieder in den Gang, in dem sie den Asiaten getroffen hatte. Sie warf Kittel und Kopftuch in eine Ecke, öffnete vorsichtig die Tür zur Abflughalle und ging hinein. Zielstrebig, als sei es das Normalste der Welt, lief sie hinüber zum Infostand. Ein Tourist sprach gerade mit ihrer Komplizin hinter dem Tresen. Cora nickte ihr verschwörerisch zu, hob den Daumen zum Zeichen, dass alles in Ordnung war, und verließ dann das Gebäude.

Erst als sie in ihrem Wagen saß, betrachtete sie ihr Gesicht im Rückspiegel. Wenn sie als türkische Putzfrau durchging, war das nur ein Beweis dafür, wie flüchtig die Menschen ihre Umwelt und eben auch ihre Mitmenschen registrierten. Sie war sich sicher, dass niemand sie bemerkt hatte. Außer diesem Asiaten. Was hatte der eigentlich in dem Gang zu suchen?

Egal. Cora schüttelte ihre Locken wieder, die wegen der Hitze unter dem Kopftuch an ihrem Kopf klebten; dann fuhr sie sich einmal durch die Haare und legte den ersten Gang ein. Sie wollte gerade Gas geben, als ihr beinahe ein Passant vors Auto gelaufen wäre. Cora trat mit voller Kraft auf die Bremse, obwohl sie noch gar nicht losgefahren war. Der Mann blieb genau vor ihrem Kühler stehen und drehte sich dann langsam zu ihr um. Sie zuckte zusammen. Es war der Asiate, den sie im Gang getroffen hatte! Diesmal lächelte er nicht. Er sah ihr in die Augen, dann hob er wie in Zeitlupe seine Hand und legte seinen Zeigefinger auf die Lippen, das Zeichen, dass sie – wer sonst? – schweigen sollte. Automatisch nickte Cora. Er zeigte noch immer keine Regung, dann fuhr er sich einmal quer über den Hals, in der weltweit bekannten Geste des Halsabschneidens. Schließlich wandte er sich wieder ab und verschwand langsam, als habe er alle Zeit der Welt, zwischen ein paar geparkten Autos.

TAG ZWEI

Es war eine Katastrophe! Der Innenminister warf seine elegante Philippe-Starck-Brille auf die grüne Schreibtischunterlage und fuhr sich mit beiden Händen durchs Gesicht.

Dabei hatte alles so gut ausgesehen. Der Verkauf an die Chinesen war gesichert; die ihm von der beauftragten Wirtschaftsprüfungsgesellschaft vorgelegten Gutachten hatten sich vor einigen Wochen klar für einen Verkauf an die Firma Shanghai Fu You Ltd. ausgesprochen. Die Ampel war auf Grün geschaltet, sozusagen. Die Firma seriös, solvent, der Businessplan würde in Kürze folgen, und noch für diese Woche war der Eingang der ersten Abschlagszahlung vereinbart. Sein Staatssekretär, der die Verhandlungen in Vertretung des Ministers allein geführt hatte, hatte ihm erst gestern alles detailliert vorgelegt und erläutert. Man hatte die Prüfgesellschaft damit beauftragt, eine Integritätsprüfung der Bieter vorzunehmen und darüber zu berichten; Grundlage hierfür sollten verschiedene chinesische Quellen sein, so zum Beispiel das National Bureau of Corruption Prevention of China, die Insurance Regulatory Commission China sowie die China Securities Regulatory Commission. Der Minister wusste zwar überhaupt nicht, um welche Institutionen es sich dabei handelte, aber dafür hatte er ja seine Mitarbeiter. Und die hatten berichtet, die Berater hätten nach dem Ergebnis der Prüfungen keine Anhaltspunkte gesehen, die einem Verkauf des Geschäftsanteils des Landes an der Flughafen Frankfurt-Hahn GmbH an die Shanghai Fu You Ltd. entgegenstanden. Sie hatten sich entsprechend ausgewiesen, eine Bankbestätigung beigebracht und sogar nachgewiesen, dass hinter ihnen eine weitere, größere

Investitionsgesellschaft stünde. Also alles in trockenen Tüchern; er war froh, die Prüfgesellschaft engagiert zu haben.

Bald hätte er das leidige und nicht ungefährliche Thema Hahn vom Tisch; man hatte ja schon erlebt, wie eine Regierung über ähnliche, aber gescheiterte Verkaufsprozesse stolpern, wenn nicht stürzen konnte. Auch die Presse hielt sich mit Kritik an einem chinesischen Investor zurück, sogar die Opposition hatte sich bisher bedeckt gehalten. Gott sei Dank hatte er all das vom Wahlkampf fernhalten können; die Opposition hatte sich auf die Flüchtlingsfrage konzentriert und den Flughafenverkauf nicht intensiv thematisiert. Andernfalls wäre die Wahl sicher anders ausgegangen. So aber war alles gut gegangen und die Ministerpräsidentin sehr zufrieden mit dem Verlauf; auch sie wollte die Angelegenheit so schnell wie möglich vom Tisch haben.

Und jetzt das! Ein Mord am Hahn! Er würde noch heute vor die Presse treten müssen; in seiner Funktion als Innenminister war er ja auch für die Polizei zuständig, und somit wurde erwartet, dass er auch zu den Ermittlungen Stellung nahm. Schlimm genug, dass es einen Toten gab, schlimm genug, dass es ein Mord war, aber musste es denn auch noch ein Asiate sein? Ein Chinese wohl, so genau war das noch nicht bestimmt worden; die sahen ja alle irgendwie gleich aus. Aber man konnte sie ja wohl anhand ihrer DNA auseinanderhalten? Egal, das war nicht sein Problem. Er erwartete Ergebnisse, und er hatte dem Polizeipräsidenten gegenüber unmissverständlich klargemacht, was passieren würde, wenn er nicht rechtzeitig vor der Pressekonferenz gebrieft sein würde. Natürlich hatte der Mord nichts mit dem Verkauf zu tun, das wäre ja noch schöner, aber die Stimmung würde dadurch getrübt werden, und vor allem war die Aufmerksamkeit der Medien jetzt plötzlich wieder auf den Hahn fokussiert. Hätte das nicht bis nach dem Verkauf warten können, dann war es ja nicht weit bis zur Sommerpause? Aber nein, jetzt. Ihm graute vor dem jeden Moment zu erwartenden Anruf aus der Staatskanzlei. Der für das Innenministerium zuständige Spiegelreferent der Ministerpräsidentin würde Genaueres wissen wollen.

Er setzte sich die Brille wieder auf. Na super, jetzt waren Flecken darauf. Während er ein Putztuch aus einer Schreibtischschublade hervorholte, konstruierte er in Gedanken schon einige Sätze, die er für die Presse bereithalten musste. Sein Pressereferent sollte das schöner ausformulieren, dafür wurde er schließlich bezahlt. Sicher rief die Landesschau auch noch an und erwartete ein Statement. Er sollte sich vielleicht das Gutachten der Wirtschaftsprüfer nochmals durchlesen, falls da Fragen kamen.

Sein Tischtelefon summte. „Ja?", fragte er schlecht gelaunt.

„Der Polizeipräsident ist jetzt hier, Herr Minister", hörte er die Stimme seiner Sekretärin aus dem Vorzimmer.

„Soll reinkommen!", knurrte er. Rasch warf er das Brillenputztuch in die Schublade zurück, setzte sich das Gestell wieder auf, irgendwie wurde das verdammte Ding nicht sauber, und stand auf. Es klopfte, und der Polizeipräsident trat ein. Sie kannten sich gut, schon von früher, als er selbst noch Bürgermeister einer Verbandsgemeinde gewesen war und der andere sich durch die Ränge des Polizeidienstes nach oben arbeitete; man hatte zusammen Fußball gespielt und anschließend manches Bierchen getrunken. Sie hatten es beide weit gebracht, und dieser Mord musste schnell und geräuschlos aufgeklärt werden, das lag in ihrer beider Interesse.

Sie begrüßten sich informell mit Handschlag und setzten sich auf die Sitzgruppe, die der Minister neu hatte aufstellen lassen. Seine Frau legte Wert darauf, dass sein Büro nicht so trist aussah wie viele andere in diesem Haus, und hatte die Möbel selbst ausgesucht. Schnell kamen sie zur Sache.

„Ich habe meine besten Leute darauf angesetzt. Mach dir keine Sorgen, das kriegen wir schnell hin." Der Polizeipräsident war zuversichtlich. „Ich weiß, dass das Timing für dich extrem schlecht ist, jetzt am Hahn ein Mord, noch dazu ein Asiate. Aber wir gehen derzeit von einem Bandenkrieg aus, also nichts, was mit deinem Thema zusammenhängt."

„Banden? Was für Banden denn? Ich wusste nicht, dass wir in Rheinland-Pfalz asiatische Bandenkriege zulassen? Und überhaupt, was für einer war das denn? Wisst ihr das schon?"

„Ja", zögerte der Polizeipräsident. „Es gibt Hinweise, aber die sind noch nicht gesichert, also, meine Leute sagen, aber wie gesagt, da müssen wir noch mal Spezialisten hinzuziehen, aber die sind beim BKA, das habe ich natürlich angefordert …"

Der Innenminister schaute seinen Fußballkumpel aus alten Tagen prüfend an. Der hatte damals als Innenverteidiger verhindert, dass er selbst in seinem ersten Spiel ein Tor machen konnte, ein Foul war das gewesen, ganz klar, aber der Schiri hatte das nicht gepfiffen. Das wurmte ihn bis heute. Wieso kam es ihm so vor, als ob der ihm schon wieder ein Foul verpasste, nicht sauber spielte? Es klang nicht überzeugend, was er da hörte.

„Noch mal langsam, zum Mitschreiben. Wovon redest du? Was hat das BKA damit zu tun? Ein Mord am Ende der Welt, irgend so ein Asiate, mein Gott, das kann doch nicht so schwer sein? Was weißt du? Ich muss das wissen, ich habe nachher eine Pressekonferenz, Mensch!"

Der Polizeipräsident schwitzte. Doch, sie waren Freunde, jeder hatte dem anderen trotz aller Konkurrenz viel zu verdanken, sie kannten auch einige Leichen, die der jeweils andere so im Keller hatte ... aber jetzt war der Minister, sein Chef, also half die Erinnerung an gemeinsames Duschen nach dem Spiel nicht.

„Es ist, wie gesagt, noch nicht endgültig. Aber du weißt, das BKA ist zuständig, sobald die Sicherheit des Landes betroffen ist, und ein Flughafen ist natürlich ein Sicherheitsrisiko. Meine Leute haben alles genau untersucht; der Tote wurde nicht einfach ermordet. Das war eine Hinrichtung. Die haben den regelrecht geschlachtet. Die Eingeweide hingen raus, und dann haben sie ihm die Gliedmaßen abgeschlagen; ob er da noch lebte, wissen wir noch nicht. Vermutlich schon. Alles voller Blut, und dann war da noch etwas. Ein Käfig, und ein toter Hahn. Der ist geköpft worden."

Der Innenminister war blass geworden. Nicht wegen der Brutalität des Mordes, da war ja jede Folge *Dexter*, die er sich zur Entspannung gelegentlich während einer langen Autofahrt auf dem Rücksitz ansah, härter. Nein, ihm war sofort klar geworden, wie die Presse sich darauf stürzen würde.

„Hinrichtung? Und wer macht so was? Die ... äh, wie heißen die noch, diese japanischen Mafiosi, die sich so tätowieren, schneiden sich die nicht auch Finger ab und so?"

„Du meinst die Yakuza. Die tätowieren sich am ganzen Körper, ja, da gibt es festgelegte Rituale dazu. Aber die waren das nicht. Diese Art der Hinrichtung ist eher typisch für chinesische Geheimbünde. Wir vermuten, dass das die Triaden waren. Eines der Rituale bei der Initiation eines neuen Mitgliedes besteht darin, einem Huhn oder Hahn den Hals abzuschneiden. Und genau das haben wir ja gefunden, einen geköpften Hahn. Und Verräter werden bestraft, indem man ihnen die Gliedmaßen abhackt. Mit einem Messer, einer Machete oder so. Man muss dem Auftraggeber ja einen Beweis bringen, dass der Mord erfolgt ist. Das ist meistens ein Ohr oder ein Finger, manchmal eben auch mehr ... Wie gesagt, das BKA muss das bestätigen, aber derzeit sieht alles nach einem Rachemord an einem Chinesen durch Chinesen aus."

Sie sahen sich an, beide wussten, was das bedeutete. Medialer Super-GAU. BKA. Und dann war da noch etwas. Der Besuch des chinesischen Ministerpräsidenten in Deutschland war angekündigt, und er wollte auch nach Rheinland-Pfalz kommen. Schließlich stammte Karl Marx, der Urvater des Kommunismus, aus Trier. Also würde sich auch Berlin einmischen und nachfragen, was da vor sich ging.

Als sich die Tür hinter dem Polizeipräsidenten schloss, warf der Minister seine Brille wieder auf den Tisch. Dieser verdammte Fleck irritierte ihn, und das konnte er jetzt überhaupt nicht gebrauchen. Er musste klar sehen, den Durchblick haben. Das hier durfte einfach nicht schiefgehen. Nach kurzem Überlegen drückte er eine Taste auf seinem Telefon und wies seine Assistentin an, den Staatssekretär sofort zu ihm zu schicken.

TAG ZWEI

Als Stefan auf den Parkplatz des Senders einbog und seinen kleinen Fiat in die letzte verfügbare Lücke quetschte, wusste er noch nicht, dass dieser Tag einer der wichtigsten seiner bisherigen Karriere werden sollte. Er stieg aus, warf sich das Jackett, das er der Form halber immer dabeihatte, aber nie trug, über die Schulter, nahm seine abgewetzte Laptoptasche vom Rücksitz und ging mit federnden Schritten auf den flachen, glasverkleideten Bau zu. Gleich um neun Uhr war ein Interview geplant, ein Lokalpolitiker sollte sich zu einem Skandal wegen einer falsch geplanten Umgehungsstraße äußern; nichts wirklich Spannendes. In zehn Minuten würde das vorbei sein, dann hatte er etwas Luft, bevor er sich auf den Weg zu einer Sitzung des Stadtrates machen wollte. Stefan grüßte den Pförtner, der kaum von seiner Zeitung aufblickte, und joggte die zwei Treppen zu seinem Büro hoch; sein kleines privates Fitnessprogramm, von dem er sich durch nichts abhalten ließ. Anfangs war er schnaufend oben angekommen und musste erst mal eine Pause einlegen; inzwischen schlug sein Puls kaum schneller als vorher, und er ging entspannt Richtung Bistro. Ein Cappuccino musste sein. Ohne Zucker, immerhin. Er nahm seinen Kaffeebecher aus dem Regal, wo er ihn immer deponiert hatte, drückte einen Knopf und wartete, bis die Maschine mit einigem Fauchen bereit war, ihm das lebensnotwendige Getränk zu spendieren. Dann ging er in sein Büro, das schräg gegenüber lag, warf das Jackett wie immer nachlässig über einen Stuhl und fuhr seinen Laptop hoch. Gut, der Interviewpartner war schon im Haus, hatte ihm die Kollegin aus der Aufnahme gemailt; da konnte schon mal nichts mehr schiefgehen. Rasch las er noch die Infos zu dem Interview durch, die er sich gestern Abend aus dem

Netz gezogen hatte, dann fühlte er sich ausreichend vorbereitet. Ein kurzer Blick auf seine Uhr, noch ein paar Minuten. Rasch die anderen Mails checken.

Die üblichen Spams, ein paar Anfragen, jemand wollte, dass er ein Buch besprechen sollte, na ja. Aber halt, was war das? Eine Mail von Angela, seiner Freundin im Wirtschaftsministerium! Wie nett, sie hatten schon lange mal wieder gemeinsam einen Kaffee trinken gehen wollen. Aber es schien sich um etwas Wichtiges zu handeln, sie schrieb, er solle bitte möglichst schnell zurückrufen. Hm, interessant. Vielleicht hatte sie etwas für ihn? Manchmal lancierte sie eine Nachricht unauffällig so, dass er mit der Nase darauf stieß, ohne dass sie etwas ausgeplaudert hätte, was sie ja nicht durfte. Aber jetzt musste er erst das Interview durchführen, Angela musste warten. Rasch ging er ins Studio und las dem Politiker, der sich sehr wichtig fühlte, die vorbereiteten Fragen vor, damit dieser die ebenfalls vorformulierten Antworten ablesen konnte. Stefan hasste diese Art von „Interviews", aber manchmal musste man eben auch etwas tun, was dem Chef wichtig erschien. Er war sowieso nicht ganz bei der Sache und brachte das Ganze schnell hinter sich. Was Angela wohl wollte?

Kaum zurück in seinem Büro, rief er sie auch schon an. „Hi, na, wie geht es dir? Lange nichts von dir gehört. Wolltest du nicht schon diese Woche in Urlaub fahren?"

„Ja, eigentlich schon", kam die etwas zögerliche Antwort aus dem Hörer. „Aber dann ist etwas dazwischengekommen. Egal jetzt, das ist beruflich, darüber möchte ich nicht sprechen. Ich dachte, wir reden mal wieder, zwanglos? Unter Freunden? Lust auf ein Dinner heute Abend?"

Jetzt war Stefan hellwach. „Unter Freunden" war ihr gemeinsamer Code für etwas, was auf keinen Fall übers

Telefon gesagt werden konnte. Niemand wusste so genau, welche Telefonate abgehört wurden oder nicht, und wenn ja, von wem; aber natürlich ließ Angela sämtliche Sicherheitsvorkehrungen walten.

„Dinner? Super gern", antwortete er fröhlich. „Wo? Wann? Soll ich dich abholen?"

„Das wäre schön, sagen wir um sieben bei mir?"

Perfekt, dachte Stefan. Das klang nach etwas richtig Wichtigem. Das letzte Mal war es um den Nürburgring gegangen; sie hatte ihm unauffällig von dem Thema erzählt, aber so, dass er wusste, es lohnte sich nachzuhaken. Dass daraus dann ein Riesenskandal werden würde, der letztlich zum Rücktritt des Ministerpräsidenten beigetragen hatte, war zu dem Zeitpunkt unvorstellbar gewesen. Und er hatte als einer der Ersten darüber berichtet! Gut, so eine Sensation würde es kein zweites Mal geben, aber eine Nachricht aus den inneren Kreisen der Politik war immer spannend. Stefan konnte sich den ganzen Rest des Tages über nicht richtig auf seine Aufgaben konzentrieren, so unruhig war er. Gegen sechzehn Uhr packte er schließlich seine Sachen zusammen und eilte nach Hause.

Als er Punkt neunzehn Uhr vor Angelas Haus vorfuhr, hatte er zum ersten Mal seit langer Zeit sein Jackett angezogen. Konnte nicht schaden, einen guten Eindruck zu machen. Er hatte kaum geklingelt, da ging schon das Licht im Treppenhaus an, und er sah sie herunterkommen; mit einem Lächeln begrüßte sie ihn.

„Stefan! Lange nicht gesehen. Wow, du trägst ein Jackett! Du siehst mich begeistert und beeindruckt. Komm, lass deinen Wagen stehen, wir laufen die paar Meter zu meiner Stammkneipe!"

Gemeinsam liefen sie durch die Straßen der Mainzer Innenstadt, am Dom vorbei Richtung Staatstheater. Sie fanden einen ruhigen Tisch in einer Ecke im hinteren Teil des Restaurants, in das Angela so gern ging; kaum hatte der Kellner die Bestellung aufgenommen und war verschwunden, als Stefan seine Neugier nicht mehr zügeln konnte.

„Also, liebe Angela, was gibt's denn so unter Freunden?" Er betonte den letzten Teil so auffällig, dass sie lachen musste.

„Na, ich dachte, wir essen etwas, du zahlst natürlich, dann ein Wein, und dann muss ich nach Hause. Das war eigentlich alles …", meinte sie mit verschmitztem Gesichtsausdruck.

„Nein, so leicht kommst du mir nicht davon", drohte Stefan ihr. „Und wieso zahle ich schon wieder? Bist du nicht diesmal dran? Da will ich doch erst mal hören, was es Neues in deinem Laden gibt!"

Angela nahm ihr Weinglas in die Hand. „Zum Wohl, lieber Stefan! Schön, dass du nur meinetwegen hier bist und nicht wegen irgendeiner Hoffnung auf eine Information …"

Lachend stieß er mit ihr an und schaute ihr dabei tief in die Augen. Sie mochten sich, mehr nicht; ganz zu Anfang hatten sie geklärt, dass da nie mehr als Freundschaft sein würde, und das war für beide Seiten okay, auch wenn viele Freunde das nicht verstanden. Sie galten als ideales Paar, aber wohl auch nur, weil sie eben nicht zusammen waren. Noch galt das bekannte Axiom nicht, dass gemäß der Theorie von Harry aus dem Film *Harry und Sally* ein Mann und eine Frau nie befreundet sein konnten, ohne dass einer von beiden früher oder später mehr wollte.

„Na gut, ich will dich nicht länger auf die Folter spannen." Angela wollte gerade beginnen, da kam der Kellner wieder und brachte das Vitello tonnato. Stefan konnte es kaum erwarten, bis der Kerl endlich wieder weg war.

„Gut, es ist so. Du weißt ja, dass wir, also die Landesregierung, den Flughafen Hahn zum Verkauf ausgeschrieben hatten. Es gab Angebote, übrig geblieben sind im Grunde aber nur drei, alles Chinesen." Angela machte eine Pause, die wohl bedeutungsvoll sein sollte, Stefan aber nur noch mehr auf die Folter spannte.

„Und? Das weiß ich, das steht ja in jeder Zeitung. Was noch?"

„Ganz ruhig", lachte Angela. „Soweit alles bekannt, stimmt. Jetzt aber ist ja dieser Mord auf dem Hahn geschehen. Und jetzt wird es spannend." Sie senkte ihre Stimme nochmals ab, obwohl sie hier in der Ecke niemand hören konnte. Der nächste besetzte Tisch stand mehrere Meter entfernt, und dort saß ein Liebespaar, das Händchen hielt und, so hoffte Angela, sich auf Romantischeres zu konzentrieren wusste als auf einen Mord.

„Es gibt Hinweise darauf, dass die beiden Dinge zusammenhängen!"

Stefan war verstummt. Der Mord auf dem Hahn, der vor allem wegen seiner Grausamkeit Aufsehen erzeugt hatte, sollte mit dem chinesischen Investor zusammenhängen? Das wäre allerdings ein Hammer.

„Moment", sagte er leise. „Wie meinst du das? Habt ihr Beweise?"

„Um Gottes willen, nein!", rief Angela unabsichtlich laut aus. Dann nahm sie sich zusammen. „Nein", sagte sie, jetzt wieder leise. „Es gibt keinen direkten Zusammenhang, aber etwas ist seltsam. Gestern war ein ranghoher chinesischer Diplomat bei uns im Ministerium. Ich habe nur das Auto gesehen, ein CD-Kennzeichen. Corps Diplomatique! Er wurde direkt zum Chef gebracht, keiner wusste etwas. Auch nicht meine Freundin Renate. Nach einer Stunde ging er wieder. Sehr komisch, findest du nicht?"

Stefan war verwirrt. „Moment", sagte er. „Wo ist da der Zusammenhang? Kommt ein Chinese zum Minister; so könnte auch ein Witz anfangen ... Wo ist der Link zum Mord?"

Angela sah sich um. „Die Art, wie der Mord begangen wurde. Das war kein normaler Mord, das war eine Hinrichtung. Ritualisiert. Und die Vorgehensweise trifft nur auf eine einzige mögliche Tätergruppe zu."

Stefan sah sie an. Er schwieg und wartete.

Angela schien zu überlegen. Dann holte sie einen Lippenstift aus ihrer Handtasche und schrieb ein einziges Wort auf die Serviette. Sie drehte die Serviette so, dass Stefan das Wort lesen konnte. Der warf einen raschen Blick darauf.

Triaden.

Er schaute sie ungläubig an. Triaden, formulierten seine Lippen das Wort, ohne es laut auszusprechen. Das waren doch diese chinesischen Gangster, die als extrem brutal galten. Er hatte dazu einen Fernsehbericht gesehen; die deutsche Kriminalpolizei hatte sich damals zu einem Mehrfachmord in einem Chinarestaurant im niedersächsischen Sittensen geäußert. Demnach wurden angeblich alle deutschen Chinarestaurants von den Triaden erpresst und mussten Schutzgeld zahlen. Wer nicht zahlte, dem drohte Verstümmelung oder der Tod. Diese Leute waren komplex organisiert und nicht zu unterwandern; wo die Kripo noch Undercoveragenten in die Mafia einschleusen konnte, gelang dies bei den Triaden nicht. Kein Ausländer wäre dort hineingekommen, kein Chinese hätte es gewagt. So einfach war das. So kam es, dass die Polizei so gut wie nichts über die Machenschaften der Chinesen wusste. Neben Schutzgelderpressung betätigten sich diese Organisationen, es gab wohl viele verschiedene, auch im Menschenhandel. Naive und leichtgläubige Chinesinnen wurden mit dem Versprechen auf einen guten Job nach Deutschland gebracht; sie zahlten mehrere Zehntausend Euro dafür oder nahmen dubiose Kredite auf. Kaum hier, nahm man ihnen Pass und Geld ab. Sie mussten ihre Schulden dann in einem Chinarestaurant oder einem Bordell abarbeiten. Schlangenköpfe, *Shetou*, nannte man diese Menschenhändler.

All das ging Stefan durch den Kopf, als er das Wort sah, das Angela aufgeschrieben hatte. Er verstand noch immer nicht. Was sollten die Triaden, wenn sie diesen Mord denn begangen hatten, mit dem Verkauf des Flughafens zu tun haben?

Angela hatte seine Gedanken gelesen. „Das weiß ich auch nicht", sagte sie leise. „Aber es muss ein Zusammenhang bestehen, wenn die Botschaft sich einmischt und sich bei meinem Chef anmeldet! Ich gebe dir nur den Hinweis, rauskriegen musst du das schon selbst!"

Stefan überlegte. Was sollte er tun? Gut, er musste sich näher mit den Triaden befassen. Und mit den chinesischen Firmen, die den Hahn kaufen wollten. Vor allem mit „Fu You", diese Firma, die den Zuschlag erhalten hatte. Erst wenn er mehr Informationen hatte, würde er vielleicht den Zusammenhang sehen. Aber das könnte eine verdammt große Sache werden, das war klar. *Die chinesische Mafia kauft den Flughafen*, er sah die Schlagzeile in der *Rheinpfalz* schon vor sich. Und seinen Namen darunter!

Angela hatte ihm schweigend zugesehen und ihm Zeit gelassen, das zu verarbeiten, was sie ihm an Informationen geliefert hatte. Sie wusste, er hatte angebissen, und wenn er erst mal angefangen hatte, konnte Stefan verdammt hartnäckig sein. Sie sah, wie sich seine Mimik veränderte, je nachdem, woran er gerade dachte; mal schaute er grimmig, dann wieder entschlossen, zuletzt ging ein

Leuchten über sein Gesicht, und er sagte: „Ich fliege nach Shanghai!"

„Aha. Einfach so? Kannst du das denn entscheiden? Musst du nicht deinen Chefredakteur fragen?", wollte Angela amüsiert wissen.

„Doch, offiziell schon. Aber das ist Formsache; wenn ich das hier erzähle, wird er nichts dagegen haben. Mal sehen, ob heute noch ein Flug geht … ich muss so schnell wie möglich nach China!" Schon wischte er auf seinem Smartphone umher. „Hm, heute nichts mehr. Dann also morgen. Wie geht denn das mit dem Visum, weißt du das zufällig?" Er schaute seine Informantin neugierig an.

„Du erinnerst dich schon noch, dass wir hier zusammen essen?", meinte sie und stocherte lustlos in ihrem Risotto alla marinara.

„Nun schau nicht so beleidigt, das war doch kein Date! Komm, ich bringe dir auch etwas Schönes aus China mit! Was möchtest du haben?", versuchte er Boden wiedergutzumachen.

„Hm, lass mich überlegen. Ein Pandabär wäre toll! Die sind ja so süß. Ja, ich glaube den nehme ich. Streng dich an!" Sie blickte ihn schelmisch an und lächelte.

Er grinste zurück. „Ein Pandabär! Wenn es weiter nichts ist. Kein Problem. Also, wie geht das mit dem Visum?"

Angela seufzte theatralisch und erklärte ihm dann, dass er als Deutscher zweiundsiebzig Stunden ohne Visum in Shanghai bleiben könne, wenn er dann in ein Drittland weiterreise. Also solle er einen Flug über Shanghai nach Hongkong buchen, das gelte hier als Drittland, und dann könne er eben ohne Visum nach Shanghai einreisen, für Hongkong brauchte er ohnehin kein Visum. Das ginge schneller, als ein Visum zu beantragen; Angela wusste das, weil sie neulich für einen Abteilungsleiter genau so einen

Flug gebucht hatte. „Und nein, heute geht kein Flug mehr. Morgen wieder, versuch mal die Air China. Oder langsamer, aber billiger über die Emirate zum Beispiel. Zufrieden?"

Stefan nickte. „Du bist die Beste. Ich kümmere mich um den Panda, versprochen. Und danach lade ich dich zum Essen ein!"

Er freute sich auf die Reise. Hongkong! Shanghai! Er musste zuerst nach der Firma Fu You suchen und sich dann mal umschauen, ob es Informationen zu den Triaden gab. Sein Chef würde begeistert sein! Hoffte er. Jetzt musste er nach Hause, sich vorbereiten und alles über Fu You herausfinden, was es im Netz gab. In China war das Internet streng überwacht, so viel wusste er, da würde er nicht viel surfen können. Und es war wichtig, dass kein Konkurrent herausfand, was er vorhatte. Das war seine Story. Die chinesische Mafia und der Hahn. Klang gut. Sehr gefährlich, das liebten die Leser.

Trier, 5 Monate zuvor

Als er das Chinarestaurant betrat, richteten sich sofort alle Augen auf ihn. Er war bekannt als Stammgast, aber in letzter Zeit hatte er sich rar gemacht. Er setzte sich auf seinen Platz in der Ecke, neben dem Aquarium, von dem es in Filmen immer hieß, man könne daran ablesen, ob die Triaden das Restaurant beschützten oder nicht. Alles Unsinn, aber auch das deutsche Volk brauchte seine Mythen. Hier hatte alles begonnen, hier war er zum ersten Mal mit Chinesen überhaupt in Berührung gekommen. Aber hier hatte auch seine Angst begonnen, seine tiefsitzende Angst, die er nicht mehr loswurde, Tag und Nacht, manchmal in Panik umschlagend, wenn er schweißgebadet aufwachte. Seine chinesischen Freunde hatten sich als Geschäftspartner herausgestellt, aber eben nicht als Freunde; sie hatten seine Naivität, seine Leichtgläubigkeit ausgenutzt. Sie hatten ihn erst gebeten, dies und das für sie zu tun; dann hatten sie ihm sanft klar gemacht, welche Nachteile für ihn, aber auch für seine Familie erwachsen könnten, wenn er nicht tat, was sie von ihm verlangten. Schließlich nackte Drohungen. Er war nicht hier, weil er das Essen so mochte; nicht mehr, weil er sich auf die Menschen freute, wie zu Anfang. Nein, er war hier, weil man ihn hierherbestellt hatte. Subtil, wie Chinesen dies taten; nichts, was schriftlich als Beweis für irgendetwas hätte gelten können.

Ein Kalender war in der Post gewesen, ein chinesischer Kalender. Ging es unschuldiger? Bunt, wie sie alle waren, diese oft kitschigen Bilder, farblich überzeichnet. Aber dann war ihm aufgefallen, dass es kein normaler Kalender des laufenden Jahres war; es war ein Kalender für das nächste Jahr. Jetzt schon, hatte er zuerst gedacht. Und es ging nicht um die Monate Januar bis Dezember des kommenden Jahres, es ging um die chinesischen Tierkreiszeichen. Ein Feng-Shui-Kalender. Und er führte alle Eigenschaften auf, die für dieses Tierkreiszeichen galten. Die Abfolge der Tierkreise richtete sich nach dem Mondkalender, nicht nach der Sonne wie in Europa; so kam es, dass sich der Beginn, also das chinesische Neujahr, jedes Jahr auf einem anderen Datum wiederfand. 2017 würde es der 28. Januar sein, dann begann das neue Tierkreiszeichen. Der Hahn.

Feng-Shui, die alte chinesische Lehre von den Naturgewalten, war auf den chinesischen Dörfern immer noch verbreitet. Und von den Dörfern stammten seine Partner, von den kleinen Dörfern in Südchina, die die Mehrheit der Triadenmitglieder stellten. Natürlich wurden jedem Tier spezielle Eigenschaften zugeschrieben, vergleichbar den Sternzeichen in Europa. Am 28. Januar 2017 würde nicht nur das Jahr des Hahns beginnen, sondern genau genommen das des Feuer-Hahns. Es gab fünf Elemente, die wiederum den Tierzeichen zugeordnet wurden: Wasser, Erde, Feuer, Holz und Metall. Zwölf Tierkreiszeichen, fünf Elemente. Nur alle sechzig Jahre gab es ein Jahr des Feuer-Hahns. Es würde bis zum 15. Februar des Jahres 2018 dauern.

Das Jahr des Hahns. Er hatte den Hinweis sofort verstanden, natürlich wusste er, dass der Name des Flughafens sprachgeschichtlich nichts mit dem Tier zu tun hatte. Der Ortsname Hahn hieß etymologisch so viel wie *Zaun* oder davon abgeleitet dann auch *eingezäunter Wohnplatz*. Aber Chinesen spielten gern mit Namen, mit lautlichen Mehrdeutigkeiten, wie es ihre Sprache geradezu herausforderte. Er hatte den Kalender von hinten nach vorn durchgeblättert, so wie er auf den Stufen seines Hauses gelegen hatte, als er morgens nach der Zeitung sehen wollte. Als er schließlich auf dem letzten Blatt angekommen war, dem ersten des neuen Jahres des Hahns also, sah er, dass der Hahn aus diesem Blatt herausgeschnitten worden war. Nicht ganz, nein, nur der Kopf fehlte. Die Botschaft war klar. Wenn er nicht tat, was man von ihm verlangte, würde es ihm ergehen wie Jedem, den die Triaden bestraften.

TAG DREI

Cora betrachtete ihren Koffer. Das musste reichen, dachte sie. Sie würde nicht lange bleiben, einige Tage wohl. Sie sollte ihr iPad dabeihaben, damit sie den Chinesen vielleicht etwas über Deutschland erklären und einige Bilder zeigen konnte. Was genau erwarteten die wohl? Sie wusste nicht viel über deutsche Sitten und Gepflogenheiten, das heißt, natürlich wusste sie als Deutsche alles, aber das zu erklären, war ja nochmal etwas völlig anderes. Hm. Sie brauchte vielleicht ein paar Charts oder so, etwas Theorie? Und sie wusste auch schon, wen sie fragen konnte. Ihr Bruder studierte am Ostasieninstitut in Ludwigshafen, BWL und Chinesisch, und er schrieb gerade seine Bachelorarbeit. Dem würde sie gleich mal eine WhatsApp schicken, ob er ihr helfen könnte.

Gedacht, getan. Kurz darauf kam auch schon die Antwort. Klar, er habe einiges; am besten wäre es, sie käme zu ihm an die Hochschule. Dann könne sie auch gleich mit seinem Dozenten sprechen; offensichtlich machte der so etwas häufiger, nämlich Chinesen zu schulen. Wunderbar, dachte Cora, dann hole ich mir die Infos und muss nicht alles selbst zusammenstellen. Sie blickte auf ihre Uhr, warum nicht gleich hinfahren? Nach einem kurzen Gespräch mit ihrem Bruder saß sie eine Viertelstunde später im Auto und fuhr nach Ludwigshafen.

Gestern war sie nach der seltsamen Begegnung auf dem Parkplatz des Flughafens direkt nach Hause gefahren. Natürlich hatte sie niemandem davon erzählt, wem auch? Was sollte die Geste dieses Typen? Hatte er ihr sagen wollen, sie dürfe nicht darüber reden, dass sie ihn getroffen habe? Oder sie solle nicht weiter nachforschen, sonst … aber warum? Sie hatte nichts gesehen, was die Polizei nicht auch sah. Gut, sie hatte ihn gesehen. Ein Asiate, kurze schwarze Haare, schmächtiger Körperbau. Sehr spezifische Beschreibung, davon gab es sicher nur wenige Hundert Millionen! Im Übrigen hatte er ja nur im Gang gestanden, was sollte sie da schon verraten? Cora schüttelte ihre Locken und legte ihren Kopf etwas schief, wie immer, wenn sie nachdachte. Also, ein Mord. Am Flughafen Hahn. Der verkauft werden sollte. Ein Asiate bedrohte sie. Sie sollte nach China fahren und Ma helfen, mögliche Investoren auf Deutschland vorzubereiten. Hm. Das passte alles nicht zusammen. Wo war die Verbindung?

Als Cora in die Max-Bill-Straße einbog, die zum Ostasieninstitut führte, staunte sie. Ein modernes dreistöckiges blauweißes Gebäude, direkt am Rhein und, wohl zum Schutz gegen Hochwasser, auf mehrere Betonpfeiler gestellt; darunter Parkplätze für die Dozenten. Nicht schlecht, die Lage. Hinter ihr befand sich die Walzmühle, ein großes, aus rotem Ziegel erbautes Gebäude, scheinbar ein Einkaufszentrum. Cora parkte auf dem weiten Platz vor dem Institut und stieg die Außentreppe empor. Sie führte auf eine Plattform und dann auf der anderen Seite wieder hinunter; um ins Gebäude zu gelangen, musste man auf der Plattform nach links durch eine Glastür gehen. Ihr Bruder, der sie schon hatte kommen sehen, kam ihr an der Tür entgegen.

„Mensch, Cora, wurde auch Zeit, dass du mich hier mal besuchst! Sieht ungewöhnlich aus, nicht wahr?" Er zeigte auf die Plattform. „Das ist wegen der Geister, weißt du? Chinesische Geister können nur geradeaus gehen, deswegen gibt es in China so viele Zickzack-Brücken. Und hier haben die Gründer des Institutes das auch so geplant, dass die Geister, die hier die Treppe hochkommen, einfach geradeaus wieder hinuntergehen! So können sie nicht ins Gebäude hinein. Schlau, nicht wahr? In China ist das wichtig, Feng-Shui nennt man das. Lies mal darüber, das ist wirklich interessant."

Cora sah ihren Bruder etwas zweifelnd von der Seite an. War er zu lange in China gewesen? Oder machte er sich über sie lustig? Nein, er schien es ernst zu meinen und war ganz begeistert von seiner Hochschule. Sie stiegen zusammen die Treppe hinauf in die Bibliothek im zweiten Stock.

„Ich bin ja hoffentlich bald fertig mit dem Studium hier, also ist das jetzt eine gute Gelegenheit, dir noch mal alles zu zeigen. Im ersten Obergeschoss sind die Unterrichtsräume und ein Aufenthaltsraum für uns Studenten, hier auf diesem Stock befinden sich die Bibliothek, das Sekretariat und auch noch Unterrichtsräume; es gibt auch eine kleine Teeküche, aber nur für Dozenten. Oben, da gehen wir später hin, liegen die Zimmer der Dozenten. Wir haben sogar eine Dachterrasse mit einem tollen Ausblick über den Rhein!" Begeistert, seiner großen Schwester alles zeigen zu können, führte er sie herum. Cora freute sich für ihn; schön, dass er so stolz auf seine Hochschule war! Es war aber auch kein Gebäude, wie sie es aus ihrer Studienzeit kannte, keine mit Lack vollgesprayten Wände oder hässlichen Zimmer. Alles sehr modern, sauber, freundlich. Hier lernte man sicher lieber als an einer typischen Uni mit ihren oft heruntergekommenen Hörsälen! Sie schaute durch die großen Fenster zum Rhein hin, im Hintergrund sah sie die Silhouette der Universität Mannheim, die im Mannheimer Schloss untergebracht war. Schließlich setzten sie sich an einen freien Tisch in der Bibliothek.

„Also, liebe Schwester, was brauchst du? Und wieso fährst du nach China und sollst den Chinesen etwas über Deutschland erzählen? Soll ich mitkommen? Du brauchst doch sicher jemanden, der dir den Koffer trägt?

Für einen Businessflug und ein Luxushotel wäre ich eventuell und ausnahmsweise bereit …"

„Moment", lachte Cora laut. „Ich fahre allein, dass das klar ist. Du bleibst hier und schreibst brav deine Thesis fertig!" Dann erklärte sie ihm kurz, was Ma am Telefon gesagt hatte.

„Ah, Ma, dein Freund aus China!" Ihr Bruder hatte letztes Jahr in Fujian studiert, der Partnerprovinz von Rheinland-Pfalz in China, und sie dort nach ihrem Tibet-Abenteuer getroffen. Er kannte Ma nur aus ihren Erzählungen, aber sie hatte viel von Ma gesprochen, und das war bei seiner Schwester ungewöhnlich. Sie redete selten über Männer.

„Okay, kein Problem! Ich kann dir ein paar Dateien und Links geben. Aber du solltest meinen Dozenten kennenlernen, der berät deutsche Firmen in China, der kann dir sicher noch Tipps geben." Um die anderen Studenten, die sich in der Bibliothek aufhielten, nicht weiter zu stören, stiegen sie die Treppe ins Obergeschoss empor. Die Türen zu den Dozentenzimmern standen offen; manche der relativ kleinen, aber alle sehr gemütlich eingerichteten Räume waren leer, in anderen saßen die Professoren oder andere Lehrkräfte an ihren Computern oder beugten sich über Papiere. Cora sah mehrere Asiaten; ob das nun Chinesen oder Japaner waren (ihr Bruder hatte gesagt, man könne an diesem Institut auch BWL mit Japanisch, seit Kurzem auch mit Koreanisch, kombinieren), konnte sie nicht unterscheiden. Leider war der Dozent, den er suchte, nicht da; er versprach Cora aber, sich zu kümmern und ihn anzurufen. Vielleicht konnte sie ja wenigstens mit ihm telefonieren.

Cora umarmte ihren Bruder, der wieder in die Vorlesung musste, ermahnte ihn noch einmal grinsend, endlich die Bachelor-Thesis fertigzuschreiben, und verließ das Institut wieder; sie würde schon klarkommen. Sie freute sich sehr, ihn getroffen zu haben; obwohl sie eigentlich nicht weit auseinander wohnten, sahen sie sich doch nur selten. Aber sie verstanden sich bestens, und jeder hätte alles für den anderen getan.

Wohin jetzt? Sie überlegte kurz, als sie wieder in ihrem Wagen saß. Ach ja, sie brauchte noch einen Adapter für ihr Ladekabel; in China sahen die Stecker natürlich anders aus als in Deutschland. Für einen Kauf im Internet war es zu spät; sie würde sich nachher in der Innenstadt in einem Elektromarkt einen Adapter holen. Und heute Abend ging es schon los! Was könnte sie Ma nur mitbringen? Gar nicht so einfach, im Grunde kannte sie ihn ja kaum. Aber sie wollte ihm unbedingt eine Freude machen. Vielleicht fand sie am Flughafen noch etwas.

Als Cora sich gegen Mittag an ihren Küchentisch setzte, um in Ruhe noch einmal die Unterlagen durchzugehen, die ihr Bruder ihr zwischenzeitlich gemailt hatte, klingelte ihr Handy. Es war der Dozent ihres Bruders. Cora war hocherfreut und bedankte sich überschwänglich.

„Das ist wirklich sehr nett, dass Sie sich die Mühe machen und mich noch anrufen! Wissen Sie, ich soll einigen chinesischen Investoren helfen, Deutschland besser zu verstehen. Wo fange ich an? Was sollten die aus ihrer Sicht auf jeden Fall wissen, um hier Fettnäpfchen zu vermeiden? Gibt es dazu auch Literatur? Was sind typische Fehler von chinesischen Investoren? Ich wäre Ihnen wirklich dankbar, wenn Sie mir da einige Hinweise geben könnten."

„Mache ich sehr gern", erwiderte der Dozent. „Am Telefon ist das natürlich etwas schwierig, und eigentlich halte ich dazu meist ganze Workshops. Wissen Sie, die sogenannte Reform- und Öffnungspolitik wurde schon Ende der Siebzigerjahre in China implementiert, nur wenige Jahre nach Maos Tod 1976. China ist seit über dreißig

Jahren für Reisende, Touristen wie Geschäftsleute, ziemlich problemlos zu bereisen, auch im Internet steht natürlich vieles. Aber was wir über die Chinesen wissen, und was die über uns, das sind zumeist noch immer Vorurteile und Klischees. Auch wenn Facebook, Twitter oder YouTube in China offiziell nicht zugänglich sind, gibt es doch jede Menge Möglichkeiten, sich als Chinese über Proxyserver dort einzuloggen; aber die meisten Chinesen, die in den Internetcafés sitzen, spielen Computerspiele und informieren sich nicht über das Weltgeschehen. Was wissen sie über uns? Alle Deutschen sind blond, trinken Bier, fahren dicke deutsche Autos, spielen Fußball! In den Schulen lernt man nicht viel über deutsche Geschichte; gerade das 3. Reich wird nur kurz behandelt und, aus unserer deutschen Sicht, auch nicht richtig eingeordnet. Oft werden die Gräueltaten Hitlers mit denen der Japaner gleichgestellt, die die in den 1930er Jahren in China begingen; das ist natürlich ein sehr verzerrtes Bild. Also, reden Sie über deutsche Geschichte, aber auch, das interessiert natürlich noch mehr, über unsere jetzige politische und wirtschaftliche Situation in Europa, unsere Kultur, worauf wir Wert legen, was wir über China wissen."

„Ja, mache ich", warf Cora interessiert ein. „Wie offen darf ich denn in China reden? Darf man Menschenrechte thematisieren? Darf ich den Chinesen sagen, wie wir sie sehen, auch kritisch? Hacker, Produktpiraterie und so? Das letzte Mal, als ich in China war, habe ich mich gewundert, wie frei viele Chinesen sprechen."

„Natürlich, das kann man durchaus, wenn man es in angemessener Weise macht. Also nicht mit dem erhobenen Zeigefinger, wir wissen alles besser; das tun viele Ausländer. Aber da Ihre Bekannten ja etwas über uns lernen wollen, so hatte ich das verstanden, sollen sie ruhig wissen, wie wir über sie denken."

Cora gefiel es, wie ruhig und sachlich er mit dem Thema umging. „Aber ist es für die Chinesen auch wichtig zu wissen, womit die Investoren hier in Deutschland zu rechnen haben, also, wie wird man ihnen begegnen? Sind sie willkommen oder herrscht die Angst vor Know-how-Transfer und Technologieklau? Wie ist denn die Stimmung in der deutschen Wirtschaft? Ich kenne mich da nicht so aus; ich sehe das nur aus meiner privaten Erfahrung. Und irgendwie kommt man schon ins Grübeln, ehrlich gesagt, wenn immer mehr deutsche Firmen von Asiaten aufgekauft werden."

„Wissen Sie, Frau Remy, das Problem ist – leider, wenn Sie so wollen –, dass immer mehr deutsche Unternehmen auf Investoren angewiesen sind, die bereit sind, eine Finanzspritze zu geben oder das Unternehmen tatsächlich zu kaufen. Wir haben da die Nachfolgeproblematik, das heißt, es gibt keine Erben, die das Geschäft übernehmen wollen, oder die Firmen sind allein nicht mehr stark genug, auf dem Weltmarkt zu bestehen. Also braucht man Geld, und das kommt zunehmend aus Indien und eben aus China. Wir haben sehr viele Beispiele, und das ist die überwiegende Anzahl der chinesischen Investitionen in Deutschland, die hervorragend laufen; es sind ja fast nur kleine und mittlere Unternehmen, die gekauft werden. Allerdings kommen in immer höherem Maße auch die großen Unternehmen ins Visier der Asiaten; vielleicht haben Sie von dem Maschinenbauer Krauss-Maffei gehört. Da betrug der Kaufpreis immerhin über neunhundert Millionen Euro! Jedenfalls spricht es sich nach anfänglicher Skepsis herum, dass da keine chinesische Heuschrecke kommt, die das Know-how abzieht und damit nach China verschwindet, sondern dass die Chinesen tatsächlich das Geschäft hier ausbauen möchten, den Markt und den Namen der deutschen Marke nutzend. Es gibt fast nur positive Beispiele bei den Käufen in den letzten Jahren. Also profitieren beide Seiten, Win-win. Genau das ist der Unterschied zu amerikanischen Finanzinvestoren, die nur den Vorteil der Aktionäre sehen und nicht auf das Fortbestehen der Firma erpicht sind. Die Chinesen geben praktisch immer eine Garantie, die Arbeitnehmer für eine bestimmte Anzahl von Jahren weiter zu beschäftigen. Sagen Sie den Investoren, dass die Deutschen China mögen, aber sagen Sie auch, dass sie vielen Vorurteilen, gerade in der Bevölkerung, begegnen werden. Die meisten Deutschen denken bei China doch immer noch an Produktpiraterie.

Sagten Sie nicht, dass es um den Flughafen Hahn geht? Das ist natürlich ein sehr spezieller Fall, hier geht es um Logistik, um einen strategischen Kauf. Und die Regierung in Mainz muss verkaufen, weil die Europäische Kommission in Brüssel die unbegrenzte Zahlung von Subventionen untersagt hat. Aber machen Sie sich mal schlau, was in Parchim passiert ist, in Lübeck, und natürlich auch hier in Rheinland-Pfalz, in Bitburg. Keine guten Erfahrungen mit chinesischen Investoren, allesamt. Das wird alles wieder hochkommen, wenn die Chinesen Hahn gekauft haben."

Cora schrieb fleißig mit. Der China-Experte schien wirklich Erfahrung zu haben; er hatte, wie er ihr erzählte, schon zahlreiche deutsche Unternehmen nach China begleitet und kannte die typischen Fehler beider Seiten. Er nannte ihr noch einige interessante Websites und versprach, ihr auch noch Materialien für einen Workshop zu mailen.

„Und bitte, liebe Frau Remy, halten Sie sich aus dem Verkauf des Hahn heraus. Da geht es um einiges, nicht nur den Kaufpreis, der ist ja symbolisch. Aber wenn mehrere chinesische Firmen konkurrieren, kann es unschön zugehen. Da sollten Sie nicht zwischen die Fronten geraten! Wenn Sie Probleme haben, rufen Sie mich an. Ich kenne auch einige Leute an den Konsulaten, hier und in Shanghai. Man kann nie wissen!"

Als Cora ihrer Meinung nach die wichtigsten Tipps beisammenhatte, bedankte sie sich noch einmal und versprach, ihn bei Fragen auch von China aus sofort zu kontaktieren.

Als sie aufgelegt hatte, fiel ihr ein, dass sie ihn auch nach dem Thema Korruption hatte fragen wollen, aber egal, dachte sie, ein andermal. Das Thema Compliance, also die Einhaltung von Regeln und Gesetzen innerhalb der einzelnen Unternehmen vor allem unter dem Aspekt der Korruption, würde ja für sie ohnehin nicht auf der Tagesordnung stehen. Was sollte der Kauf eines Flughafens in Deutschland mit Korruption zu tun haben? Hier lief das anders als in China. Dachte Cora.

TAG DREI

„Jiu jiu gui yi, haishi ta shuode dui!", zischte er aus dem Mundwinkel mit einer Kopfbewegung hinüber zu Gui, nahm die Zigarette mit zwei Fingern und drückte sie in den Überresten des opulenten Mahls aus, das sie eben genossen hatten. Nicht auf seinem eigenen Teller natürlich, sondern auf dem seines Gegenübers, der es nicht wagte, sich auch nur zu rühren. Wenn der *Shetou*, der Schlangenkopf, der Chef, etwas sagte oder tat, war es besser, zu schweigen. Und der *Shetou* hatte gerade gesagt, Gui habe letztendlich recht gehabt. Ausgerechnet Gui, die Kröte, wie sie ihn auch nannten; sein krummer Rücken, der kurze, dicke Hals, seine hervortretenden Augen, das hatte ihm zu diesem Spitznamen verholfen. Und die Tatsache, dass sich sein Nachname zufällig wie das Wort für Kröte aussprach, auch wenn es sich völlig anders schrieb. Gui war trotz seines ungemein hässlichen Aussehens der beste Mann, den sie derzeit in der Region hatten; er überwachte die wichtigen Aktivitäten, rekrutierte neue Mitglieder und führte notwendige Bestrafungen durch. Und er war es gewesen, der für die Bestrafung plädiert hatte, und er hatte sie organisiert und exekutieren lassen. Im wörtlichen und im doppelten Sinne, sozusagen.

Der Plan war ausgezeichnet, fand Pan, der traurig in sein Essen und auf die sich dort gerade in der Knoblauchsoße auflösende Zigarette blickte; gern hätte er noch etwas von dem weißen Fisch aus Hangzhou gegessen. Aber was verstand er schon davon? Erst vor wenigen Wochen war er aus Guangdong gekommen; alle in dieser Triade kamen aus seinem Heimatdorf nahe Chaozhou in der südöstlichen Provinz Chinas, die an Hongkong grenzte. Er stand ganz unten in der Hierarchie, noch viele Jahre würden vergehen, in denen er sich hocharbeiten musste, aber er war entschlossen, genau dies zu tun. Es war seine einzige Chance. Seine Eltern verließen sich darauf, dass er hier, in Deutschland, Karriere machte und sie eines Tages, wenn sie alt waren, versorgen konnte. Er würde die Unterbringung in einem teuren Altersheim bezahlen, und seine Mutter würde eine Halskette bekommen, die so teuer war wie die, mit welcher der *Shetou* gerade spielte und die sicher für seine neueste Eroberung gedacht war. Dafür war er bereit, alles zu tun. Der erste Schritt war es, initiiert zu werden; und die Idee Guis, diesen Verräter zu bestrafen, war eine gute Gelegenheit gewesen, sich zu beweisen. Pan war stolz, dass er die erste Prüfung bestanden hatte. Viele weitere würden folgen, das wusste er. Nicht alle würden so einfach werden wie diese.

Sie waren früh dort gewesen, in dieser Halle, irgendwo in der Provinz, er konnte sich diese fremdartigen deutschen Namen nicht merken. Man hatte sie in einem Lieferwagen dorthin gefahren, sie waren zu acht. Dann hieß es, sich aufstellen, er hatte seinen Platz zugewiesen bekommen. Der Hahn war auch dort, so wie es sein musste. Dann war alles sehr schnell gegangen. Der Schnitt, das Blut. Pans Augen glänzten vor Stolz, als er daran dachte. Sein Vater wäre stolz auf ihn gewesen, wie schnell und sauber er den Verräter bestraft hatte.

Und dass er ein Verräter war, stand außer Frage. Nicht weil er, Pan, es gewusst hätte, nein, wie auch? Aber Gui hatte es gesagt, und Gui war der Größte. Sogar der *Shetou* hatte anerkennend genickt, als Gui seinen Plan erläutert hatte. Und es war Gui gewesen, der den Verrat aufgedeckt hatte. Wochenlang hatten sie alles vorbereitet, die Route aus dem Rechner des BND gehackt, den Zeitpunkt festgelegt, den Sprengstoff besorgt. In vier Wochen sollte es so weit sein, und dann hatte dieses Schwein alles verraten. Angst bekommen hatte er, Angst um sein mieses kleines Restaurant in der Innenstadt, Angst, alles würde auffliegen. Und deshalb wollte er zur Polizei, zur deutschen Polizei! Unvorstellbar, töricht, dumm.

Nun, das würde seiner Familie eine Lehre sein. Und allen anderen, die sich womöglich überlegten, aus der Gemeinschaft auszuscheren. Pan verstand das nicht. Die Gemeinschaft war doch für sie da, war seine neue Familie, gab ihm Essen, eine Wohnung, Kleidung. Und den Stolz, dazuzugehören, etwas Wichtiges zu tun, anerkannt zu werden. Warum sollte man sich dagegen auflehnen? Das ergab doch keinen Sinn.

Pan blickte auf; der *Shetou* war aufgestanden. Das Essen war damit beendet, auch Pan verließ den Raum, hinter dem *Shetou* und hinter Gui, wie es sich gehörte. Im vorderen Teil des Restaurants, dort, wo die anderen Gäste saßen, nur Deutsche heute, wirkte alles wie immer. Kein Chinese würde heute hier speisen; jeder wusste, was sich im Hinterzimmer abspielte. Und die nackte Angst in den Augen der Kellner sah auch nur Pan, die Deutschen merkten so etwas nicht. Alle Chinesen sind höflich und lächeln, das glaubten die Deutschen. Das hatte man ihm gesagt. Vor allem die, die schon einmal zwei Wochen Urlaub in China gemacht hatten, waren begeistert von den netten Leuten, die immer lächelten. Pan hätte beinahe selbst gelächelt bei dem Gedanken an diese deutsche Naivität, aber das durfte er nicht.

Der *Shetou* hatte alles im Griff. Und Gui würde sich kümmern. Und er, Pan, half ihm dabei. Und das Restaurant, in dem sie jetzt waren und das dem Verräter gehört hatte, würde weltbekannt werden. Er konnte den Namen der Stadt nicht aussprechen, aber er wusste, dass hier ein wichtiger Deutscher geboren worden war, einer, dem die Kommunistische Partei Chinas viel verdankte. Und in vier Wochen würde ein anderer Chinese hierherkommen, einer, der heute in der Kommunistischen Partei sehr wichtig war.

In vier Wochen würde er, Pan, seinen Vater sehr, sehr stolz machen.

Shanghai, 3 Monate zuvor

Der riesige, bräunlich glänzende Ochsenfrosch sah ihn an. Was der wohl dachte? Er sah sehr schmackhaft aus. Oder doch lieber eine ganze Schildkröte auf scharfen Bohnen? Mao besah sich die Auswahl an Terrarien und Aquarien, die den Eingang säumten. Wie jedes gute Restaurant, das etwas auf sich hielt, präsentierte man den Gästen eine sehr lebendige Ansicht dessen, was dann speziell auf individuellen Wunsch hin und unschlagbar frisch zubereitet wurde. Oder doch die scharf angebratenen Aale in Knoblauch? Mao seufzte; er liebte es, stundenlang zu essen und zu trinken. Seit er seine Grundstücke verkauft hatte, musste er nicht mehr arbeiten und genoss das Leben in vollen Zügen. Als Bauer, der er ja eigentlich war, hatte er von diesem Leben nur träumen können. Und jetzt war es wahr geworden!

Er wohnte nun in Shanghai, der spannendsten Stadt der Welt, er konnte sich alles leisten, und warum auch nicht? Dreißig Jahre harter Arbeit lagen hinter ihm; aufgewachsen in einem winzigen Dorf, in dem es in seiner Jugend nicht einmal Strom gegeben hatte. Von Kindheit an musste er seinen Eltern helfen, auf dem Hof und auf den Feldern. Ohne Aussicht, dass sich dies je ändern würde. Seit Jahrtausenden war dies das Los Chinas: Die Bauern schufteten, der Kaiser war fern, und das Leben war hart. Und dann hatte die Partei dafür gesorgt, dass es den Bauern gut ging; sie konnten ihre Waren frei auf Märkten verkaufen, seit Beginn der Achtzigerjahre schon. Dann irgendwann konnten sie sich schöne Häuser bauen und schließlich sogar teure Autos kaufen. Land gehörte im Grunde dem Volk, man konnte es nicht direkt verkaufen. Aber, Dank sei der Partei, die Preise für Land waren ins Unermessliche gestiegen, weil die Städte wuchsen, weil

Wohnraum für die vielen Chinesen gesucht wurde, die in die Städte ziehen wollten. Und so kam es, dass Mao, ein Bauer aus Anhui, der von Kindheit an wusste, sein Los würde das Gleiche sein wie das seiner Vorfahren, plötzlich die Chance hatte, alles zu ändern. Die Partei hatte es ihm ermöglicht, sie hatte dafür gesorgt, dass sich der Lebensstandard eines Chinesen innerhalb weniger Jahre vervielfachen konnte! Dafür war Mao der Partei dankbar. Und es war friedlich geschehen; keine Aufstände, keine Bürgerkriege, nein, schnell und leise und friedlich. In nur dreißig Jahren war China eines der mächtigsten Länder der Welt geworden. Die Partei war wirklich gut.

Mao war der Erste in der Runde der vier, und er setzte sich noch nicht, als die Bedienung ihn in das gebuchte Separee führte. Ein fensterloser Raum, der obligatorische runde Tisch, vier Stühle, alles festlich gedeckt mit mehreren Gläsern, hübschen Porzellanbänkchen, um die Stäbchen darauf abzulegen, goldumrandeten Tellern, auf denen die Schüsseln mit den Speisen stehen würden. Auf einem Beistelltisch an der Wand warteten zwei Flaschen Rotwein. Das Restaurant hatte alles aufgeboten, ein exzellenter Bordeaux. Dunkelrot musste er sein, der Wein, das war Glück verheißend und stärkte darüber hinaus die Manneskraft. Mao kannte die Marke sogar; Zhang hatte ihm verraten, dass er das Weingut letztes Jahr gekauft hatte. Ein gutes Investment, Rotwein wurde in China immer beliebter, teuer musste er sein, und am liebsten französisch. Also warum nicht gleich das Gut kaufen, statt teuer zu importieren? Zhang war schlau. Aber er, Mao, war auch nicht dumm; das hatte er gezeigt, als er zustimmte, den deutschen Flughafen zu kaufen. So etwas machten nur die großen Fische, er gehörte jetzt dazu. Er hatte es weit gebracht. Er war ein guter Sohn, ein pietätvoller Sohn, wie es Konfuzius vorschrieb. Er konnte seinen Eltern einen sehr guten

Platz in einem teuren Altersheim kaufen, wenn es einmal so weit war.

Zhang war ihr Anführer, sozusagen, und es war besser, auf ihn zu warten. Liang und er, Mao, waren die Bauern, die reich geworden waren; Peng war der Gebildete, der Deutsch konnte und die chinesischen Klassiker zitierte, aber Zhang war der Geschäftsmann. Er war Bauunternehmer, hatte schon viele Projekte in Shanghai und Umgebung hochgezogen, war deshalb unendlich reich und vor allem, einflussreich. Ohne ihn hätten sie gar nicht gewusst, was tun. Aber Zhang, der mit Mao weitläufig verwandt war, hatte von dessen neuem Wohlstand erfahren und sich bereit erklärt, dem Verwandten zu helfen. Dann hatte er noch Peng mit einbezogen, und so waren sie nun zu viert. Nichts Ungewöhnliches, dass sich Menschen, die sich kaum kannten, nur aufgrund ihrer Beziehungen, *Guanxi*, zusammentaten und ein Investment planten. Diesmal hatten sie für ihre Besprechung ihr Lieblingslokal ausgesucht, nicht in Pudong, „östlich des Pu-Flusses", sondern in Puxi, „westlich des Pu-Flusses". Genau genommen in der ehemaligen französischen Konzession im Südwesten Shanghais. Unbestritten der schönste Teil der Stadt, breite baumgesäumte Alleen, herrliche Villen aus der Zeit der ausländischen Besatzung in den Zwanzigerjahren des 20. Jahrhunderts. Hier gab es Hunderte, wenn nicht Tausende von Lokalen, Restaurants, Bars und Etablissements aller Art. Und eine wichtige Besprechung mit einem guten Essen zu verbinden, das war immer eine gute Idee! „Für das Volk ist das Essen der Himmel", sagte das Sprichwort. Auf dem Tisch standen schon zwei der berühmten rotweißen Flaschen Maotai, dem Hirseschnaps aus Südwestchina. Maotai war edel, kein festliches Dinner konnte ohne diesen Hirseschnaps beginnen. Mao trat näher heran; ja, es war der teure, der mit dreiundfünfzig Prozent Alkohol. Er galt als der beste Baijiu, „weißer Alkohol" Chinas, auch wenn Mao persönlich einen Erguotou bevorzugte, um die sechzig Prozent stark, nur etwas für harte Männer aus Nordchina, und von dort stammten Maos Vorfahren. Für einen Moment war Mao wieder in seinem Dorf, in der Kneipe mit seinen Freunden, wo sie sich jeden Abend getroffen hatten und mit viel Gelächter bei Trinkspielen die Sorgen des Tages heruntergespült hatten. Wie es ihnen wohl erging? Er war lange nicht mehr dort gewesen, jetzt, wo er reich in der Stadt lebte, ein Paralleluniversum zu dem Leben seiner einstigen Kumpel. Ob er mal wieder hinfahren sollte?

„Na, Mao, woran denkst du? Schon wieder bei deiner neuesten Freundin?" Liang schlug ihm auf die Schulter; er selbst war verheiratet und stand auch zu seiner Frau, im Gegensatz zu vielen Chinesen, vor allem den Neureichen, die sich gern eine Konkubine zulegten.

„Nein", erwiderte der Angesprochene. „Ich dachte an mein Dorf, meine Freunde. Ich sollte mich mal wieder bei ihnen melden; sie sind noch immer arm, sie schuften, und ich sitze hier und verprasse mein Geld …"

„Das du dir redlich verdient hast!", erinnerte ihn sein Freund. „Na komm, genießen wir das Leben. Und heute geht es um eine wichtige Entscheidung, also müssen wir uns konzentrieren. Das Geld haben wir beide, aber Zhang ist der Kopf, der viel Erfahrung mit Investitionen hat und außerdem beste *Guanxi* zur Partei; du weißt, dass man ohne *Guanxi* nichts erreichen kann in China! Peng kennt Deutschland und China gleichermaßen; ein sehr gebildeter Mann. Sie werden uns helfen, unser Geld sinnvoll und gewinnbringend anzulegen. Also, setzen wir uns. Ah, da sind sie ja!"

Zhang und Peng betraten gemeinsam, ins Gespräch vertieft den Raum. Peng zeigte seinem Freund gerade einen riesigen Ring mit einem grünen Stein; Mao tippte auf Jade. Nicht, dass er andere Edelsteine gekannt hätte. Aber Jade war Glück verheißend, und jede Chinesin freute sich darüber. Ja, Peng und seine Frauengeschichten!

Die beiden Neuankömmlinge begrüßten Mao und Liang und nahmen Platz; schon kamen die Kellnerinnen und gossen Tee und Schnaps in die vorbereiteten Tassen und Gläser. Dann reichten sie jedem Gast ein in heißes Wasser getauchtes Tuch zur Erfrischung. Die vier Männer rieben sich Gesicht und Hals damit ab, das tat gut. Und es säuberte von der Shanghaier Luftverschmutzung; Peng, der den ganzen Tag draußen verbracht hatte, legte ein nahezu schwarzes Tuch auf das Tablett zurück, das ihm die Angestellte hinhielt.

Nach einem ersten Schluck Baijiu griff Zhang als Erster nach seinen Stäbchen und angelte sich ein paar in schmale Streifen geschnittene Gurken. Er tunkte sie elegant in die mit Knoblauch und Ingwer verfeinerte Sojasauce und schob sie sich in den Mund.

„Hao, gut", begann er mit vollem Mund zu sprechen. „Wir hatten uns ja vor einigen Monaten erstmals getroffen, und Peng kam da mit seiner Idee, einen deutschen Flughafen zu kaufen. Wir verstehen alle nichts von Flughäfen, aber die Gelegenheit ist günstig, und es wäre ja nicht das erste Mal, dass ich ein neues Geschäftsfeld eröffne. Mal sehen, wohin uns das führt, aber die Hauptsache ist doch, dass es lukrativ ist. Sind wir uns da einig?"

Alle nickten zustimmend. Zhang balancierte eine in Öl gedünstete Erdnuss zwischen seinen Stäbchen.

„Wir haben dann beschlossen, uns das näher anzusehen, und Peng ist ja kurz darauf nach Deutschland geflogen, um für uns die Situation auszukundschaften. Es gab also tatsächlich eine Ausschreibung zum Kauf des

Flughafens Ha En in dieser deutschen Provinz, äh ..." Er blickte fragend zu Peng hinüber.

„Rheinland-Pfalz", sagte Peng, die Silben vorsichtig buchstabierend. „Lai Fa Zhou nennen wir das deutsche Bundesland auf Chinesisch. Ziemlich klein, aber wirtschaftlich erfolgreich, hohe Exportquote, einige interessante Firmen. Und vor allem, es liegt sehr zentral mitten in Europa. Und der Flughafen heißt auf Deutsch Hahn, nicht Ha En."

„Okay, also meinetwegen Lai Fa Zhou", wiederholte Zhang. „Aber Ha En ist der chinesische Name, habe ich auf WeChat gelesen. Ist einfacher für uns. Wir haben dann auf seinen" – er zeigte mit den Stäbchen auf Peng – „Rat hin ein Angebot abgegeben, wie besprochen viel zu niedrig. Soweit alles klar. Die zuständige Behörde da drüben hat dann noch bestimmte Unterlagen angefordert, das haben wir alles erledigt. Ihr", (er nickte kurz zu Mao und Liang hinüber), „hattet uns ja die Vollmacht dazu erteilt, in eurem Namen in Deutschland aktiv zu werden und alle Geschäfte für euch zu tätigen. Jetzt wollen sie noch eine Bankbestätigung, um unsere Seriosität zu überprüfen! So sind die Deutschen eben. Erst haben sie gesagt, sie brauchen das nicht, aus Zeitgründen! Die haben es wirklich eilig, den Flughafen loszuwerden, und waren sogar bereit, ihn uns ohne Banksicherheit zu verkaufen. Das machen Deutsche eigentlich nie, aber daran kann man sehen, wie schlecht es um die Flughafen GmbH steht. Jetzt, in letzter Minute, brauchen sie doch eine Sicherheit, denn das sind deren Vorschriften. Also, wie gehen wir vor? Wer hat die besten Verbindungen zu einer großen Bank? Wir haben alle unser Geld auf verschiedenen Banken geparkt. Hat jemand einen Vorschlag?"

Die Vorspeisen waren abgeräumt worden, und die Kellnerinnen brachten die ersten warmen Hauptspeisen.

Mao schaufelte sich seine Schüssel voll mit Rindfleisch, scharf mit Chilis angebraten, dann meinte er: „Also ich kenne da jemanden bei meiner Bank in Hefei; wenn ich den bitte, uns eine Bestätigung auszustellen ... das wäre schon machbar."

Peng schüttelte den Kopf. „Nein, Freunde, so geht das nicht. Die Deutschen werden keine lokale Bank irgendwo in China akzeptieren, die wollen etwas Offizielles von einer bekannten Bank. Ist ja auch kein Problem, wir haben ja das Geld. Also sollten wir zu einer seriösen großen Bank gehen, das macht in Deutschland immer Eindruck. Wir steigen ganz oben ein. Die *Bank of China* sollte es schon sein, oder die ICBC. Zhang und ich kümmern uns, okay?"

Er nickte Zhang zu. Dieser war ja als Geschäftsmann bei vielen Banken bestens bekannt und würde das regeln. Mao und Liang stimmten zu; sie waren die Unerfahrenen hier im Team, und schließlich hatten sie sich deswegen zusammengetan, damit jeder seine Stärken einbringen konnte.

„Gut, das ist auch geklärt." Die Bankbestätigung zu erhalten, war in China kein großes Problem; sie würde schnell ausgestellt werden. Man musste nur die richtigen Leute kennen. Und Zhangs Beziehungen waren legendär; er kannte jeden, der in Shanghai wichtig war. Eine Bankbestätigung! Und an so etwas glaubten die Deutschen, nur weil es auf offiziellem Briefpapier stand. Ein Wunder, dass Deutschland es so weit gebracht hatte und weltweit für seine Produkte bewundert wurde. Wie konnten die nur so naiv sein!

Die Chinesen hatten schon in der Han-Dynastie, vor zweitausend Jahren, das Papier erfunden, erklärte der gebildete Peng der staunenden Runde. Die meisten Chinesen wussten selbst nicht viel über ihre Kultur, und diese hier am Tisch sicher nicht. Peng konnte glänzen, und er genoss es. Auch die Kellnerinnen hörten interessiert und bewundernd zu, und das trug sicher dazu bei, dass er die Geschichte etwas ausführlicher als nötig darstellte.

„Natürlich nicht in der heutigen Form, aber als Mischung aus Stofffetzen, Bambus und den Fasern des Maulbeerbaumes. Übrigens …", er deutete mit seinen Stäbchen auf eine Papierserviette, die unter seiner Schüssel lag, „die haben wir auch schon im 2. Jahrhundert erfunden, Papiertaschentücher. Und Toilettenpapier, nur wenige Jahrhunderte später! Das benutzen die Europäer erst seit zweihundert Jahren! Gibt es ein besseres Beispiel für unsere hochstehende Kultur? Die Europäer haben sich mit der bloßen Hand gereinigt, mit der linken, die daher als unrein galt. Manche haben sich auch mit Blättern gereinigt, später mit Federn; es gibt Berichte, dass man in Europa sogar lebendes Federvieh benutzte …" Ein Aufstöhnen ging durch die Runde. Das sollte eine Kultur sein? Solche Menschen? Es wurde Zeit, dass die Welt die Überlegenheit der chinesischen Kultur erkannte!

„Wer will uns da eine höhere Kultur absprechen? Und seit der Tang-Dynastie gab es Papiergeld, also Papierbögen, die mit einer Geldreserve als Garantie ausgegeben wurden. Das waren sieben Jahrhunderte, bevor die Europäer Papiergeld benutzten! Dann haben wir auch den Buchdruck erfunden, ebenfalls Jahrhunderte vor diesem Gutenberg, den sie im Westen für den Erfinder halten. Übrigens kommt der aus der Stadt, in der auch die Regierung des Bundeslandes sitzt, das den Flughafen verkauft. Witziger Zufall, dass die Regierung, die an eine gedruckte chinesische Bankbestätigung glaubt, ausgerechnet in der Stadt sitzt, in der der europäische Erfinder des Buchdrucks lebte … die sollten doch wissen, wie leicht man Drucke fälschen kann!"

Herzliches Gelächter erfüllte den Raum. Peng war zufrieden. Und das Mädchen, auf das er ein Auge geworfen hatte, starrte ihn auch bewundernd an ... Es lief gut!

Und so wie die Chinesen als Erste Papier bedruckt hatten, beendete er seine Ausführungen, so konnte man noch heute in China alles ausdrucken, was das Herz begehrte. Auch Promotionsurkunden, Zeugnisse, oder: – Bankbestätigungen! Wer an das bedruckte Papier glaubte, der war in China verloren. Das wusste jeder, der schon einmal mit Chinesen Geschäfte gemacht hatte. Außer der deutschen Regierung natürlich.

TAG DREI

Das Kanzleramt in Berlin war nun wirklich kein Ort, an dem Hektik angebracht war. Internationale Krisen, Attentate, Kriege – all das war gewissermaßen Tagesgeschäft. Die Mitarbeiter waren es gewohnt, in Situationen, die andere Menschen in Panik versetzten, ruhig zu bleiben und Entscheidungen von erheblicher Tragweite zu treffen.

Aber selbst hier gab es Momente, die ungewöhnlich waren. Das waren meist nicht die großen Dinge – drohende Kriege, Selbstmordattentäter oder Anschläge auf unschuldige Passanten, wie sie in letzter Zeit deutlich zugenommen hatten; es waren oft vielmehr die zunächst unscheinbaren Themen, die sich plötzlich zu Krisen auswuchsen, die aus dem Ruder zu laufen drohten. So wie jetzt, als der Kanzleramtsminister seine wichtigsten Mitarbeiter in sein Büro zitiert hatte.

„Meine Damen, meine Herren, wir haben folgende Lage: Der chinesische Ministerpräsident hat seinen Besuch für kommenden Monat angekündigt, das ist ja bekannt. Die Kanzlerin wird ihn hier empfangen, und dann wird er für vier Tage quer durch die Republik reisen. Der vorläufige Reiseplan liegt Ihnen vor, ist aber noch von der chinesischen Botschaft abzusegnen. So weit, so gut und alles Routine. Aber jetzt haben wir plötzlich eine Situation in Rheinland-Pfalz."

Der Minister liebte es, in englischen Begriffen zu sprechen, weil er sich damit weltmännischer vorkam. Das wurde hier aber nicht immer geschätzt, sodass er sich angewöhnt hatte, zwar Deutsch zu sprechen, aber englische Redewendungen zu übernehmen. In Spielfilmen hörte man oft die Redewendung „We have a situation", was so viel wie „Wir haben ein Problem, einen Notfall" oder

Ähnliches bedeutete. Also sagte er genau diesen Satz auf Deutsch, was aber im Deutschen nicht nur schlechtes Deutsch war, sondern schlicht keinen Sinn ergab.

„Am Flughafen Hahn im Hunsrück wurde ein Mord verübt. Das Problem ist, dass die Sicherheitskräfte vor Ort von einem Sühnemord der chinesischen Triaden ausgehen. Vorgehensweise und Tatortbeschreibung lassen darauf schließen; die grausigen Details erspare ich Ihnen." Das sollte reichen, damit jeder der Anwesenden sofort nach der Besprechung sich alle Details aus dem Netz holen würde, dachte er.

„Die Kanzlerin will wissen, was da vor sich geht. Wir haben die chinesische Botschaft informiert, auch wenn wir den Verdacht haben, dass die das sowieso bereits vor uns wussten. Der Fall hat plötzlich höchste Aufmerksamkeit erhalten, weil der chinesische Ministerpräsident auch nach Rheinland-Pfalz reisen möchte. Neben diversen Firmen, die im Bereich erneuerbare Energien offenbar schon sehr erfolgreich mit China zusammenarbeiten, wird er auch das Geburtshaus von Karl Marx in Trier besuchen. Das sind keine siebzig Kilometer vom Hahn entfernt; wenn da die Triaden Morde begehen können, macht das das BKA verständlicherweise nervös. Und die Chinesen scheinbar auch, jedenfalls wurde unser Botschafter in Beijing schon ins chinesische Außenministerium bestellt. Da laufen jetzt diplomatische Drähte heiß zwischen Berlin und Zhongnanhai. Weiß jeder, was das ist?"

Ein junger Referent schüttelte den Kopf und schaute fragend. Der Minister wurde ärgerlich.

„Mensch, das sollten Sie aber! Das Zentrum der chinesischen Macht! Liegt in Beijing, direkt neben der Verbotenen Stadt. Ich war da schon oft; es ist dort wunderschön. Ein Teil ist der Regierungssitz, also der Ort, wo der Ministerpräsident Li Keqiang residiert, der andere Teil ist der Sitz der Kommunistischen Partei. Lauschige Pavillons an kleinen Seen, Bambus, Trauerweiden, das ganze Programm. Da lässt sich's leben." Missmutig blickte er aus dem Fenster auf das nicht ganz so romantische Bild des Berliner Hauptbahnhofs, das sich ihm bot. Dann fiel ihm ein, dass in Zhongnanhai immerhin eine Diktatur residierte, eine Schwärmerei daher vielleicht nicht so angebracht war, und er räusperte sich. „So, das war das Briefing. Ich erwarte, über alle neuen Entwicklungen auf dem Laufenden gehalten zu werden. Fragen?"

„Ähm, ja", meldete sich der junge Referent schon wieder. „Wieso fährt der chinesische MP nach Trier? Was hat denn Karl Marx mit China zu tun?"

Alles drehte sich zu ihm um. Was war denn das für eine Frage? Auch wenn er erst seit vier Wochen hier arbeitete, sollte er doch die Spielregeln kennen. Und die erste Regel lautete: keine dummen Fragen an den Minister. Und diese Frage war sehr dumm; nicht, weil der Referent etwas nicht wusste, schlimm genug, sondern weil er etwas fragte, was er ebenso gut später selbst hätte googlen können. Der Minister lief derweil rot an.

„Marx! Mann! Schon mal was von Kommunismus gehört? Marx war einer der Theoretiker des Kommunismus, einer der Gründerväter sozusagen! Und was haben wir in China? Na? Na? Richtig, eine Kommunistische Partei. Na, klingelt da was? Lesen Sie mal wieder Bücher, junger Mann, statt immer nur Pokemons zu suchen! Das *Kapital*, eines der berühmtesten Bücher der Welt! Da fällt mir eine Anekdote ein ..." Die Anwesenden stöhnten innerlich auf. Die Anekdoten des Ministers waren berüchtigt.

„Also, Jenny, das war die Frau von Karl Marx, soll ja gesagt, haben, der Karl, der hätte mal mehr Kapital anhäufen sollen, statt immer nur darüber zu schreiben ... haha, herrlich, nicht wahr? Könnte von meiner Frau sein

…" Er schien wieder besänftigt, nachdem er diesen Brüller losgeworden war.

Als alle den Raum verlassen hatten, wischte sich der Kanzleramtsminister den Schweiß von der Stirn. Ein Staatsbesuch in Verbindung mit einem Ritualmord, das war keine gute Presse. Er machte sich keine Sorgen um die Sicherheit des Ministerpräsidenten, das war kein Problem. Aber China war ein immer wichtigerer Handelspartner, die Verhandlungen wegen der Anerkennung Chinas als Marktwirtschaft liefen, und in Anbetracht der fortdauernden Probleme mit Russland lag der deutschen Regierung viel an einer guten und partnerschaftlichen Beziehung zum Reich der Mitte. Nicht einmal die Chinesen selbst hätten von sich gesagt, dass sie eine Marktwirtschaft seien; aber laut den Statuten des Beitrittsvertrages zur Welthandelsorganisation stand ihnen nach fünfzehn Jahren dieser Status zu. Die Chinesen legten darauf großen Wert, da man sie dann weniger wegen angeblich übermäßiger staatlicher Subventionierung ihrer Unternehmen angreifen konnte; das wollte die Kanzlerin ausnutzen. Und sie war es gewohnt, klare Worte zu finden, sie fuhr im Gegensatz zu ihrem ehemaligen britischen Kollegen nicht die einschmeichelnde Linie des Kotaus vor dem großen Investor China. Klare Worte, das war ihr Stil, und den respektierten die Chinesen. Deutschland war so zum wichtigsten Partner Chinas in Europa geworden. Da musste ein Staatsbesuch perfekt ablaufen. Gab es vielleicht eine Sicherheitslücke? Womöglich in Trier? Das Problem Hahn musste vom Tisch. Schnell. Er griff zum Telefon und ließ sich mit der Staatskanzlei in Mainz verbinden.

TAG DREI

Der Wagen des Mainzer Polizeipräsidenten fuhr vor das große schmiedeeiserne Tor, das die imposante Villa des chinesischen Handelskonsuls in der Nähe von Frankfurt von der Außenwelt abschirmte. Lautlos und ohne dass sein Fahrer ihn anmelden musste, öffneten sich die beiden Torflügel, und der Wagen rollte auf den Parkplatz. Sein Fahrer öffnete ihm die Tür, und er stieg aus.

Lächelnd empfing ihn Konsul Zhang Aiguo auf der weiten Treppe, die in das Gebäude führte. Hier ließ es sich arbeiten, dachte der Mainzer, als er sich umblickte. Ein traumhafter Garten, angelegt von demselben Architekten wie der Frankfurter Palmengarten, erstreckte sich hinter ihnen. Die denkmalgeschützte Villa hatten die Chinesen vor einigen Jahren gekauft und renoviert. Wie in anderen Ländern auch war die Wirtschafts- und Handelsabteilung räumlich von dem eigentlichen Konsulat getrennt, so wie auch der Handelsattaché dem Handelsministerium entstammte und nicht dem Außenministerium, dem der Generalkonsul unterstand. Die Oberhoheit des Generalkonsuls in Frankfurt erstreckte sich auf die Bundesländer Rheinland-Pfalz, Hessen, Baden-Württemberg und das Saarland.

Die Beziehungen zwischen Mainz und Frankfurt waren in dieser Hinsicht unkompliziert und durchaus als freundschaftlich zu bezeichnen; ebenso gut hätte der Konsul nach Mainz zum Polizeipräsidenten kommen können. Vor dem Gebäude wehte die Wuxing hongqi, die rote Flagge mit den fünf gelben Sternen, die Nationalflagge der Volksrepublik China. Der große gelbe Stern stand für die Kommunistische Partei, die vier kleinen, die mit ihren Spitzen jeweils direkt in die Mitte des großen Sterns, also der Kommunistischen Partei zeigten, standen für die Arbeiter, Bauern, Kleinbürger und die Bourgeoisie. Der Polizeipräsident erinnerte sich kurz, im Internet eine Meldung dazu gelesen zu haben, dass es bei den Olympischen Spielen in Rio 2016 einen Skandal um schlecht nachgemachte chinesische Flaggen gegeben hatte. Bei den Siegerehrungen waren Flaggen emporgezogen worden, bei denen die Sterne nicht exakt ausgerichtet waren. Schlechte Raubkopien aus China ausgerechnet von der chinesischen Nationalflagge!

Der Konsul begrüßte den Polizeipräsidenten herzlich und geleitete ihn die Stufen empor und weiter in die große Empfangshalle. Sie schritten über den eleganten chinesischen Teppich und betraten den großen Raum zur Rechten, der in traditioneller Manier eingerichtet war. Direkt vor ihnen, an der Stirnseite des Raumes, standen wie üblich zwei Sessel, durch zwei kleine Tische getrennt. Links und rechts schlossen sich an den Längsseiten des Raumes weitere Sessel an, zwischen denen ebenfalls jeweils kleine Beistelltische standen. Im Prinzip entsprach dies der Anordnung, wie sie auch im Kaiserpalast in Beijing zu finden war und in allen offiziellen Räumen Chinas weltweit. Der Kaiser vorn, die Beamten an der Seite. An den Wänden hingen wunderschöne Kalligrafien; dicke Seidenteppiche auch hier auf dem Boden.

Wie üblich hatten dienstbare Geister kleine Wasser- und Saftflaschen sowie Tee vorbereitet und auf den Tischen neben jedem Sessel platziert. Ein kleiner Ständer mit der deutschen und der chinesischen Flagge stand zwischen den beiden Sesseln an der Stirnseite.

Hätte der Polizeipräsident die chinesische Sprache beherrscht, hätte er schon aus dem Namen das Alter des Konsuls ablesen können; der Vorname, Aiguo, bedeutete passenderweise so viel wie „das Land lieben", eine sehr patriotische Namensgebung, wie sie in den Sechzigerjahren üblich gewesen war. Niemand würde heute seinen Sohn so nennen. Der Konsul hatte sich über ein Germanistikstudium und verschiedene Posten in Österreich und in Deutschland, später dann im chinesischen Handelsministerium hochgearbeitet und war seit etwa einem Jahr Konsul. Sein Deutsch war makellos; die Chinesen achteten darauf, Diplomaten ins Ausland zu schicken, die die Landessprache auch beherrschten. Deutsche Diplomaten taten dies eher selten. Zhang und der Deutsche begrüßten sich freundschaftlich; man kannte sich von vielen offiziellen Anlässen, den üblichen Empfängen und gelegentlichen Krisensituationen, und arbeitete oft auf dem kurzen Dienstweg zusammen. Der Mord am Hahn hatte natürlich auch im Konsulat für große Aufmerksamkeit gesorgt, und so hatten sie kurzfristig ein Treffen anberaumt, um eine gemeinsame Vorgehensweise festzulegen. Beim Generalkonsul in Frankfurt war der Mainzer schon gewesen, aber da der Verkauf des Hahn in die Zuständigkeit der chinesischen Wirtschaftsabteilung fiel, war auch ein Besuch hier angebracht.

„Also", eröffnete der Chinese die Unterhaltung, nachdem die üblichen Floskeln und die Fragen nach dem gegenseitigen Wohlbefinden ausgetauscht worden waren, „wie ist der Stand der Dinge? Wie weit sind Ihre Ermittlungen bisher gediehen?"

Der Polizist öffnete eine Mappe, die er aus seiner Tasche geholt hatte. „Inzwischen sind wir uns sicher, dass es sich um einen Triadenmord handelt. Wir haben Spezialisten von LKA und BKA hinzugezogen, und die Umstände sowie die Art der Tötung sind eindeutig. Offensichtlich ist ein chinesischer Inhaber eines Restaurants in Trier aus uns bisher nicht bekannten Gründen am Flughafen Hahn hingerichtet worden. Wir haben seine Leiche identifiziert. Die Umstände der Tat weisen weiterhin auf eine Art Racheakt beziehungsweise Bestrafung hin. Unsere Leute durchkämmen derzeit das Restaurant in Trier und versuchen die Hintergründe zu ermitteln."

Der chinesische Diplomat ließ mit keiner Regung erkennen, ob diese Informationen neu für ihn waren. Er lächelte freundlich. „Gut. Herzlichen Glückwunsch zu diesen schnellen Ermittlungserfolgen! Wie gedenken Sie weiter vorzugehen?"

Der Polizeipräsident kannte diese Spielchen und fragte sich zum wiederholten Male, ob seine Informationen nicht bereits bekannt waren oder sogar hinter denen seines Gesprächspartners zurücklagen.

„Sobald wir genau wissen, welche Rolle das Chinarestaurant in Trier spielt, werden wir Sie selbstverständlich informieren. Wir halten Sie auf dem Laufenden, soweit dies ermittlungstaktisch zulässig ist. Haben Sie noch Hinweise oder Informationen aus der Szene, die uns behilflich sein könnten?"

Wieder lächelte Zhang Aiguo. „Auch unsere Leute haben berichtet, dass alles auf einen Triadenmord hindeutet. Aber Sie wissen, dass die Triaden in Deutschland nicht sehr stark sind. Wir gehen da von einer Tat aus, die völlig unabhängig von irgendwelchen politischen Motiven stattgefunden hat und in keinerlei Zusammenhang mit dem Verkauf des Hahn steht. Sehen Sie das auch so, Herr Polizeipräsident?"

Jetzt kam die heikle Phase des Gesprächs. Natürlich hofften beide inständig, dass keinerlei Zusammenhang zum geplanten Verkauf des Flughafens bestand; dennoch war es zumindest ungewöhnlich, dass der Mord genau zu diesem Zeitpunkt an diesem Ort stattgefunden hatte.

„Das sehen wir genauso", erwiderte der Deutsche. Das wäre ja auch eine Katastrophe, dachte er, behielt diesen Gedanken aber für sich. Er war sich fast sicher, dass der Konsul mehr wusste, als er zugab; aber das war ja legitim. Als Diplomat, noch dazu als Vertreter eines straff zentralistisch geführten Staates, der seine Bürger unauffällig, aber effektiv überwachen ließ, konnte es gut sein, dass der Chinese viel mehr als die deutsche Polizei über diesen Mord und seine Hintergründe wusste. Und dass die Triaden keinesfalls schwach waren in Deutschland, war beiden hinlänglich bekannt. Dass der Deutsche das Offensichtliche nicht aussprach, ließ ihn in der Achtung seines Gegenübers steigen.

„Es gibt keinerlei logischen Zusammenhang", führte der Polizeipräsident weiter aus. „Wir konzentrieren uns daher auf die Region Trier und denken, dass wir die Angelegenheit schnell aufklären können. Jegliche Unterstützungsmöglichkeit, die Sie uns geben könnten, wäre natürlich sehr willkommen."

Beiden Seiten war durchaus bewusst, dass die deutsche Polizei so gut wie keine Möglichkeiten hatte, einen Mord innerhalb einer chinesischen Triade aufzuklären. Und das Generalkonsulat würde sich hüten, sich da einzumischen, beziehungsweise würde dies nie öffentlich zugeben. Klar war also, dass der Mord nicht aufgeklärt werden konnte. Wichtig war, das Thema komplett vom Verkauf des Flughafens fernzuhalten. Die Chinesen würden das vermutlich intern klären oder sie hatten es schon aufgeklärt, dachte sich der Polizeipräsident. Und da er das wusste, und da der Konsul wusste, dass der Deutsche das wusste, aber nicht ansprach, pflegten sie schon seit geraumer Zeit eine gute Beziehung. Die Kunst bestand darin, den anderen wissen zu lassen, dass man etwas wusste, ohne es auszusprechen. Die Chinesen beherrschten dieses

Spiel meisterhaft, und sie hatten großen Respekt vor den wenigen Ausländern, die es ebenfalls beherrschten.

Zhang Aiguo, der Diplomat, der sein Land liebte, stand am Fenster und sah dem Polizeipräsidenten nach, als dieser unten in das am Eingang wartende Dienstfahrzeug stieg. Er mochte den Deutschen, aber natürlich konnte er ihm unter keinen Umständen sagen, worum es hier wirklich ging. Als einem der wenigen Menschen war Zhang bereits bekannt, welche Route der chinesische Ministerpräsident bei seinem bevorstehenden Besuch genau nehmen würde. Und dass ein Abendessen in genau dem Restaurant in Trier geplant war, dessen Besitzer ermordet worden war, das wussten außer dem Botschafter und dem Generalkonsul nur wenige Eingeweihte sowie einige Geheimdienstagenten. Er hatte wirklich andere Sorgen als den Verkauf des Flughafens, der letztlich ja eine innerdeutsche Angelegenheit war. Noch nie waren Informationen über einen geplanten Anschlag auf ein Mitglied des höchsten Entscheidungsgremiums der Volksrepublik China, dem Ständigen Ausschuss des Politbüros, publik geworden, und es hatte schon viele Versuche gegeben, im In- wie im Ausland, einen dieser mächtigen Männer zu töten. Er, Zhang Aiguo, hatte dafür zu sorgen, dass auch dieser Versuch nicht öffentlich wurde. Nichts durfte das Ansehen der Kommunistischen Partei schädigen. Sie hatte genug Probleme, das Volk im Griff zu behalten.

Die Anweisung war direkt aus Zhongnanhai gekommen. Und sie war, auch in ihrer Konsequenz, unmissverständlich.

TAG VIER

389. 410. 423. Jetzt! 431! Das war die höchste Geschwindigkeit, die der Transrapid erreichen konnte, und die meisten Passagiere, die offensichtlich so wie Cora zum ersten Mal die Strecke fuhren, machten schnell Selfies vor dem Display, das in jedem Waggon die Geschwindigkeit anzeigte. Als Ingenieurin konnte Cora sich diese Fahrt auf keinen Fall entgehen lassen, der Transrapid in Shanghai war die einzige Magnetschwebebahn dieser Art weltweit. Die traurige Probestrecke im Emsland gammelte ja nur vor sich hin, Cora hatte sich das interessehalber einmal angesehen. Im Grunde ergab diese Fahrt keinen Sinn; Cora war auf dem Flughafen Shanghai Pudong gelandet und musste in die Innenstadt, das ging mit dem Taxi oder auch der Metro schneller und besser. Die Transrapidstrecke dagegen endete plötzlich mitten in Pudong, und dann musste man doch mit dem Taxi weiterfahren. Aber es war einfach faszinierend, zu beobachten, wie ruhig die Fahrt verlief; selbst jetzt, mit 431 Stundenkilometern, zitterte die Schaumkrone ihres Cappuccinos, den sie sich noch schnell vor Fahrtantritt am Flughafen geholt hatte, kaum.

Ma Danli hatte natürlich hinter der Absperrung in der Ankunftshalle gestanden und ein großes Schild hochgehoben, auf dem weithin sichtbar „Dr. Cora Remy" stand. Er lachte vor Freude, als er sie sah, wie sie, etwas zerzaust, aber voller Vorfreude strahlend, durch die Tür kam, die vom Zoll in die Halle führte. Die blonden, lockigen Haare, die üblichen Jeans und Turnschuhe, die braune Lederjacke, ihre schmale, sportliche Figur – Ma war nicht der Einzige, der ihr bewundernde Blicke zuwarf. Cora hatte ihn sofort erblickt und war ihm, diesmal ohne zu zögern, um den Hals gefallen. Beim Abschied in Tibet damals war sie sich nicht sicher gewesen, wie weit sie gehen sollte; durfte man in China einem verheirateten Mann einen Kuss geben, noch dazu in der Öffentlichkeit und in Anwesenheit eines Ministers? Letztlich hatte sie sich dafür entschieden, jegliche eventuellen kulturellen Feinheiten einfach nicht zu beachten und sich so von ihm zu verabschieden, wie sie das wollte: mit einem Kuss auf die Wange und einer Umarmung. Jetzt hing sie an seinem Hals, bevor er auch nur eine Chance hatte, selbst die Initiative zu ergreifen (was er als zurückhaltender Chinese ohnehin nicht getan hätte). Er war überdurchschnittlich groß für einen Chinesen, wie Cora Anfang Dreißig, trug eine dunkle Stoffhose und ein weißes Hemd wie Millionen anderer Chinesen auch.

Als Cora sich von ihm gelöst hatte, lächelte er und betrachtete sie genauer. Ja, sie hatte sich nicht verändert. Die blitzenden Augen, denen man schon die Abenteuerlust ansah, die widerspenstige Locke, die ihr immer ins Gesicht fiel; braun gebrannt war sie auch, was in Deutschland, wie er wusste, ein Schönheitsideal war. Ganz anders hier, in China, wo die Menschen sich sogar am Strand oft bedeckten, um nicht braun zu werden, die Damen mit Sonnen- oder gar Regenschirmen herumliefen, sobald der Sommer nahte. Während Deutschland über den Burkini diskutierte, sah man an chinesischen Stränden den Facekini, eine Gesichtsmaske, die vor Sonneneinstrahlung schützen sollte, die Trägerinnen aber primär wie Aliens aussehen ließ. Aber gebräunte Haut war, wie früher in Europa auch, nicht erstrebenswert, sondern ein Zeichen von körperlicher Arbeit im Freien, und das wollte niemand. Also kaufte man sich Bleichcreme statt der Bräunungsöle, die sich die Deutschen am Strand auf die Haut schmierten. Ma hatte gelesen, dass sich in Europa früher die Adligen das Gesicht weiß gepudert hatten, um sich von der arbeitenden Bevölkerung abzuheben, und jetzt war dort Braun das neue

Gebot! Verrückte Welt. Er jedenfalls fand Cora wunderschön.

„Danli! Wie geht es dir? Was macht deine Tochter?" Cora strahlte ihn an, dann hängte sie sich völlig unchinesisch bei ihm ein, während sie die kurze Strecke hinüber zur Transrapidstation liefen.

„Alles bestens", versicherte Ma ihr, nachdem er galant ihre Tasche in die Hand genommen hatte. „Die Kleine ist ja gar nicht mehr so klein, schon vierzehn Monate, und sie wächst jeden Tag! Ich bin so stolz! Es geht uns sehr gut. Ich habe jetzt eine größere Wohnung ergattert, das ist in Shanghai gar nicht so einfach. Alles ist unglaublich teuer hier, aber man muss viel Geld ausgeben, um dazuzugehören. Ich muss nicht dazugehören, das weißt du, aber mal Essen gehen oder mit der Kleinen einen Ausflug machen, das möchte ich schon. Schon das muss man sich gut überlegen. Weißt du, dass hier gerade ein Disneyland aufgemacht hat? Alles ist total überlaufen, die Chinesen lieben so etwas, und trotz der hohen Preise war es die ersten Wochen immer ausverkauft. Irgendwann muss ich da auch hin mit unserer Kleinen …"

Sie hatten den Eingang zur Transrapidstation erreicht; Ma hatte vorsorglich schon Karten besorgt, und sie konnten durch die übliche Kontrolle hindurch und auf die Plattform hinunterlaufen. Vor jedem Waggon stand eine uniformierte Angestellte und lud sie mit einer Handbewegung lächelnd ein, den eleganten Zug zu besteigen. Als dieser sich dann in Bewegung setzte, begann Ma, ganz Ingenieur, seiner Fachkollegin Cora die Magnetschwebetechnik zu erklären; sie ließ ihn gewähren, auch wenn sie das längst selbst nachgelesen hatte. Als Hydroingenieurin war das ja nicht ihr Fachgebiet, aber sie fand die Technik ebenso faszinierend wie viele Laien auch. Der Zug führte den Motor nicht mit sich, erläuterte Ma, sondern er befand sich sozusagen in den Magneten, die unterhalb der Schienen angebracht waren. Diese zogen den Zug an oder stießen ihn ab, je nach Bedarf, wodurch er einerseits in einem konstanten Abstand zur Schiene gehalten wurde, diese also während der Fahrt nie berührte, andererseits doch vorwärtsgetrieben wurde. Die Vorteile waren offensichtlich; durch den Wegfall des Motors war der Zug viel leichter als herkömmliche Schienenfahrzeuge, der Abstand zur Schiene minimierte die Auswirkungen von Erschütterungen und auch den Verschleiß, und er konnte im Prinzip auch nicht von der durch Betonträger gestützten Konstruktion fallen, da er bei Ausfall der Magneten ja maximal auf die Schiene fiel und zum Stillstand kam. Eine hochspannende, in Deutschland entwickelte Technologie, die es aber leider dort nie über die Erprobungsphase im Emsland hinaus geschafft hatte. Sie war einfach zu teuer, und die in China oder auch in arabischen Ländern geplanten langen Strecken, auf denen sich der Transrapid amortisiert hätte, waren nie realisiert worden.

Keine acht Minuten später war die Fahrt schon zu Ende. Es war ja ursprünglich nur eine Referenzstrecke gewesen; in der Hoffnung auf weitere Aufträge durch die Chinesen hatten die Deutschen, allen voran der damalige Kanzler Schröder, den Chinesen die Strecke praktisch geschenkt. Nur war schnell klar geworden, dass diese Technik viel zu teuer war, und China hatte begonnen, eigene Schnellzüge zu entwickeln, die nun mit mehr als 350 Stundenkilometern durch das ganze Land fuhren. Eine konventionelle Technik, die aber viel preiswerter war und in Ausstattung und Komfort dem deutschen ICE in nichts nachstand. Sogar Internet gab es an Bord dieser Züge, auch bei Hitze funktionierende Klimaanlagen und gut bestückte Restaurants, alles Dinge also, die in Deutschland nach wie vor unberechenbaren Zufallskriterien zu unterliegen schienen.

Ma und Cora stiegen aus und liefen über eine Treppe zu dem Taxistand, der auf der Straße direkt am Ausgang der Station lag. Sie stiegen hinten ein, und Ma erklärte dem Fahrer, der, abgeschirmt durch einen Metallrahmen, links vorn saß, wohin sie wollten. Cora wohnte im gleichen Hotel wie bei ihrer letzten Reise; das Hotel lag strategisch günstig unweit des Bunds, der Shanghaier Prachtpromenade. Die Fahrt dauerte eine halbe Stunde; der Verkehr war noch dichter geworden als beim letzten Mal, dachte Cora bei sich. Verstohlen betrachtete sie Ma von der Seite; gut sah er aus! Seine Haare waren noch immer pechschwarz, obwohl viele Chinesen seines Alters schon graue Strähnen hatten. Er hielt auch seine schlanke Figur, im Gegensatz zu vielen Chinesen, die früh Gewicht zulegten. Die häufige Kombination von fettigem, ungesundem Essen und mangelnder sportlicher Betätigung hinterließ im neuen China deutliche Spuren. Aber das war der deutsche Blickwinkel, hatte Ma ihr schon erklärt; aus chinesischer Sicht war es durchaus erstrebenswert, zu zeigen, dass man nicht arm war und hungerte. Die furchtbaren Zeiten der Kulturrevolution und der vorangegangenen verheerenden Kampagnen des Großen Vorsitzenden Mao Zedong, die Millionen Menschen das Leben gekostet hatten, lagen nur wenige Jahrzehnte zurück. Dick sein war in der Generation, die das noch in Erinnerung hatte, in Ordnung, nur die Jungen, die trendy sein wollten, fingen an, sich in den städtischen Fitnessstudios zu tummeln. Und Ma tat das offensichtlich auch. Er sah wirklich verdammt gut aus.

Während er unaufgefordert weiter von seiner Tochter erzählte, ganz der stolze Vater, zwang Cora sich, von ihm weg- und zu der Silhouette Pudongs hinzuschauen. Hier war sie das letzte Mal nicht gewesen, alles schien moderner als im Westen der Stadt. Shopping Malls, riesige Läden amerikanischer Handymarken, und immer wieder Wolkenkratzer. Ma zeigte ihr im Vorbeifahren das berühmte Dreieck aus dem Jing Mao Tower, dem World Financial Center, und schließlich dem imposanten Shanghai Tower, dem mit 632 Metern Höhe dritthöchsten Gebäude der Welt. Er war nach sehr interessanten Nachhaltigkeitskriterien konzipiert worden; durch die außen verdrehte Fassade wurde unter anderem die Windbelastung verringert, und das ganze Gebäude war nach dem Prinzip einer Thermoskanne aufgebaut. Es gab sogar eine Aussichtsplattform in 546 Metern Höhe! Cora freute sich insgeheim schon darauf, eventuell Zeit für eine Besichtigung zu haben.

Nachdem Ma sie im Hotel abgesetzt hatte, ging Cora auf ihr Zimmer und beschloss, erst mal eine Runde aufs Laufband zu gehen. Sie brauchte die körperliche Bewegung, der lange Flug von Deutschland nach Shanghai, immerhin fast elf Stunden, steckte ihr noch in den Knochen. Bis zum Abendessen, zu dem sie mit Ma und seinen Freunden verabredet war, blieb noch viel Zeit. Die Zeitdifferenz von sechs Stunden störte sie jetzt noch nicht, das würde sie erst morgen früh merken. Aber sich ausruhen, das konnte sie jetzt nicht. Sie musste sich erstmal physisch verausgaben.

Rasch zog sie sich um und ging hinunter in den dritten Stock, wo sich das Fitnesscenter befand. Jetzt, am helllichten Tag, war es praktisch leer, und sie konnte sich ein gutes Laufband aussuchen. Cora stellte wie immer die Zeit auf eine Stunde, die Geschwindigkeit auf zwölf Stundenkilometer und begann, zügig loszulaufen. Ihr Handy mit ihrer Musik hatte sie im Zimmer vergessen, also stellte sie mit der Fernbedienung einen chinesischen Fernsehsender auf dem Bildschirm ein, der über ihr hing, drückte auf die Stummtaste und besah sich die Bilder, die da auf dem Nachrichtenkanal zu sehen waren. In Gedanken schweifte sie aber rasch ab. Sie freute sich auf die Tage mit Ma, darauf, mehr von Shanghai zu sehen, vielleicht auch seine Familie kennenzulernen. Und dann das Projekt Hahn, der eigentliche Anlass, warum sie hier war. Als Ma sie vorgestern angerufen hatte, war sie nur mäßig interessiert gewesen; aber nach den Ereignissen am Hahn war ihre Neugier geweckt worden. Wie seine Freunde wohl sein würden? Und ob sie schon von dem grausamen Mord gehört hatten? Wahrscheinlich, die Kommunikation funktionierte in China ja bestens, das hatte sie schon in Tibet festgestellt. Vielleicht wollten sie den Flughafen jetzt nicht mehr kaufen? Jedenfalls war sie gespannt zu hören, was die Chinesen mit dem Projekt vorhatten, ein seit Jahren defizitärer Flughafen war ja augenscheinlich kein gutes Investment. Warum waren die so erpicht darauf?

Eine Stunde später betrat Cora, verschwitzt und ausgepowert, aber zufrieden mit sich selbst, ihr Zimmer. Rasch streifte sie ihre Sportsachen samt Unterwäsche ab und stellte sich unter die Dusche. So eine Regenwalddusche brauchte sie unbedingt auch zu Hause! Herrlich, sie stand minutenlang unter dem heißen Strahl und ließ das Wasser an sich herunterlaufen. Schließlich drehte sie den Wasserhahn zu, trocknete sich ab, hängte das Handtuch ordentlich auf einen Haken und cremte ihren ganzen Körper ein. So viel Zeit nahm sie sich immer, Körperpflege musste sein. Sie war ja keine achtzehn mehr, und ihre Haut dankte es ihr. Dann machte sie sich, nackt, damit die Creme einziehen konnte und nicht an der Wäsche klebte, auf die Suche nach ihrem Handy. Da war es, in der vom Hotel fest installierten Aufladestation neben ihrem Bett. Hm. Sie konnte sich nicht erinnern, es hinein gestellt zu haben. Die Batterie war doch noch geladen gewesen; vor dem Flug hatte sie das Handy ausgeschaltet. Nein, sie war sich sicher, das Telefon nicht in die Station gestellt zu haben.

Cora blickte sich im Zimmer um. War jemand hier gewesen? Sie hatte noch nichts ausgepackt, der Raum war also noch perfekt aufgeräumt. Schwer zu sagen. Sie kam an dem großen Spiegel im Eingangsbereich vorbei, und plötzlich wurde ihr bewusst, dass sie noch immer völlig nackt durch das Zimmer lief. Rasch nahm sie den Bademantel von der Stange im Schrank und wickelte sich darin ein. Ob sie beobachtet wurde? Ma hatte einmal erzählt, dass viele Hotelzimmer abgehört wurden. Aber ob man ihr auch beim Duschen zusah? Cora nahm das Handy in die Hand. Es war halb leer. Wie das? Misstrauisch betrachtete sie die Aufladestation. Sie musste mit Ma reden.

Rasch zog sie sich an und verließ das Zimmer mit einem unguten Gefühl. Sie wollte lieber draußen spazieren gehen als hierbleiben, wo sie sich beobachtet fühlte.

Als Cora den Aufzug betrat und sich die Türen hinter ihr schlossen, schaltete in einem Raum auf einem anderen Stockwerk, nicht weit von den Aufzügen entfernt, eine Chinesin in weißem Kittel und der blauen Hose der Putzfrauen einen Bildschirm ab. Dann griff sie zu ihrem Mobiltelefon und wählte eine Nummer. Noch bevor sie wieder auflegte, stand unten, in der leicht erhöhten Mitte der riesigen Lobby des Hotels, ein Mann aus einem der tiefen Sessel auf und schlenderte über eine geschwungene Brücke, die einen kleinen Wasserlauf querte, langsam Richtung Eingangstür. Dabei behielt er die Aufzüge im Auge. Er trug eine graue Stoffhose, ein weißes Hemd und schwarze Schuhe; ein Mann unter Millionen in dieser Stadt.

Als eine schlanke, sehr attraktive Ausländerin aus einem der Aufzüge kam, sich kurz umblickte und dann das

Hotel verließ, beschleunigte er seinen Schritt etwas und ging ebenfalls hinaus in die feuchte Hitze Shanghais.

TAG VIER

Ziellos ging Cora, nachdem sie das Hotel verlassen hatte, rechts die Straße hinauf. Neugierig las sie das nächste Straßenschild, Henan Middle Road. Aha. Sie blickte sich um. Gegenüber an der Ecke leuchtete ein goldenes Schild über einem Laden, dort konnte man offensichtlich Gold und Silber kaufen. Auch Chinesen waren also auf der Suche nach krisensicheren Investitionen, dachte sie. Da passte ein Investment in Deutschland ja dazu; aber ausgerechnet ein Flughafen? Nun, nicht ihr Problem. Da auf den Straßenschildern praktischerweise auch die Himmelsrichtung angegeben war, ging sie nach Norden, dort irgendwo befanden sich die Einkaufsstraßen, glaubte sie sich zu erinnern. Nach einigen Minuten wurde ihr sehr heiß, der Bürgersteig lag in der prallen Sonne, auf beiden Seiten der Henan Road standen Häuser, die aber nicht hoch genug waren, um Schatten zu spenden. Die Straße war nicht interessant; nur kleine Geschäfte, in denen man Zigaretten oder Alkohol kaufen konnte, Süßigkeiten und immer wieder kleine Restaurants.

Nachdem sie zwei Querstraßen passiert hatte, stieß sie auf die Nanjing Road, Shanghais Haupteinkaufsstraße. In diesem Teil der Stadt trugen die Straßen, die in nord-südlicher Richtung verliefen, die Namen chinesischer Provinzen, und die in west-östlicher Richtung verlaufenden Straßen die Namen von Städten. Die Nanjing-Straße kannte Cora von ihrem letzten Besuch; sie wusste, dass sie nur nach Osten gehen musste und nach wenigen Hundert Metern den Huangpu erreichen würde, den Fluss, der Shanghai in eine westliche und eine östliche Hälfte teilte. Da sie nichts vorhatte, eigentlich nur dem Hotel hatte entkommen wollen, spazierte sie die Nanjing-Road entlang, kam an das berühmte *Peace*-Hotel und stand dann am Bund, der weltbekannten Uferpromenade Shanghais, die die Briten hundert Jahre zuvor angelegt hatten. Sie überquerte die achtspurige Straße zusammen mit gefühlt Tausenden von Chinesen und stieg auf der anderen Seite einige Stufen empor. Dann stand sie direkt am Huangpu und sah die Skyline Shanghais vor sich, wie sie sie von Bildern im Internet kannte. Links der Fernsehturm mit der charakteristischen Kugel in der Mitte, dann Hochhäuser, Hotels, schließlich das Jin-Mao-Center, einem Bambus nachempfunden, daneben das World Financial Center. Über dem hundertsten Stockwerk befand sich ein großes viereckiges Loch, welchem das Gebäude den Spitznamen „Flaschenöffner" verdankte. Es hatte ursprünglich ein rundes Loch werden sollen, aber das hätte zu viele Chinesen an die japanische Flagge erinnert, die ja auch einen Kreis auf einem Viereck darstellte, und die japanische Flagge über China, nein, das ging wirklich nicht. Die hatte in den Dreißigerjahren des 20. Jahrhunderts schon über Shanghai geweht, als die Japaner die Stadt besetzt hatten. Und schließlich, das berühmte Dreieck von Shanghais Skyline vollendend, der neue Shanghai Tower, der mit seinen 632 Metern Höhe alles überragte und der, in sich verdreht, ein imposantes wie architektonisch interessantes Gebäude war. Das musste sie sich wirklich unbedingt anschauen, da sie als Ingenieurin die Technologie faszinierte, mit der bei diesem Bauwerk besonders viel Energie eingespart worden war. Und der Blick von dort oben musste unbeschreiblich sein, jedenfalls bei gutem Wetter, so wie heute. Der Himmel strahlte in Blau, vereinzelte Wolken zogen vorbei, ein Ausflugsdampfer tuckerte den Huangpu entlang, es war eine Postkartenidylle. Der angeblich immerwährende Smog war jetzt verschwunden. Ob ein wichtiger Besuch eines ausländischen Politikers anstand? Sie hatte gelesen, dass vor Großereignissen wie der Olympiade in

Beijing, dem G20-Gipfel in Hangzhou oder einem Besuch des amerikanischen Präsidenten Hunderte von Fabriken im jeweiligen Umkreis abgeschaltet wurden, um eine gute Luft zu gewährleisten. Immerhin, sie hatten das Pariser Klimaabkommen ratifiziert. Diktatur kann vorteilhaft sein, dachte Cora.

Tausende von Chinesen machten Selfies vor der Skyline, gelegentlich waren auch westliche Touristen zu sehen. Ein Händler bot Luftballons an, einer verkaufte Wassereis, ein anderer machte Fotos für die, die gern ein besonders großes, kitschiges Bild als Erinnerung mitnehmen wollten; diese Fotos wurden farblich immer etwas nachbearbeitet. Shanghai war das Traumziel auch vieler Bauern, die es einmal in die Großstadt zog; sie standen staunend vor der atemberaubenden Kulisse. Cora dachte darüber nach, aus welcher Welt sie kamen; das riesige Reich, fast dreißigmal so groß wie Deutschland, war eigentlich ein Kontinent bestehend aus zweiunddreißig Ländern. Wie konnte man Tibet, so wie sie es erlebt hatte, mit dem hier vergleichen? Kultur, Lebensstandard, Essen, Luft, Infrastruktur, nichts war auch nur annähernd auf dem gleichen Niveau. Diese Bauern hier hatten vielleicht Geld, weil sie einen Acker günstig verkauft hatten, aber sie hatten keine Bildung, kein Benehmen. So sahen das jedenfalls viele Chinesen aus den östlichen Großstädten, die sich im Internet über diese Tölpel lustig machten, die sich an Bord von Flugzeugen genauso schlecht benahmen wie im Ausland. Sie ritzten ihre Namen in die Pyramiden, stiegen in von Tigern bevölkerten Wildlife-Parks aus dem Fahrzeug (das allerdings meist nur einmal!), pöbelten herum, erleichterten sich auch in Disneyland mitten auf dem Weg – China begann, sich für das eigene Volk zu schämen.

Coras Telefon klingelte. Sie hatte die gleiche SIM-Karte in ihr Smartphone gesteckt, die sie letztes Jahr in China verwendet hatte, damit Ma ihre Nummer hatte.

„Danli? Hallo, ich bin am Bund. Ziemlich weit vorn, genau gegenüber vom Pearl Tower. Kommst du? Nein, ich habe es im Hotel nicht mehr ausgehalten, erzähl ich dir später. Also, wann sehen wir uns? Um siebzehn Uhr? Okay, wo? Gut, ich komme dahin, kein Problem, das finde ich. Ja, gut. Bis dann."

Sie schaute auf ihre Uhr, um zu sehen, wie viel Zeit sie noch hatte bis zu ihrem Treffen. Witzig, dass man ständig auf sein Handy starrte und dann doch nicht wusste, wie spät es war, obwohl man doch die ganze Zeit die Uhr im Blick hatte. Ma und seine Freunde wollten sie heute Abend zum Essen einladen. Sie hatte noch drei Stunden, was sollte sie tun? Sie ließ ihren Blick schweifen und blieb an der Skyline auf der anderen Flussseite hängen. Genau, der Shanghai Tower! Da sie noch genug Zeit hatte, konnte sie ihn genauso gut jetzt gleich besichtigen. Am besten nahm sie sich ein Taxi. Andererseits wäre eine Fahrt über den Fluss auch reizvoll, es musste doch eine Fähre oder so etwas geben? Cora schlenderte die Promenade entlang, bis sie an einen Verkaufsstand kam.

„Ni hao!", sagte sie. „Do you speak English?"

Der alte Mann lachte fröhlich und zeigte zwei herrliche Reihen gelb-schwarzer Zahnstümpfe. Er schüttelte den Kopf, nahm sie aber an der Hand und rief etwas nach hinten; sofort erschien ein schwarzer Zopf, und ein kleines Mädchen, das gerade über den Verkaufstresen schauen konnte, strahlte sie an. Der Alte sagte etwas und zeigte auf Cora. Die Kleine zierte sich, aber dann klang es leise und schüchtern, aber gut verständlich: „Hello Madam. How do you do?"

Cora schenkte dem Mädchen ebenfalls einen strahlenden Blick. „Hello! I'm fine, thank you. My name is Cora, and yours?"

„My name is Honghong", piepste es zurück.

„Hi, Honghong. Is there a boat to cross the river?" Cora zeigte mit der Hand, was sie meinte. Die Kleine wandte sich zu ihrem Großvater und erklärte ihm scheinbar, was Cora wollte, jedenfalls nickte der Alte eifrig und zeigte flussaufwärts. Honghong lächelte schüchtern und zeigte stumm in die gleiche Richtung. Cora strich ihr über den Kopf und bedankte sich artig, dann ging sie weiter auf der Promenade entlang.

Hinter ihr gefror das Lächeln des alten Mannes schlagartig. Er verbeugte sich leicht vor einem Passanten, der ihm entgegenkam, hob beide Hände und hielt sie flach vor den Körper, die Finger ausgestreckt, nur die beiden Zeigefinger jeweils eingeknickt. Der Mann hielt die Hände in der gleichen Geste, daran hatte der Alte ihn erkannt. Dann ging er rasch weiter und folgte der blonden Ausländerin, die den Fluss entlanglief.

Als Cora wenige Minuten später an der Fähre angekommen war, sah sie auf ihre Uhr. Doch schon Viertel nach drei! In knapp zwei Stunden war das Treffen mit den Investoren, das würde sie wohl doch nicht schaffen! Sehnsüchtig blickte sie hinüber zum Shanghai Tower. Dann musste das eben warten; jetzt wusste sie ja, wie sie über den Fluss kam. Morgen würde sie sicher dort hinauffahren, über sechshundert Meter hoch!

Wohin jetzt? Wie hieß das Restaurant, das Ma ihr genannt hatte? Sie scrollte durch ihr Handy, ah, da stand es. *Lost Heaven*! Das klang doch schon mal gut. Yunnan Folk Cuisine, hieß es da, was war das? Da sie nichts anderes zu tun hatte, setzte sie sich auf eine Bank und öffnete den Browser. Unendlich langsam baute sich eine Website auf. Okay, Yunnan war eine Provinz im Südwesten Chinas, direkt an der Grenze zu Myanmar; von dort kam man auch nach Tibet hinauf. Schien wunderschön zu sein dort, herrliche Landschaften, Dschungel. Aber Yunnan gehörte wohl auch zum Goldenen Viereck, also der Erweiterung des berüchtigten Goldenen Dreiecks, aus dem Drogen, vor allem Heroin, in alle Welt transportiert wurden. Interessant. Auf Google hätte sie sicher noch mehr darüber erfahren, aber der chinesische Browser, der sich geöffnet hatte, führte das Thema nicht weiter aus. Verständlich, China wollte nicht, dass das offenkundige Drogenproblem als solches bekannt wurde. Das würde sie zu Hause mal genauer lesen. Ohnehin war die Internetverbindung unglaublich langsam, sobald ausländische Seiten aufgerufen wurden; die Kontrollinstanzen der chinesischen Great Firewall leisteten ganze Arbeit.

Also gut, wohin musste sie? Yan'an East Road, lautete die Adresse; wenn es der östliche Abschnitt dieser Straße war, war es vermutlich nicht weit. Da Google Maps auch nicht funktionierte, faltete sie nun doch den englischsprachigen Stadtplan auseinander, den das Hotel ihr beim Einchecken mitgegeben hatte. Nach kurzer Orientierung, Bund, Hotel, hatte sie die Yan'an Road gefunden, eine der ganz großen, Shanghai in ost-westlicher Richtung durchquerenden Straßen. Und das östliche Ende war natürlich nahe dem Bund.

Zielstrebig lief sie los. Cora konnte sich an ihrem Hotel orientieren, das eine charakteristische Dachumrandung aufwies, die weithin sichtbar war. So, da war die Yan'an Road, oder Lu, wie Straße auf Chinesisch hieß. So stand es ja auf allen Schildern. Yan'an Lu, Nanjing Lu usw. Auch so konnte man die Sprache lernen, dachte Cora. Jetzt noch die Hausnummer, 17, das musste gleich am Anfang sein.

Keine zehn Minuten später stand sie vor dem Restaurant. Zu früh, sollte sie hineingehen? Unschlüssig stand Cora auf der Straße herum. Passanten liefen zu Hunderten an ihr vorbei; manche, die wohl selten in der Stadt waren und noch nie Ausländer gesehen hatten, betrachteten die blonde Frau neugierig. Es fiel Cora daher nicht auf, dass ein Fußgänger sie besonders aufmerksam musterte, aber langsam an ihr vorüberging und dann vor einem Kiosk stehen blieb.

Plötzlich hielt ein Taxi am Bordstein. Danli! Er erklärte der überraschten Cora, dass er bewusst früher gekommen war, um eine ruhige Ecke zu reservieren.

„Komm, wir gehen rein, die anderen kommen sicher auch bald!" Er nahm sie am Arm und führte sie zu der Restauranttür, die mit Bambusstangen geschmückt war, um die Aufmerksamkeit der Laufkundschaft auf sich zu ziehen. Drinnen war es erstaunlich dunkel; sie gingen hinauf in den ersten Stock, und Ma suchte einen Tisch in einer etwas abseits und erhöht liegenden Ecke aus. Das ganze Restaurant war im Dschungelstil gehalten, viel Bambus, Bilder aus Yunnan, auf denen Frauen und Kinder in herrlichen Trachten posierten, im Hintergrund die schneebedeckten Berge Tibets. Als sie sich auf die schwarzen Lackstühle setzten, sah Ma Coras sehnsuchtsvolle Blicke, die auf den Bildern verweilten.

„Die Fotos sind aus Yunnan, aber was du hinter den Menschen dort siehst, das ist schon Tibet", erklärte er. „Das war schön, nicht wahr?" Sie hatten gewaltige Abenteuer zu bestehen gehabt, als sie im Vorjahr mit dem Zug von Shanghai bis aufs Dach der Welt gefahren waren und Cora dann beinahe im Basislager des Mount Everest in über fünftausend Metern Höhe ermordet worden wäre. Dennoch dachten beide sehnsüchtig an die wundervolle Landschaft, aber vor allem an die gemeinsame Zeit zurück. Auch wenn mehr als eine Umarmung nie eine Option gewesen war, mochten sie sich doch sehr, und sie wussten, dass sie sich gegenseitig blind vertrauen konnten.

„Nach Yunnan musst du auch mal fahren", unterbrach Ma ihre Gedanken. „Ganz im Süden, direkt an der Grenze zu Myanmar, fließt der Mekong; der bildet da sogar auf einigen Kilometern die Grenze. Die Region heißt Xishuangbanna, das ist eine der schönsten Landschaften, die man sich vorstellen kann. Bambushaine, Bananenplantagen, da gibt es Bären, angeblich sogar wilde Elefanten. Da wächst übrigens auch Pfeffer."

„Oh", lachte Cora. „Da muss ich hin. Mich haben schon viele dahin gewünscht, wo der Pfeffer wächst …"

Ma schaute sie verständnislos an. „Wieso sollte dich jemand nach Südchina wünschen?"

Cora erklärte ihm die Bedeutung des deutschen Sprichwortes, und jetzt verstand er. „Das muss ich mir merken", sagte Danli. „Übrigens, Yunnan ist auch bekannt für Drogenschmuggel. Der ist fest in der Hand der Triaden, heißt es. Ich weiß aber nicht, ob das so stimmt."

Cora blickte ihn erstaunt an. „Was weißt du denn über die Triaden? Gibt es die wirklich oder ist das Fantasie westlicher Medien? Hier in der Diktatur soll es möglich sein, dass mafiöse Strukturen bestehen? Würden die nicht sofort alle hingerichtet?"

Ma sah sie an. „Das wäre eine Möglichkeit. Aber es gibt noch eine andere, vielleicht sogar bessere. Früher sagte man in China ‚Yi yi zhi yi'. Das heißt so viel wie ‚Barbaren benutzen, um Barbaren zu schlagen'. Also die Feinde gegeneinander ausspielen. Man kann die Triaden auch instrumentalisieren. Man lässt sie gewähren, sie haben gute Verbindungen in höchste politische Kreise, und dafür erledigen sie die Drecksarbeit."

„Welche Drecksarbeit?" fragte Cora, jetzt wirklich interessiert. Sie hatte noch nie mit den Triaden zu tun gehabt, hatte das auch nicht vor, aber jetzt begegneten sie ihr gleich zweimal kurz hintereinander, am Hahn und im Gespräch mit Ma. Seltsam.

Der wollte gerade beginnen, das auszuführen, als seine Freunde eintrafen. Freunde war zu viel gesagt, aber Bekannte jedenfalls, wie Ma ihr zuflüsterte. Der, der Peng hieß, hatte wohl Deutsch studiert, und über diese Verbindung hatten sie sich bei irgendeiner Gelegenheit kennengelernt; Cora hatte das nicht genau verstanden. Dann gab es Zhang, der recht gut Englisch sprach, und zwei weitere, die nur Chinesisch konnten. Schließlich noch eine junge, ausnehmend hübsche Chinesin; Cora fand ihr Make-up allerdings völlig übertrieben, aber das war ja Geschmackssache. Man stellte sie als eine Bekannte von Peng vor; ihr Name sei Yi.

Ma begrüßte seinen Freund Peng mit einem herzlichen: „Ni pangle ba", „Du bist aber dick geworden!" – in China war das immer noch eine positiv gemeinte Begrüßung, jedenfalls unter Männern. Cora gab allen die Hand, als Ma sie als „sehr gute Freundin" vorstellte; die interessierten Blicke seiner Freunde entgingen ihr nicht. Sehr gute Freundin, soso. Hübsch war sie ja, bu cuo, „nicht schlecht", wie sie zueinander sagten. Das hieß so viel wie „verdammt gut". Donnerwetter, Ma stieg in der Achtung der Tischrunde. Jedenfalls des männlichen Teils; was Yi von ihr hielt, konnte Cora nicht beurteilen, aber vermutlich war Yi als schöne Frau, die sie zweifellos war, nicht begeistert, eine weitere – noch dazu für sie exotische – schöne Frau am Tisch sitzen zu sehen. Yi sprach sehr gut Deutsch, wie sich zu Coras Erstaunen herausstellte. Auch sie war eine Absolventin der Tongji-Universität, allerdings war sie bedeutend jünger als Peng. Cora schätzte sie auf höchstens Ende zwanzig.

Als endlich alle saßen, übernahm Zhang sofort das Kommando und bestellte erst mal eine Runde Schnaps zur Begrüßung der Deutschen. Er schien Erfahrung mit Ausländern zu haben, benahm sich gut, die anderen hörten auf ihn, das nahm Cora deutlich wahr. Sie wusste zwar, dass sie als Frau im Grunde nicht mittrinken musste, wollte aber keine Spielverderberin sein und trank eine Runde eines ziemlich ekligen, gelblichen Schnapses mit, der wohl für diese Provinz, nach der das Restaurant benannt war, typisch war. Yi dagegen hielt sich von Alkohol fern und gab schüchtern zu verstehen, sie vertrage das nicht. Sie bestellte sich eine Limonade. Während Zhang dann die Speisekarte und Peng die Kellnerin studierte, versuchte Cora, mithilfe von Ma als Dolmetscher, mit den beiden anderen Chinesen Konversation zu machen. Sie erfuhr, dass Mao und Liang vom Land stammten und erst seit Kurzem in Shanghai waren; sie waren sehr unsicher im Umgang mit ihr, da sie nicht wussten, was sich gehörte. Dort, von wo sie stammten, gab es solche Frauen nicht – selbstbewusst, unabhängig, allein durch die Welt reisend, stark, lustig, flirtend. Sie wussten nicht recht, ob ihnen das Angst machen sollte, jedenfalls saßen sie ziemlich eingeschüchtert am Tisch und staunten Cora an.

„Die beiden haben das Geld", erklärte Ma ihr leise. „Zhang ist international erfahren, hat auch viel Geld und hat viele Projekte umgesetzt; der ist mit allen Wassern gewaschen, wie ihr sagt. Peng hat das Projekt Hahn ins Spiel gebracht. Yi kenne ich auch nicht, ich wusste nicht, dass Peng jemanden mitbringt."

Cora wandte sich an Peng, da er der Einzige der Partner war, der auch Deutsch sprach. „So, Sie haben also den Flughafen Hahn schon besucht? Waren Sie schon mehrmals in Deutschland?"

„Ja, schon häufig", antwortete Peng freundlich. „Das erste Mal zum Studium, dann über die Jahre immer wieder, und jetzt, um mir den Flughafen anzuschauen. Eine wunderschöne Landschaft haben Sie da im Hunsrück, und auch gerade am Hahn. Wissen Sie, das chinesische Wort für Landschaft heißt ‚shanshui', also ‚Berge und Wasser'. Die ideale Landschaft besteht genau daraus, das sehen Sie auch auf alten chinesischen Tuschegemälden. Sie sehen immer einen Berg und unten einen Fluss oder einen Bach. Der Mensch ist auf diesen Gemälden oder Zeichnungen immer ganz klein, irgendwo versteckt, man sieht ihn kaum. Die Natur beherrscht uns, nicht wir sie. In der europäischen Malerei stehen die Menschen im Vordergrund, und man sieht im Hintergrund irgendeine Fantasielandschaft. Interessant, nicht wahr? Und die Landschaft am Hahn besteht aus ‚shan', also ‚Bergen', und immer wieder auch ‚Seen', also ‚shui'. Sehr schön. Ideal, sozusagen."

Cora nickte. „Ja, das stimmt, die Landschaft ist herrlich. Der Hahn liegt ja an der Hunsrückhöhenstraße und in der Nähe der Wasserscheide zwischen den Flüssen Nahe und Mosel. Also haben Sie recht, viel ‚shui', ‚Wasser'!"

Peng lächelte. „Sie sollten unbedingt Chinesisch lernen, das ist für Sie sicher nicht schwer. Ma hat mir viel von Ihnen erzählt, Sie sind ja sehr intelligent! Dann könnten Sie noch viel mehr über China lernen."

Inzwischen war Zhang mit der Kellnerin einig geworden; fasziniert beobachtete Cora, wie diese die Bestellung gleich in ihr iPad getippt hatte. Noch bevor sie weg war, brachte eine andere Kellnerin schon die Getränke. Also noch mehr Baijiu, Schnaps, Bier und Tee.

Peng folgte auch dieser Bedienung sehr aufmerksam mit den Augen, allerdings ohne seinen Redefluss zu unterbrechen, wie Cora amüsiert beobachtete. Die Kellnerinnen waren aber auch ausnehmend hübsch; Ma erklärte ihr, dass sie tatsächlich aus Yunnan stammten und sicher einer der vielen Minderheiten angehörten, die es in China gab. Peng hatte das gehört und warf fachmännisch ein: „Die sind von den Dai, aus Xishuangbanna. Da war ich im April zum Wasserfest. Sehr nett. Die Dai feiern dann ihr Neujahrsfest, die Männer veranstalten Drachenbootrennen, die Frauen tanzen den Pfauentanz, und die für ihre Schönheit berühmten Dai-Mädchen bespritzen sich und die Jungs mit Wasser, das soll Glück bringen. Das sollten Sie sich auch mal anschauen, Frau Dr. Remy! Wir freuen uns sehr, dass Sie extra den weiten Weg gekommen sind, um uns ein wenig zu helfen. Außer mir weiß hier niemand etwas über Deutschland, und ich dachte, es wäre eine gute Idee, jemand aus der Region des Flughafens zu haben, der die lokale Kultur kennt. Und da Sie auch noch eine Freundin von Ma sind, ist das ja perfekt!"

Während Ma alles dolmetschte, da er der Einzige war, der alle am Tisch vertretenen Sprachen beherrschte, versuchte Cora, das auf einem Bananenblatt angerichtete Essen mit den Stäbchen aufzugreifen. Das war schwieriger als aus einer Schale; Cora stellte sich aber geschickt an und genoss den scharf gewürzten Fisch in Kokossoße.

„Sie können den Doktortitel ruhig weglassen und mich gern Cora nennen. Ich lege keinen Wert darauf. Gut?"

„Oh ja, gut, dann nennen Sie mich einfach Peng. Oder Lao Peng, ich bin ja älter als Sie. Wissen Sie, in China legen wir viel Wert auf akademische Titel; wenn jemand einen Titel hat, verwenden wir ihn auch. Manchmal sogar nur den Titel, nicht den Namen. Ich könnte Sie auch einfach Dr. nennen!"

„Lieber nicht", lachte Cora. „Also, Lao Peng, warum wollen Sie den Flughafen kaufen? Niemand in Deutschland will ihn haben! Und was wissen Sie denn über Flughäfen? Glauben Sie, Hahn hat eine Chance?"

Peng nickte nachdenklich. „Ja, das denke ich wirklich. Wir müssen investieren, klar, aber wir haben ja Geld. Und wenn es uns gelingt, chinesische Frachtmaschinen auf dem Hahn landen zu lassen, dann wird das eine sehr spannende Sache! Da können wir die ganze Region weiterentwickeln, die Eisenbahnlinie wiederaufleben lassen, Arbeitsplätze schaffen! Es bedarf nur eines wirklich solventen Investors, der schnell Fracht an den Hahn bringt. Und wer außer uns Chinesen sollte das machen?" Er machte eine Pause und stocherte in seinem Fisch. Dann hob er sein Bierglas und nickte Cora zu. „Auf den Hahn und darauf, dass Sie uns helfen!", sagte er fröhlich.

Cora erhob ihr Glas ebenfalls; das war eine Sitte, die sie von Ma gelernt hatte. Man trank Alkohol nie allein, sondern prostete jemand am Tisch zu, der dann auch trinken musste. So wurde auch das alkoholische Gleichgewicht einigermaßen aufrechterhalten. Als sie beide ihr Qingdao-Bier wieder abgestellt hatten, meinte Peng beiläufig: „Wussten Sie, dass man in China auch Bier in Tüten kaufen kann? Es wird nach Kilogramm bezahlt."

„Ja, das habe ich in Qingdao gesehen", antwortete Cora begeistert. „Witzige Idee, aber warum nicht? Wein in Tüten gibt es ja auch."

Peng lachte. „Richtig. Wissen Sie, ich verrate Ihnen jetzt einmal etwas. Das ist alles Teil einer Strategie. Haben Sie schon einmal von der sogenannten ‚One belt, one road' Vision gehört?"

Cora schüttelte den Kopf. „Nein, was ist das?"

„Der Generalsekretär der Kommunistischen Partei, der weise Xi Jinping, wir nennen ihn auch Xi Dada" – er hob leicht amüsiert seine Augenbraue –, „hat diese Vision vor einiger Zeit verkündet. Es geht im Kern darum, China und Europa infrastrukturell und logistisch zu verbinden. Eine Bahnlinie gibt es ja schon, die transsibirische Eisenbahn, aber die ist langsam, und das Verhältnis zu Russland ist nicht immer unproblematisch. Warum nicht direkt durch den Westen Chinas, dann Richtung Afghanistan, Iran und über die Türkei nach Deutschland? Warum nicht eine Schnellverbindung Beijing–London? Der erste Zug aus Beijing ist schon in Teheran angekommen. So denken wir – kühn, in die Zukunft gerichtet. Nur mit solchen Visionen wird China … also, werden alle Völker zusammenwachsen. Dazu gehört auch der Kauf von Häfen und Flughäfen. COSCO, eine chinesische Schifffahrtsgesellschaft, hält die Mehrheit der Anteile am griechischen Hafen von Piräus, und warum? Warum kaufen wir, wenn niemand sonst in Griechenland investiert?

Es geht darum, die schnelle Lieferung von Waren aus China in die EU zu sichern. Wenn uns die Häfen im Mittelmeer gehören, beziehungsweise Teile davon, können wir das Löschen der Schiffsladungen garantieren und sind nicht vom Wohlwollen anderer Länder abhängig. Häfen in Sri Lanka, Pakistan, Bangladesch und Kenia stehen unter chinesischem Einfluss. Und sie dienen nicht nur als logistische Seeverbindung von Asien bis Europa, sondern auch als Ausgangspunkt für noch zu errichtende Bahnlinien ins Landesinnere all dieser Staaten. China hat Anteile an Häfen in Ägypten, Israel, Türkei und Italien. Durch die Erweiterung des Suezkanals 2015 hat der Handel zwischen Asien und Europa auf dem Seeweg zugenommen und ist auch viel schneller geworden. China kann überall in den relevanten Häfen mitbestimmen! Nur Chinesen können in den früheren Sowjetrepubliken wie Kasachstan Infrastrukturmaßnahmen finanzieren und auch bauen; die neue Seidenstraße soll auf dem Meer, auf dem Land und in der Luft Asien, den Nahen Osten und Europa verbinden. One Belt, one Road. London Heathrow – ein Teil davon gehört bereits Chinesen. Der Hafen von Rotterdam - auch daran besitzen wir, also der chinesische Staat, bereits einen großen Anteil. Und der Hahn ist ebenfalls ein winziger Baustein in diesem Spiel, aber er kann ein wichtiger werden, wenn man ihn richtig einsetzt. Und das haben wir vor! 1949 wurde die Volksrepublik China gegründet, 2049 sind wir die führende Weltmacht, so sieht es der 100-Jahres-Plan vor. Aber in der Zeitung steht das alles nicht, Cora. In China haben wir ein Sprichwort: *Zhi zhe bu yan, yan zhe bu zhi!*"

„Und das heißt?", fragte Cora interessiert.

Peng beugte sich zu ihr herüber und sah ihr intensiv in die Augen. „*Zhi zhe bu yan, yan zhe bu zhi!* Wer weiß, der spricht nicht. Wer spricht, der weiß nicht. Stammt von Laozi, so etwa 6. Jahrhundert vor Beginn eurer Zeitrechnung. Daodejing, schon mal gehört? Manchmal ist es eben besser, Cora Remy, Wissen für sich zu behalten!"

Cora schwieg beeindruckt. Von diesem kryptischen Spruch abgesehen, der wie immer alles oder nichts bedeuten konnte, klang das ziemlich interessant, was Peng über die chinesische Langfriststrategie gesagt hatte. Etwas utopisch, zugegeben, aber damit hatte sie keine Probleme. Diese Chinesen dachten langfristig, und was aus europäischer oder deutscher Sicht wie ein seltsames Sammelsurium von unzusammenhängenden Käufen und Investitionen in der ganzen Welt aussah, ergab so plötzlich einen Sinn, ein Gesamtbild, aber kein Beruhigendes, dachte sie bei sich. China umzingelte Indien, umwarb die Araber, kaufte auch Häfen in Israel, jetzt im ganzen Mittelmeer – sie sicherten sich nach allen Seiten ab. So gesehen, ergab auch der Kauf des Hahn Sinn. Im Grunde auch wieder beruhigend, wenn man jetzt nur den Hahn betrachtete; hier kamen offensichtlich wirklich seriöse Investoren mit einem Plan. Ihr lag Rheinland-Pfalz am Herzen, und sie hätte es furchtbar gefunden, den Flughafen Hahn und damit viele Menschen, die dort wohnten und lebten und arbeiteten, in die Insolvenz zu schicken. Die Shanghai Fu You Ltd. hatte konkrete Pläne, so hatte sie das eben verstanden.

Das Essen verlief ruhig, die Konversation plätscherte vor sich hin. Cora lächelte freundlich, wenn sie etwas gefragt wurde, und bemühte sich, alles zu beantworten, was die Gastgeber wissen wollten. Sie sprachen über den Hunsrück, die Menschen dort, was sie über China wussten oder auch nicht, wie man auf Chinesen als Investoren reagierte.

„Sie dürfen die Sorgen bei uns nicht unterschätzen", führte Cora aus. „Die Menschen leben am und vom Hahn, die wollen wissen, wie es weitergeht. Die Politiker sind vor allem daran interessiert, dass es weitergeht, damit sie keine Wählerstimmen verlieren; auch haben Regierung und Opposition natürlich gegensätzliche Interessen. Die Opposition kann Probleme am Hahn nutzen, um der Regierung zu schaden. Das kann hier in China nicht passieren, soweit ich weiß; es gibt ja keine Opposition. Das hat vielleicht auch Vorteile, wenn schnell wichtige Entscheidungen getroffen werden müssen, aber bei aller Kritik an Blockadeversuchen finden wir in Deutschland es doch wichtig, dass es eine Opposition gibt. Aber, Sie haben den Zuschlag erhalten, Sie werden diejenigen sein, die den Flughafen wichtig und groß machen können, und darauf verlassen sich die Menschen. Bitte enttäuschen Sie sie nicht!"

Ma schwieg; die anderen lächelten höflich; es war für Cora unmöglich, einzuschätzen, wie das bei ihnen angekommen war. Als die Stille am Tisch andauerte, entschuldigte Cora sich und ging auf die Toilette. Das ist immer eine praktische Möglichkeit, auf Distanz zu gehen, dachte sie bei sich, als sie sich einen Weg durch das Halbdunkel des Restaurants bahnte. Ob sie etwas Falsches gesagt hatte? Egal, es war die Wahrheit, und dabei würde sie auch bleiben. Sie trocknete sich gerade die Hände ab, als die Tür zu den Toiletten aufging und Yi hereinkam.

„Hallo, Cora! Wie gefällt Ihnen China? Mögen Sie unser Essen?", kam die so belanglose wie desinteressierte Frage. Cora murmelte etwas von tollem Essen und einem sehr schönen Land und wollte den Raum verlassen; sie konnte diese Frau nicht einordnen. Sie sah aus wie zu einem Discobesuch aufgetakelt, und das zu einem Geschäftsessen! Aber so einfach kam Cora nicht davon.

„Ich war leider noch nie in Deutschland", fuhr Yi fort, während sie vor dem Spiegel stand und ihre Halskette so lange hin und her drehte, bis Cora etwas Nettes sagen musste. „Sehr schöne Kette", murmelte sie eher widerwillig.

„Ja, nicht wahr?", erwiderte Yi, als sei sie überrascht, darauf angesprochen zu werden. „Ganz neu!" Sie kramte in ihrer Handtasche. „Aber ich komme sicher bald nach Deutschland", nahm sie den Faden wieder auf. „Wissen Sie", jetzt beugte sie sich ein wenig zu Cora hinüber, die instinktiv zurückwich, „es gibt ja viele Möglichkeiten, eine Auslandsreise zu ergattern. Manche Leute arbeiten hart, jahrelang, das wäre nichts für mich." Jetzt hatte sie ihren Lippenstift gefunden und drehte ihn auf. „Es ist doch viel einfacher, jemanden zahlen zu lassen, findest du nicht auch?"

Cora konnte sich nicht erinnern, in den letzten zwanzig Sekunden zum Du übergegangen zu sein, aber das schien Yi nicht zu stören. Sie waren jetzt Freundinnen, wie schön! Cora lächelte gequält. „Ich zahle meine Reisen lieber selbst", sagte sie und betonte das letzte Wort.

„Na ja, du findest auch noch jemanden, keine Sorge. Auch wenn du schon über dreißig bist, richtig?"

Charmant, die Kleine, dachte Cora bei sich. Aber Yi war noch nicht fertig mit ihren guten Ratschlägen. „Warte nicht zu lange, es wird nicht einfacher. Bei uns sprechen wir von den Shengnü, den übrig gebliebenen Frauen; ab dreißig wird es schwierig, einen guten Mann zu finden. Und weil die Verwandten, allen voran die Mütter und Großmütter, endlich eine Hochzeit erwarten, kann man sich inzwischen im Internet einen Partner mieten, der als angeblicher Verlobter mit zu Verwandtenbesuchen geht, um diese zu beruhigen. Das ist das neue China! Also, wie gesagt, mit dreißig setzt das Verfallsdatum ein. Ich habe aber rechtzeitig vorgesorgt." Sie kicherte. Jetzt kam der Kajalstift an die Reihe. Sorgfältig zog sie ihren Lidstrich nach.

„Am besten ist es, einen reichen Ausländer am Haken zu haben! Davon gibt es hier genug! Und ich finde, ein Ausländer, der nicht fest hier lebt, sondern nur gelegentlich auf Geschäftsreise vorbeikommt, ist ideal. Keine Ansprüche, viel Luxus."

Sie schaute Cora erwartungsvoll an. Es hatte wohl keinen Sinn, hier ernsthaft zu diskutieren, dachte Cora. Also fragte sie scheinbar interessiert: „Und du hast so jemanden am Haken? Einen Deutschen, vermute ich, wenn du eine baldige Reise nach Deutschland anstrebst?"

Yi sah sie stolz an. „Ja, woher weißt du das? Ist doch perfekt, er ist nur alle paar Monate hier, aber dann gibt er viel Geld aus, wir haben viel Spaß zusammen, und er kauft mir alles, was ich möchte. Dann ist er wieder weg, und ich bin frei!"

Cora stöhnte innerlich auf. Jetzt fehlte nur noch, dass er ihr erzählt hatte, seine Frau verstehe ihn nicht. Sie musste wieder zurück zu den anderen, das war ja unerträglich.

„Aber, psst!", kam es jetzt vom Waschtisch neben ihr. „Ein ganz wichtiger Mann, ich darf nicht darüber reden! Er ist sehr reich und sehr berühmt!"

Natürlich, dachte Cora. Sehr reich, deswegen brauchte er auch dieses naive Mädchen in Shanghai. Sie lächelte Yi nochmals schief zu und verließ die Toilette. Als sie sich zu Ma an den Tisch setzte, schaute er sie fragend an; sie verdrehte übertrieben die Augen und zeigte mit dem Kopf auf Yi, die eben an den Tisch trat.

Ma grinste, hob sein Glas und prostete ihr zu. „Auf China und seine Menschen!", sagte er lachend auf Deutsch.

Sie stießen an, und Cora war wieder einmal froh, in Ma jemand gefunden zu haben, der sie ohne Worte verstand. Dann drehte sie sich wieder zu Zhang, der sie fragte, ob Deutsche wohl gern chinesisches Wasser aus dem Himalaya trinken würden. Er habe da eine Idee … Cora war froh, nicht mehr mit Yi reden zu müssen, und konzentrierte sich auf die anderen am Tisch. Zhang war ein gewiefter Geschäftsmann, der vor Ideen übersprudelte, was er alles nach Deutschland verkaufen könne, und er bot ihr auch ogleich eine ordentliche Provision an …

Cora lächelte freundlich, aber unverbindlich, und blickte Ma an, der sofort das Gespräch an sich zog und Zhang in eine neue Diskussion verwickelte. Peng dagegen schien nett zu sein, er erzählte von seinen Erinnerungen an Heidelberg und sein Studium dort. Cora merkte rasch, dass er sehr viel von Deutschland verstand, und wunderte sich, dass man sie überhaupt eingeladen hatte.

„Aber", sagte Peng, während er ihr mehr von dem Fisch auf ihr Bananenblatt schaufelte, „man kann immer dazulernen. Wir Chinesen dürfen nicht glauben, wir wüssten schon alles, das wäre arrogant. ‚Zou Ma Kan Hua' sagen wir hier dazu. Das heißt so viel wie ‚auf dem Pferd sitzen und sich die Blumen anschauen', also von einer höheren, oberflächlichen Warte herunterblicken und glauben, man könne den Boden beurteilen."

Cora nickte zustimmend, hatte aber das untrügliche Gefühl, dass diese Bescheidenheit suggerierende Aussage eigentlich genau das Gegenteil war: nämlich eine Kritik an den Deutschen, die ja genau dies taten. Ohne viel Wissen in China Geschäfte tätigen, oft überheblich und im Glauben, man habe das Know-how und sei den Chinesen in jeder Hinsicht überlegen. Und da die Chinesen inzwischen westliche Verhaltensweisen an den Tag legten, die gleichen Anzüge trugen, die gleichen Laptops und Handys hatten wie die Europäer, konnten sie so verschieden gar nicht sein! Das war eine törichte Fehleinschätzung, so viel hatte sie von Ma schon gelernt, und diese Aussage Pengs, die sich vorgeblich kritisch an die Chinesen richtete, war in Wirklichkeit eine subtile Anspielung auf deutsche Geschäftsleute. Oder bezog sich die Aussage womöglich auf das Hahn-Projekt, auf Deutsche, die naiv und leichtgläubig den Chinesen in die Falle gingen? Man durfte nie glauben zu verstehen, was Chinesen sagten; das Entscheidende wurde nicht gesagt. Aber es wurde immer kommuniziert!

Die Lautstärke am Tisch hatte analog zum Alkoholpegel zugenommen. Immer öfter hieß es: „Ganbei!", und irgendeiner der Herren prostete ihr zu. Cora zog die

Reißleine und stieg zur Enttäuschung der Anwesenden auch auf Limonade um. Sie wollte einen klaren Kopf bewahren, außerdem schmeckte ihr der Schnaps einfach nicht mehr. Yi hatte ja von Beginn an nicht mitgemacht, jetzt mussten die Männer das unter sich auskämpfen.

„Müssen die denn nicht mehr fahren?", wunderte sich Cora und sah Ma fragend an.

„*Mei wenti*, kein Problem!", mischte sich Peng ein. „Wir haben ja WeChat. Bitte vergleichen Sie das nicht mit Ihrem WhatsApp; das liegt Generationen zurück. Mit WeChat können Sie online Taxis bezahlen, Freunde beschenken, spenden, Gemüse auf dem Markt bezahlen, Geld überweisen, bestechen ... Und Sie können mit der App auch einen Fahrer bestellen, der mit dem Taxi kommt und Sie und Ihr Auto für Sie nach Hause fährt. Das ist praktisch, nicht wahr?"

Die Hauptspeisen waren aufgetischt worden; die chinesische Sitte, dass jeder von Allem probieren konnte, fand Cora herrlich. Sie kostete gern unbekannte Speisen, und daran mangelte es hier nicht. Auch die Chinesen wussten manchmal nicht so recht, was sie da aßen; Yunnan cai, Essen aus Yunnan, war doch völlig anders als das, was sie im Osten des riesigen Landes gewohnt waren. Die Provinz lag fast zweitausend Kilometer entfernt; das war so, rechnete Peng vor, als ob man in Berlin Essen aus Lissabon probierte! Chinesisches Essen – so etwas gab es doch gar nicht. Es gab viele lokale Küchen, fünf große und Tausende von kleineren, speziellen. Es gab so viel, was sie nicht kannte!

Als sie endlich aufbrachen, war erst noch der übliche Streit um die Rechnung zu klären. Auch wenn von vornherein feststand, wer bezahlen würde – meist derjenige, der die Einladung ausgesprochen hatte –, war es doch üblich, dass alle Beteiligten lautstark verlangten, bezahlen zu dürfen. Da auch dies nur für die Männer galt, konnten sich sowohl Cora als auch Yi heraushalten. Schließlich einigte man sich auf Zhang, welche Überraschung!, und die Kellnerin brachte die Rechnung. Doch damit nicht genug, bat Zhang Cora, ihm Glück zu bringen und das auf der Quittung befindliche Rubbellos mit einer Münze freizukratzen. Und sie brachte ihm Glück, er gewann tausend Yuan! Unter lautem Hallo wurde Cora beglückwünscht, und Zhang versicherte ihr, er würde jetzt erst recht mit ihr Geschäfte machen wollen! Sie verabredeten, dass Cora am nächsten Tag nochmals mit ihnen zusammentreffen sollte, um sie weiter über Deutschland und die deutsche Geschäftskultur zu informieren. Am besten wieder bei einem Abendessen; Chinesen präferierten immer eine entspannte Atmosphäre und ungezwungene Unterhaltung. Ein fröhlicher Abend ging zu Ende, und es gab keinerlei Vorboten auf das, was in den nächsten Tagen passieren sollte.

TAG VIER

Cora lief in der Lobby zu den Aufzügen und wartete, bis einer der beiden das Erdgeschoss erreicht hatte. Die Türen öffneten sich, und ein junges Paar kam heraus, eng umschlungen. Sie betrat den Aufzug, wartete kurz, bis der Japaner hinter ihr ebenfalls eingestiegen war, und führte dann ihre Zimmerkarte in den Schlitz neben den Tasten für die Stockwerke ein. Dann drückte sie auf die „18" und schaute den Japaner fragend an. Jedenfalls vermutete sie, dass er Japaner war; die um die Schultern gehängte Tasche mit dem Aufdruck *All Nippon Airlines* war ja ziemlich eindeutig. Er rührte keinen Gesichtsmuskel und drückte wortlos auf die „3". Dann eben nicht, dachte Cora. Im dritten Stock stieg er grußlos aus. Der hat es wohl nicht nötig, ging es Cora durch den Kopf. Asiaten waren doch immer so höflich?

Sie war, nachdem das Essen beendet war und man sich für den nächsten Tag erneut verabredet hatte, noch ein paar Schritte mit Ma gegangen, aber dann hatte sich der Jetlag doch bemerkbar gemacht. Sechs Stunden Zeitunterschied, der lange Flug, sie war hundemüde. Ma hatte sie ins Hotel gebracht und sich dann verabschiedet. Am nächsten Tag wollte er sie nach dem Frühstück abholen.

Der Aufzug hielt an, und Cora wollte gerade aussteigen, da sah sie, dass etwas nicht stimmte. Das war nicht ihr Flur; der Gang war nur spärlich beleuchtet, kein beiger, eleganter, mit Schriftzeichen verzierter Teppichboden, wie sie es erwartet hatte, keine Kommode mit einer Schale perfekt grüner Äpfel darauf, nur hässliche braune Auslegware. Auch die Wände waren nicht tapeziert, sondern nackter Beton. Wo war sie? Sie schaute auf die Anzeigetafel über der Tür; da stand vierter Stock. Nanu? Es gab gar keinen Knopf für einen vierten Stock; hatte nicht Ma ihr erklärt, dass viele chinesische Gebäude aus Gründen des Feng Shui keinen vierten Stock hatten? Dass die Zahl vier als Unglück verheißend galt, weil sie sich genauso aussprach wie das Wort für Tod? Aber warum hatte der Aufzug hier gehalten, und warum sah das Stockwerk so seltsam aus? Wahrscheinlich war es ein Stockwerk für die Angestellten. Da hatte sie nichts zu suchen.

Gerade wollte sie wieder den Aufzug betreten und in den achtzehnten Stock fahren, als sie Stimmen hörte. Keine chinesischen, sondern deutsche. Deutsche? Wohnten hier auch Touristen? Das konnte nicht sein.

Cora zögerte, doch dann siegte ihre Neugier. Sie betrat den leeren Flur und ging langsam weiter, die Stimmen wurden lauter. Gelächter, Gläser klirrten, war da eine Party im Gange? Deutlich konnte sie jetzt eine Männerstimme und eine Frauenstimme unterscheiden; Moment, das waren doch mindestens zwei verschiedene Frauen! Die sprachen allerdings Englisch miteinander, nur eine von ihnen unterhielt sich in gebrochenem Deutsch mit dem Mann. Sie näherte sich der geschlossenen Tür, hinter welcher die Stimmen zu hören waren; genau gegenüber war eine weitere Tür, die halb angelehnt war. Cora schob die angelehnte Tür ein wenig auf. Ein großer Raum, Schreibtische, Stühle; aber das eigentlich Interessante waren die Bildschirme. Der ganze Raum war voller Bildschirme, auf denen unterschiedliche Filme liefen. Gerade wollte sie wieder hinausgehen, da öffnete sich die gegenüberliegende Tür. Mit einem Satz verschwand Cora in dem Fernsehraum und duckte sich hinter einen Schreibtisch. Sie hörte zwei Frauenstimmen, diesmal chinesische, die sich angeregt unterhielten, scheinbar standen sie direkt auf dem Gang. Cora durfte sich nicht rühren, sie wollte hier nicht erwischt werden. Auch wenn sie nichts Verbotenes getan hatte, spürte sie doch, dass sie hier unerwünscht war.

Während sie in unbequemer Haltung auf dem Boden kauerte, glitt ihr Blick über die Monitore. Erst war sie verwirrt, dass auf jedem ein anderer Film lief; auch spielten alle Filme in Zimmern, in denen sich Menschen unterhielten, schliefen, telefonierten; in einem Zimmer sah sie ein nacktes Paar, Ausländer, die sich gerade unter der Dusche liebten. Na ja, dachte Cora, liebten war vielleicht der falsche Ausdruck. Das ging ganz schön zur Sache.

Und dann verstand sie. Das waren keine Filme. Das waren Kameraaufnahmen von Hotelzimmern! Die Zimmer hier waren kameraüberwacht, und was sie da sah, das war live, das passierte gerade! Cora war schockiert. Sie hatte gewusst, dass es das gab, angeblich, aber doch nur in Einzelfällen, hatte sie geglaubt, bei wichtigen Personen. Das Amt für öffentliche Sicherheit machte solche Aufnahmen, hatte man ihr gesagt; die Geheimpolizei eben. Wie schnell man doch vergaß, dass man hier in einem Polizeistaat war! Und China war ein Überwachungsstaat, das musste sie jetzt wieder feststellen. Cora war allerdings fest davon überzeugt, dass die amerikanische NSA oder auch das deutsche BKA genauso vorgingen, wenn sie interessante Personen überwachen wollten.

Oder waren das hier nur wichtige Personen? Das Hotel war riesig; möglich war es. Was wollten die Chinesen mit diesen Aufnahmen? Cora lauschte. Die Stimmen draußen hatten sich entfernt; sie musste jetzt raus hier, bevor jemand sie entdeckte. Auf Zehenspitzen ging sie zur Tür, öffnete sie millimeterweise. Der Gang war leer. Die Tür zum Raum auf der anderen Seite, direkt vor ihr, stand weit offen. Nein, Cora, sagte sie sich. Du gehst jetzt auf dein Zimmer! Es ist zu gefährlich. Wenn die Geheimpolizei sie erwischte und rauskam, dass sie diejenige war, die letztes Jahr in Tibet schon großen Ärger mit dem chinesischen Staat gehabt hatte, würde man sie sicher sofort ins nächste Flugzeug setzen. Oder gar ins Gefängnis werfen ... auf chinesische Gefängnisse hatte sie allerdings wirklich keine Lust.

Ach was, das würden sie sich nicht trauen. Schon hatte sie den Raum betreten und sah sich um. Bildschirme, ein Kontrollraum, wie drüben. Jetzt sah sie auch, woher die Stimmen kamen, die sie gehört hatte. Ein Monitor mit integriertem Lautsprecher zeigte einen Ausländer, einen Deutschen, wie klar zu hören war, der sich mit zwei Chinesinnen auf einem großen King Size Bett vergnügte. Na prächtig. Er war ja sicher ein Geschäftsmann; ob die Chinesen das Video bei den Verhandlungen einsetzten? Geschieht ihm recht, dachte Cora grinsend. Mit dem Kerl hatte sie kein Mitleid. Aber jetzt musste sie wirklich weg.

Der Gang war noch leer, als sie langsam die Tür aufschob. Das konnte sich aber jeden Moment ändern. Ob der Gang auch kameraüberwacht war? Nein, das war unwahrscheinlich, hier hielten sich ja sicher nur Mitarbeiter des Hotels auf, die dazu befugt waren. Cora blickte unwillkürlich nach oben, zur Decke, konnte jedoch keine Kamera entdecken. Sie schlich leise zum Aufzug. Gerade wollte sie auf den Knopf drücken, um den Aufzug zu holen, als ihr einfiel, dass ja jemand in dem Aufzug sein könnte, der hier hielt. Cora lief weiter den Gang hinunter; es musste doch eine Treppe geben, richtig, ein schwaches Licht über einer Tür, das Zeichen für einen Notausgang. Die Tür war schwer, mit aller Macht stemmte sie sich dagegen, wie sollte denn das im Notfall gehen? Endlich gelang es ihr, sie aufzudrücken. Das Treppenhaus schien leer zu sein, Cora lauschte, es war kein Geräusch zu hören. Sie blickte schnell erst nach oben, dann nach unten, dann rannte sie die Stufen hinunter. Auf der nächsten Etage stand eine „3" über der Tür, die ins Gebäude führte. Sie zögerte kurz, sollte sie weiter nach unten laufen? Da hörte sie Stimmen, von oben, es blieb keine Zeit für langes Überlegen. Schnell raus aus dem Treppenhaus. Cora öffnete die Tür und stand im dritten Stock des Hotels, direkt neben den Fitnessräumen. Eine Chinesin rannte auf einem Laufband, verbissen, rasend schnell. Sonst war niemand zu sehen.

Minuten später war Cora wieder auf ihrem Zimmer. Misstrauisch musterte sie den Flachbildfernseher, war da eine Kamera versteckt? Sicherheitshalber warf sie ein Handtuch über den Flatscreen. Dann löschte sie das Licht, ging hinüber zu den großen Vorhängen und öffnete sie. Es kam genug Licht von der erleuchteten Stadt herein, um sich im Zimmer zu bewegen; jetzt fühlte sie sich besser. Cora zog sich rasch aus und schlüpfte unter die Bettdecke, Zähneputzen fiel heute mal aus. Sie war todmüde, aber ihr Puls raste. Unglaublich, was sie da in dem Raum gesehen hatte. Wie sollte sie mit dieser Information umgehen? Sie musste Ma davon erzählen!

Jetzt musste sie aber wirklich schlafen. Cora drehte sich auf die Seite, schloss die Augen, doch jetzt machte sich ihre Blase bemerkbar. Mist! Das musste sein. Sie wickelte sich ein Tuch um die nackten Hüften und ging ins Bad; ob sie dabei auch zuschauen wollten? Als sie zum Bett zurücktippelte, das Tuch wieder fest um sich geschlungen, blieb sie nachdenklich vor dem Fernseher stehen. Was soll's, dachte sie, das sind doch alles Idioten! Sie ließ das Tuch fallen, riss auch das Handtuch vom Bildschirm, stellte sich splitterfasernackt vor den Fernseher, drehte sich hin und her und rief: „Tadaaa!"

Dann sprang sie ins Bett, zog sich die Bettdecke bis zum Hals und drehte sich zur Seite. So!! Sie hatte jedenfalls ihren Spaß gehabt!

TAG VIER

Hongkong! Ist das wirklich der Geruch des Geldes? Das sagten jedenfalls die Chinesen. Xianggang, auf Mandarin, oder Hongkong, auf Kantonesisch, dem lokalen chinesischen Dialekt. Duftender Hafen, hieß das übersetzt, und er fand, es roch nicht nach Geld, sondern nach Fisch, nach Abfällen, nach Salzwasser. Aber die Chinesen meinten, es sei der Geruch des Geldes. Ursprünglich war in den Häfen dieser Inselgruppe der kostbare Weihrauch gelagert worden, so war vermutlich die Assoziation an Duft entstanden, hatte in seinem Reiseführer gestanden. Stefan mochte den Geruch; er schnupperte und hielt seine Nase in den Wind, als er mit der grün-weiß gestrichenen Starferry, der berühmten, traditionsreichen Fähre von Kowloon nach Victoria Island übersetzte. Es quietschte, es knarrte; seit über hundert Jahren fuhren die Fähren diese Verbindung zwischen dem Teil Hongkongs, der zum chinesischen Festlandsockel gehörte, Kowloon, und der Insel Victoria. Von Tsim Sha Tsui nach Central, diese Route war weltberühmt. Stefan saß auf dem Oberdeck und genoss die Aussicht und das Gefühl, in See zu stechen. Das war aber genau genommen albern, da die Überfahrt nur wenige Minuten dauerte.

Schon auf dem Weg vom Flughafen Chek Lap Kok zum Hotel war er aus dem Staunen nicht herausgekommen. Man hatte diese Insel, auf der der Flughafen errichtet worden war, die ursprünglich bis zu hundert Meter hoch gewesen war, auf sieben Meter Höhe abgetragen und den Aushub im Meer aufgeschüttet; so war ausreichend Platz für den Flughafen und die Landebahnen entstanden. Man stelle sich so ein Unterfangen in Deutschland vor, dachte Stefan. Und diese Häuserschluchten, riesige Hügel voller Häuser, die ganze Stadt schien nur aus Gebäuden zu bestehen. Und dann immer wieder Ausblicke auf den Hafen, das Südchinesische Meer, auf Fischerboote, Sampans und Dampfer. Eine unglaubliche Stadt.

Gleich nach dem Einchecken im legendären YMCA Kowloon – mehr als diese kostengünstige und bei Geschäftsleuten wie Backpackern gleichermaßen beliebte Unterkunft bezahlte sein Sender nicht – war er wieder losgezogen. Er hatte eine Adresse in Victoria, eine Straße und eine Hausnummer. Sein Ansprechpartner dort war eigentlich Detektiv und zog für seine Klienten Erkundigungen ein, aber in diesem Fall hatte man ihn als Fachmann für die Triaden empfohlen. Und damit wollte Stefan hier in Hongkong beginnen; erst danach würde er nach Shanghai fliegen und sich um die Firma Fu You kümmern. Diese Reihenfolge hatte den Nachteil, dass er doch ein Visum für China brauchte, aber das bekam er hier in Hongkong im chinesischen Konsulat schnell und relativ unbürokratisch; er hatte das gleich erledigt.

Einige Minuten später landete die Fähre in Central. Stefan betrat die Insel Victoria, die im 19. Jahrhundert nach der damaligen britischen Königin benannt worden war. Hongkong war im Zuge der britisch-chinesischen Opiumkriege ab 1840 unter britische Herrschaft gestellt worden, somit war Victoria zu der Zeit formell das politische Oberhaupt. Die Kronkolonie hatte sich über hundertfünfzig Jahre hinweg zum Finanzzentrum Ostasiens entwickelt und spielte aber auch jetzt noch, trotz des Aufstieges Shanghais eine wichtige Rolle.

Während Stefan die Gloucester Road auf einer der typischen Überführungen überquerte, die überdacht waren und so die Möglichkeit boten, schnell und unkompliziert und unter Vermeidung des unten brausenden Verkehrs die großen Straßen zu queren, blickte er sich um. Hier ein Park, direkt daneben wieder ein Hochhaus, alles perfekt sauber; geschäftige Chinesen und Weiße, Schwarze, alle Rassen und Mischungen waren vertreten. Fast alle telefonierend, sportlich, gut gekleidet, dazwischen die Banker in ihren Anzügen; alles wirkte sehr westlich, gar nicht so chinesisch, wie er sich das vorgestellt hatte. Die britische Herrschaft, die bis zur Rückgabe der Kronkolonie 1997 angedauert hatte, war nicht spurlos verschwunden. Die Stadt hielt sich bewusst fern von der Volksrepublik, hier gab es sogar Streiks und Demonstrationen gegen die Regierung in Beijing. Studenten stellten sich der Polizei in den Weg, und trotz massiver Festnahmen hatte die Demokratiebewegung in Hongkong immer wieder Anhänger gefunden. Deng Xiaoping hatte der Kolonie damals versprochen, dass sie, wie auch Macao und Taiwan nach einer Wiedervereinigung, fünfzig Jahre lang ihr Wirtschaftssystem beibehalten könne; *Yi guo, liang zhi* hieß seine Formel: ein Land, zwei Systeme. Aber China mischte sich schon jetzt zu viel ein, zumindest aus Sicht vieler junger Hongkong-Chinesen. Sie gingen sogar so weit, eine Unabhängigkeit Hongkongs von China zu fordern. Dieser Freiheitswille erforderte großen Mut.

Mit dem Handy in der Hand, das ihn zu seinem Ziel in der Wan Chai Road führte, genoss Stefan den leichten Wind und die Sonnenstrahlen, sofern sie über die Häuser hinweg überhaupt die Passanten erreichten. Er war sehr gespannt, was er hier über die geheimnisvollen Triaden erfahren würde; es rankten sich ja allerlei Mythen um diese chinesischen Geheimbünde. Aber Hongkong galt als einer der Ursprungsorte, hier waren sie angeblich besonders stark, und der Kontakt, den er jetzt aufsuchte, versprach eine spannende Begegnung zu werden.

Ah, da war die Hausnummer. Ein kleiner, schäbiger Eingang, kaum zu sehen, eine schmutzige Treppe führte steil nach oben. Mindestens zwölf Namen standen auf den Firmenschildern im Aufgang; all diese Firmen residierten hier? Das Gebäude war, wie alle angrenzenden auch, bestimmt vierzehn Stockwerke hoch und sah recht heruntergekommen aus. Keine gute Adresse, dachte Stefan, aber gut, er war in Hongkong, vielleicht war das hier so. Langsam stieg er die Treppe empor in den siebten Stock, bis er vor einem Eisengitter stand. Rechts in die Wand war eine Klingel eingelassen und ein Schild mit dem Namen *Wong Yuen Inquiries*. Er klingelte, und fast sofort summte es, er konnte das Gitter zur Seite schieben und drückte die Klinke der ziemlich verwitterten Holztür nach unten. Dahinter ein kleiner Gang, gefliester Boden, verblichene Wände, rechts und links je zwei Türen. Ein Ventilator summte an der Decke. Eine Tür öffnete sich, und ein agiler, aber sehr dicker Chinese trat heraus, ihn freundlich anlächelnd. Er schwitzte, sein Hemd hing halb aus der Hose, die ehemals weißen Turnschuhe waren ausgelatscht. Keine begehrte Detektei, dachte Stefan.

„Hello, come in! Sie sind Herr Archer, nicht wahr?"

Sein Englisch war gut verständlich, mit britischem Akzent; seine Ausbildung war bestimmt nicht hier in dieser Stadt erfolgt. Stefan folgte ihm in ein Besprechungszimmer, das gerade groß genug war, um einen Tisch mit vier Stühlen aufzunehmen. Zu zweit war es gut möglich, dort zu sitzen. Auch hier summte ein Ventilator, aber Mr. Wong schaltete sofort die Air Condition an, und Stefan saß im eiskalten Wind, der ihm direkt ins Gesicht blies. Er traute sich nicht, etwas zu sagen, und lächelte freundlich, als eine Mitarbeiterin zwei Tassen mit dampfendem Tee vor sie auf den Tisch stellte.

„Vielen Dank, dass Sie Zeit für mich haben", begann Stefan zögerlich. „Ich sitze da an einem Artikel über die chinesischen Triaden, und unser gemeinsamer Freund, der hier in Hongkong bei der *South China Morning Post* arbeitet, hat Sie als Experten empfohlen." Den Flughafen und den Mord wollte er nicht erwähnen, erst mal sehen, wie das hier lief. Die *SCMP* war die renommierteste Zeitung Hongkongs, und auch wenn sie jetzt von Jack Ma übernommen worden war, dem chinesischen Milliardär und Gründer des chinesischen Internet-Riesen Alibaba, bemühte sie sich, etwas Unabhängigkeit zu bewahren. Es war nicht ganz klar, wie nahe Jack Ma, der ehemalige Englischlehrer, der die größte IT-Gruppe Chinas gegründet hatte, der chinesischen Regierung stand, und wie er die Zeitung langfristig zu führen gedachte, aber die Journalisten befürchteten, die große Zeit dieser altehrwürdigen Institution sei vorbei. Chinakritische Berichte jedenfalls gab es kaum noch. Stefan hatte dort einen Kontakt; so war das heutige Treffen zustande gekommen.

Der Chinese lächelte und entblößte eine Reihe makelloser Zähne. „Das mache ich sehr gern, für Freunde von Richard habe ich immer Zeit. Also, was genau wollen Sie wissen?"

„Nun, es ist so. Die Triaden sind auch in Europa auf dem Vormarsch, und die Leser sind sicher interessiert, woher sie kommen und wie gefährlich sie wirklich sind. Das würde ich gern beschreiben", berichtete Stefan.

„Da muss ich etwas ausholen, wenn das okay ist", begann Wong. „Wenn Sie in Deutschland von Triaden sprechen, meinen Sie ja meistens so etwas wie Mafia auf Chinesisch. Das ist genau genommen nicht ganz korrekt, da es in China schon seit Jahrhunderten zahlreiche Geheimgesellschaften, aber auch Verbrechersyndikate gibt, zu denen auch die sogenannten Triaden gezählt werden. Das Wort 'Triade' bezeichnet das Dreieck von Himmel, Erde und Menschheit, das Symbol dieser Geheimbünde. Die meisten sind dezentral organisiert, sehr individuell unterwegs, oft auf Dorf- oder Stadtebene. Sie sprechen ihre eigenen Dialekte und haben eigene Kommunikationswege. Entstanden sind sie ursprünglich aus Geheimgesellschaften, die sich zum Teil schon vor Hunderten von Jahren gegen Unrecht, Ausbeutung der Bauern durch korrupte Beamte, eine schlechte Regierung etc. aufgelehnt haben."

„Moment", unterbrach Stefan. „Da klingt ja nach Robin Hood, so als ob die Triaden die Guten waren? Ich dachte, wir reden von einer kriminellen Vereinigung?"

Sein Gesprächspartner lächelte sanft. „Ja, wir reden heute von Kriminalität. Aber ich sprach von der Entstehungsgeschichte, und es gab durchaus legitime Auflehnung gegen die herrschende Elite. Das hat sie ja so attraktiv gemacht; die, die nichts zu verlieren hatten, also verarmte Bauern, entlassene Soldaten, Ausgestoßene aller Art, fanden da eine neue Heimat und bildeten den Pool, aus dem sich die Geheimbünde rekrutierten. Das ging über Jahrhunderte so, sicher spielten diese Kräfte auch beim Sturz vieler Kaiser eine entscheidende Rolle. Das war zu früheren Zeiten sicher ein bisschen der Robin-Hood-Ansatz, allerdings nicht immer so edel. Kennen Sie einen der berühmtesten Romane Chinas, aus der Ming-Dynastie? Das *Shui-Hu-Zhuan, Die Räuber vom Liang-Shan-Moor*, das ist so eine Art Robin-Hood-Geschichte. Bis heute sind Wu Song und seine Kumpane Volkshelden. Natürlich sind diese Banden auch schon früh mit Gewalt und Verbrechen in Kontakt gekommen und haben sich zunehmend kriminalisiert. Zu den berühmteren unter Hunderten von verschiedenen Geheimbünden gehörten die Boxer, von denen haben Sie vielleicht gehört?"

„Ja", rief Stefan aus, froh, auch einmal etwas zu wissen. „Da gab es doch den Boxeraufstand, ging es da nicht sogar gegen westliche Mächte?"

„Genau! Der Name ‚Boxer' ist irreführend, das kommt von der wörtlichen Übersetzung ‚Fäuste der Harmonischen Gerechtigkeit'. Sie kämpften nicht nur gegen die eigene Regierung, sondern auch gegen die ungeliebten Ausländer, die im 19. Jahrhundert große Teile Chinas besetzt hatten, beziehungsweise die Chinesen zwangen, ihre Häfen und damit die Städte zu öffnen. Sie sitzen jetzt gerade in so einer ehemaligen Kolonie, Hongkong. In Peking kam es um 1900 zu dem berühmten Boxeraufstand, in dessen Verlauf einige ausländische Botschaften in der Hauptstadt belagert wurden. Übrigens wurde der deutsche Gesandte von Ketteler damals von den Aufständischen ermordet. Die Boxer glaubten, unverwundbar zu sein; das stellte sich allerdings als Fehleinschätzung heraus ... Wie auch immer, diese Geheimbünde haben sich schon früh auch mit religiösen Ideen und Riten befasst und Elemente des Buddhismus, des Taoismus oder des Konfuzianismus übernommen. So entstanden ausgefeilte rituelle Techniken der Initiation, auch Kommunikation mit speziellen Handzeichen, mit denen sich die Mitglieder verschiedener Geheimgesellschaften weltweit erkennen und verständigen können, sei es in Shanghai, Hongkong, San Francisco, New York oder Hamburg.

Im Shanghai der Zwanzigerjahre gab es einige sehr berühmte Verbrechersyndikate, wie die Grüne Bande unter Du Yuesheng, so eine Art Al Capone der Chinesen. Chiang Kaishek, der Anführer der Nationalisten und Gegenspieler Mao Zedongs, hat mit ihnen zusammengearbeitet, um sich der Kommunisten zu entledigen. Nach Gründung der Volksrepublik 1949 wurden diese Geheimgesellschaften von den kommunistischen Machthabern verboten und mehr oder weniger ausgerottet. Sie zogen sich nach Hongkong und Südostasien zurück, wo sie bis heute sehr aktiv sind. Haben Sie von Mongkok, drüben in Kowloon gehört? Nein, sicher nicht, aber es ist ohnehin zu spät. Vor zwanzig Jahren hätten Sie dorthingehen müssen. Haben Sie von der Walled City gelesen?"

„Nein." Stefan überlegte. Den Ausdruck hatte er noch nie gehört.

„Ein kleiner Bezirk in Mongkok. Ursprünglich ein Fort, in das sich die Chinesen nach der Übernahme Hongkongs durch die Briten zurückzogen. Winzig, so etwa zweihundert Meter mal hundertdreißig Meter. Die Bevölkerung nahm schnell zu, niemand kümmerte sich darum, schließlich, in den Fünfziger- und Sechzigerjahren des letzten Jahrhunderts, beherrschten Kriminalität, Gewalt, Chaos diese Walled City, eine Stadt in der Stadt. Die Häuser wuchsen in die Höhe, irgendwann waren es nur noch Hochhäuser, bis zu vierzehn Stockwerke hoch, dazwischen keine Straßen, nur Dreck und Abfälle, alle Häuser über ein komplexes System von Leitern, Brücken, Übergängen miteinander verbunden. Man konnte auch auf verschiedenen Ebenen von einem Haus zum anderen gelangen; da kannte sich niemand aus, der nicht dort geboren war. Viele Menschen verließen die Walled City ihr Leben lang nicht, sie wurden dort geboren, sie starben dort. Die Triaden waren die absoluten Herrscher dieses undurchdringlichen Bienenstocks; Wasser- und Stromversorgung funktionierten oft nicht, es waren unbeschreibliche Zustände, aber das hat die angeblich so demokratischen Briten nie gekümmert! Nichts, was die Briten hier in Hongkong taten, hatte übrigens mit Demokratie zu tun. Selbst die Polizei traute sich dann nicht mehr in die Walled City. In den schlimmsten Zeiten wohnten da etwa dreißigtausend Menschen, stellen Sie sich das vor, auf einer so kleinen Fläche! Das war definitiv das am dichtesten besiedelte Gebiet der Welt. Erst in den Neunzigerjahren wurde das

Ganze abgerissen und ein Park gebaut, der Walled City Park."

Er machte eine Pause und schlürfte den heißen Tee. Dabei ließ er Stefan nicht aus den Augen. Dann fuhr er fort: „So. Allerdings kamen die Triaden mit der Öffnung Chinas in den Achtzigerjahren auch wieder aufs Festland zurück, die Kriminalitätsrate ist dort in den letzten dreißig Jahren extrem angestiegen. Sie können davon ausgehen, dass diese Geheimbünde, nennen wir sie Triaden, also auch in der Volksrepublik wieder sehr aktiv sind. Sie beteiligen sich an den üblichen Verbrechen, Mord, Raub, Vergewaltigung, Drogenhandel und auch Menschenschmuggel. In den Achtzigerjahren waren sie auch sehr aktiv im Handel mit Computern und Raubsoftware, später auch im weltweiten Handel mit gefälschten Flugzeugersatzteilen."

Stefan schrieb alles mit. Das war eine ungeheure Dimension. Ein weltumspannendes Netz von Kriminellen, die in ihrer eigenen Zeichensprache kommunizierten, lokale Dialekte sprachen und so praktisch nicht zu unterwandern waren! Wenn die in den Kauf des Hahn involviert waren ...

„Und wie reagiert die chinesische Regierung? In so einer Diktatur muss man doch die Triaden ausrotten können? Haben die denn da überhaupt eine Chance?"

„Nun", meinte Wong gedehnt. „Die Verbindungen zur chinesischen Regierung sind unklar. In den Achtzigerjahren hat sich der damalige faktische Herrscher Chinas, Deng Xiaoping, erstaunlicherweise sehr positiv über die Triaden geäußert; er sagte, viele seien nicht so schlecht wie ihr Ruf, einige sogar sehr gute Menschen! Eine sehr seltsame Aussage für einen chinesischen Herrscher! Wie weit die Triaden eventuell die chinesische Regierung bei der Verfolgung von Dissidenten unterstützten, zum

Beispiel nach dem Massaker auf dem Platz des Himmlischen Friedens am 4. Juni 1989, oder bei der Rückführung und Entführung im Ausland lebender Chinesen nach China etc., ist völlig unklar, aber da gibt es sicher Verbindungen; nicht zu beweisen sind andererseits aber auch Vermutungen, sie hätten Dissidenten dabei unterstützt, nach dem Massaker nach Hongkong zu fliehen.

In Europa, das haben wir herausgefunden, und auch in Deutschland sind sie seit einigen Jahren ebenfalls sehr aktiv. Das betrifft unter anderem die Erpressung chinesischer Geschäftsleute in Deutschland, die Chinarestaurants, die angeblich alle „beschützt" werden, sowie den Menschenhandel. Letzteres ist bekannt; viele Frauen, die als arme Bauernmädchen auf ein gutes Leben im Ausland hofften, wurden mit falschen Versprechungen und mit horrenden finanziellen Forderungen nach Europa gebracht, auch zu Ihnen nach Deutschland. Sie arbeiten in Chinarestaurants und Bordellen. Da sie sich illegal im Land aufhalten, können sie niemanden um Hilfe bitten, natürlich sprechen sie auch die Sprache dort nicht. Sie haben keine Chance. Ein sehr lukratives Geschäft für die *Shetou*, die Köpfe dieser Menschenschmuggler. Verbrechen in Deutschland, die auf das Konto der Triaden gehen, sind also durchaus realistisch und finden sicher auch statt, auch wenn die Polizei das entweder nicht zugibt oder schlicht nicht weiß. Und sie sind auch in wirtschaftliche Unternehmungen involviert, sie müssen sich ja finanzieren. Gerade hier in Hongkong sind sie sehr aktiv im Immobilienhandel, aber auch im Glücksspiel. Sie wissen, dass drüben in Macau die größten Spielbanken der Welt stehen?"

Stefan schüttelte nur stumm den Kopf. Das hatte er alles nicht gewusst. Macau, ja, davon hatte er gehört, aber das mit dem Glücksspiel … und alles fest in Triadenhand! Aber ja, das ergab Sinn, was Wong da sagte, dass die Kriminellen sich auch in Deutschland in Projekte einkauften, um ihre weiteren Aktivitäten zu finanzieren.

„Das ist ja alles hochspannend. Unglaublich, dass die auch in Deutschland aktiv sind. Gibt es etwas, das Sie über Rituale wissen? Was muss man tun, um aufgenommen zu werden?"

„Initiationsrituale. Ein interessantes Thema, das Sie da anschneiden. Apropos anschneiden", lachte er jetzt, etwas makaber, wie Stefan fand. „Schnittverletzungen spielen eine große Rolle. Der Gebrauch von Messern, Fleischermessern zumeist, oder Macheten ist ein typisches Merkmal der chinesischen Triaden. Bei Verfehlungen schneidet das Mitglied, das einen Fehler gemacht hat, sich selbst einen Finger ab und übergibt ihn dem Anführer als Zeichen der Unterwerfung und Demut."

„Aha", sagte Stefan, weil ihm nichts Besseres als Kommentar zu diesem grausamen Ritual einfiel. „Und noch mal wegen der Aufnahmerituale, was gibt es da …?"

„Blut. Man schneidet sich in den Finger, vermischt das Blut mit Alkohol, und alle trinken das gemeinsam aus einem Gefäß. Aber Sie müssen differenzieren, früher gab es stundenlange Rituale, philosophische Fragen wurden gestellt, man verpflichtete sich zu allem Möglichen, wie beispielsweise keinen Bruder zu verraten, nicht die Frau eines Bruders zu begehren und solchen Dingen; der Zeremonienmeister zitierte über Stunden hinweg alte buddhistische oder daoistische Sprüche. Das macht man heute meist nicht mehr, dafür haben die jungen Leute weder die Zeit noch die Bildung. Viele wissen auch gar nicht, welche alten Formeln sie da wiederholen, verstehen den Dialekt nicht. Das geht alles sehr rasch meistens, manche schneiden sich auch nicht mehr in den Finger. Und anstelle der Gewänder, die man früher bei der Aufnahme trug, haben sie heute T-Shirts und Jeans an. Wie alle anderen auch. Ein trauriger Verfall der Sitten, auch bei den Triaden."

Stefan war sich nicht sicher, ob sein Gegenüber das ernst meinte; er konnte ihn überhaupt nicht einschätzen, wie er da so saß, in diesem winzigen Zimmer irgendwo in Hongkong, seinen Tee schlürfend und einem Ausländer Dinge berichtend, von denen man nicht wusste, ob sie überhaupt stimmten. Aber sein Bauch sagte ihm, dass er diesem Typen glauben konnte, der schien wirklich zu wissen, wovon er sprach. Jedenfalls fachlich. Stefan fiel auf, dass er im Grunde nichts über diesen Mann wusste. Was, wenn der selbst dazugehörte und deshalb so viele Informationen hatte? Er musste vorsichtig sein.

„Eine Frage habe ich noch, wenn Sie erlauben", begann er vorsichtig. „Gibt es irgendeine Bedeutung bestimmter Tiere bei den Triaden?"

„Tiere? Natürlich. An erster Stelle steht, wie immer in China, der Drache. Viele Mitglieder lassen sich Drachen auf den Rücken tätowieren, oft wunderschöne Kunstwerke übrigens. Aber auch andere Tiere haben spezifische, genau festgelegte Bedeutungen. Es gibt Handzeichen, die ‚Schildkröte' heißen oder ‚Tiger', ‚Schlange' usw. Wieso fragen Sie?", fragte Wong jetzt, und Stefan meinte zum ersten Mal so etwas wie Wachsamkeit in den Augen des anderen zu erkennen.

„Ich frage nur", sagte er möglichst unverbindlich. „Ich habe gelesen, das Huhn zum Beispiel sei auch wichtig?" Er versuchte es auf Geratewohl, vielleicht landete er ja einen Glückstreffer.

„Huhn? Ja, genau genommen der Hahn", sagte Wong langsam. „Statt sich in den Finger zu schneiden, wie ich das eben beschrieben hatte, kann man auch einen Hahn köpfen und sein Blut verwenden, um es mit Alkohol zu trinken. Dies gilt auch bei einem Initiationsritus."

Stefan wechselte rasch das Thema; er hatte bekommen, wonach er gesucht hatte. Aber die Stimmung im Raum hatte sich verändert, er fröstelte. War das die Klimaanlage? Irgendwie schien er sich hier auf nicht ungefährliches Terrain begeben zu haben. Einen Augenblick ging es ihm durch den Kopf, dass niemand wusste, dass er sich in diesem – fensterlosen, wie ihm gerade auffiel – Raum aufhielt. Er saß gegenüber der Tür, und zwischen ihm und der Tür lehnte der dicke Chinese in seinem Stuhl. Unsinn, sagte er sich. Du siehst Gespenster. Jetzt noch eine Abschlussfrage, dann bin ich hier fertig. „Sind es eigentlich immer Chinesen, die sich den Triaden anschließen? Oder auch andere Nationalitäten?"

„Nun, bei dem, was Sie Triaden nennen, geht es immer um Chinesen. Aber viele andere asiatische Gesellschaften haben auch ihre Kriminellen, und jede hat ihre Spezialität. Die Vietnamesen zum Beispiel ziehen ihren Opfern gern bei lebendigem Leibe die Haut ab. Meinten Sie so etwas?" Jetzt funkelten seine Augen, und er beugte sich über den Tisch nach vorn, soweit seine massige Figur das zuließ.

Stefan merkte plötzlich, dass er trotz der Klimaanlage klatschnass geschwitzt war. „So, ich glaube, ich habe dann alles", sagte er rasch, packte seine Sachen zusammen und erhob sich. „Ich bin Ihnen sehr dankbar, dass Sie sich die Zeit genommen haben, ich muss jetzt, ähm, also ich muss los. Ich schreibe Ihnen, wenn ich noch etwas brauche, ist das möglich?"

Der Chinese sah ihn eine Weile ruhig an und erwiderte nichts. Dann plötzlich ging ein Lächeln über sein Gesicht, und er erhob sich ebenfalls. „Kein Problem, Sie sind immer willkommen!", sagte er leise und streckte Stefan seine fleischige, schweißglänzende Hand zum Abschied hin. Dieser ergriff sie notgedrungen und ließ sie sofort wieder los.

Als Stefan auf der Straße stand, merkte er, wie seine Knie zitterten. Was war denn los? Hatte er sich jetzt eingebildet, in die Fänge der Triaden geraten zu sein, nur weil der Typ davon erzählte? Albern. Er brauchte jetzt einen Drink. Oder zwei. Er winkte einem vorbeifahrenden Taxi, und sagte dem Fahrer, er wolle ins YMCA, nach Kowloon. Erst mal Abstand gewinnen. Als sich die Tür des Taxis hinter ihm schloss, drückte er rasch den Knopf hinunter. Dann lehnte er sich in den Sitz zurück. Und atmete tief durch.

Stunden später ließ Stefan sich erschöpft in den Sitz der Dragon Air Maschine fallen, die ihn vom Hongkonger Airport Chek Lap Kok zum Shanghai Pudong International Airport flog. Gleich nach dem Interview mit dem Detektiv auf Victoria Island war er erst mal an die Bar des *Peninsula Hotel* gegangen, des berühmtesten und wohl immer noch nobelsten aller Nobelhotels der Stadt, und hatte sich einen Drink genehmigt. Sein eigenes Hotel, das YMCA, lag direkt daneben, wie praktisch; es bot trotz seiner Einfachheit denselben Traumblick auf die Skyline der Stadt. Der Drink hatte gutgetan; das Interview steckte ihm ganz schön in den Knochen. Die Atmosphäre des engen Raumes, der seltsame Typ, die Beschreibungen der Walled City und das Hautabziehen durch die Vietnamesen ... das war nicht seine Welt. Auf Macau und die Spielbanken, die ja offensichtlich ebenfalls von den Triaden kontrolliert wurden, verzichtete er ebenfalls gerne. Die frühere portugiesische Enklave, die seit 1999 wieder zu China gehörte, aber ebenso wie Hongkong einen Sonderstatus als Special Administrative Region genoss, wäre nur eine Stunde mit dem Schnellboot entfernt gewesen. Er freute sich auf

Shanghai; ohne Triaden, er wollte nur eine Firmenanschrift überprüfen, dann ab nach Hause. Hongkong war eine beeindruckende Erfahrung gewesen, aber auch einschüchternd. Er merkte, wie wenig er über diese Kulturen hier wusste; auch wenn alles sehr westlich aussah, so hatte er doch keine Ahnung, was in den Köpfen der Menschen hier vorging, wie sie dachten und fühlten und lebten. Er hatte überhaupt nicht einschätzen können, was er von seinem Interviewpartner halten sollte. In Deutschland war das meist kein Problem, da wusste man instinktiv, ob man eine vertrauenswürdige Person vor sich hatte. Jedenfalls meistens. Aber Asiaten waren ihm völlig fremd, und jetzt, an Bord der Dragon Air, zusammen mit vielen Amerikanern und Europäern, kam er sich seltsamerweise schon fast wieder heimisch vor. Sicher, dachte er, er fühlte sich sicher hier.

Dann schüttelte er den Kopf. So ein Unsinn! Sicher, nur weil er im Flugzeug saß? Noch dazu auf dem Weg von Hongkong nach Shanghai? Dieses ganze Thema Triaden spukte ihm im Kopf umher; es war unvorstellbar, dass mitten in Deutschland asiatische Killerbanden ihr Unwesen trieben, und die deutsche Polizei war machtlos! Aber genauso schien es zu sein, der Mord am Hahn war ja das beste Beispiel. Und wenn es sich herausstellte, dass die Geheimbünde auch in den Kauf des Flughafens involviert waren ... aus journalistischer Sicht war das fantastisch, eine tolle Headline und viele Interviews, aber als Bürger, der er ja auch war, wollte er das gar nicht zu Ende denken.

Er nippte an seinem grünen Tee und blickte auf die Uhr im Display der Kopfstütze vor sich. Noch zwanzig Minuten, dann ein Taxi ins Hotel, morgen würde er die Adresse der Shanghai Fu You Ltd. aufsuchen, ein paar Gespräche führen, ein paar Bilder machen. Und vielleicht konnte er schon morgen Abend im Hotel anfangen, seinen

Bericht zu schreiben. Aber er brauchte eine eindeutige Verbindung zwischen den Triaden und dem Hahn, denn das wäre der Knaller!

Plötzlich fiel ihm ein, dass er in Gefahr sein könnte. Wenn er einen Bericht über die Triaden in Deutschland schrieb, wäre das nicht auch gefährlich? Unwillkürlich blickte er auf seine Hand. Er dachte daran, was er vorhin über das Opfern eines Fingers gehört hatte. Rasch stellte er den Plastikbecher mit Tee auf das ausgeklappte Tablett; seine Finger zitterten leicht. Ob er hier an Bord noch einen Drink haben könnte? Stefan winkte der Stewardess.

TAG VIER

Bis jetzt lief alles nach Plan. Der Verkauf des Flughafens war perfekt, die Verträge unterschrieben. Er musste jetzt noch abwarten, bis der Landtag zugestimmt hatte, dann gab es kein Zurück mehr. Im Ausschreibungstext hatte eindeutig gestanden, dass man kein Businesskonzept mitbringen musste; nur wenn geplant war, sich um Zuschüsse zum Flughafen zu bewerben, war natürlich ein entsprechender Businessplan vorzulegen. Das hatten sie dann auch getan, in wenigen Tagen hatte die Fu You schnell ein Konzept zusammengeschrieben, das keiner wirklichen Überprüfung standgehalten hätte. Aus Zeitgründen fand eine solche aber nicht statt. Im Übrigen hatte die Europäische Kommission der Regierung von Rheinland-Pfalz vorgeschrieben, dass der höchste Bieter zu akzeptieren sei, und genauso war es gekommen. Die Shanghai Fu You Ltd. hatte den Zuschlag erhalten, und dass, obwohl sie keinerlei Erfahrung im Flughafenbetrieb vorweisen konnte, nachweislich erst vor Kurzem gegründet worden war und die Deutschen nicht wussten, womit sich die Inhaber bisher überhaupt beschäftigt hatten! Warum machten deutsche Regierungen so etwas? Wie konnte man so naiv sein? Ihm war es recht, sie hatten es so geplant, und es war aufgegangen.

Heute war der letzte Tag des möglichen Geldeingangs in Mainz. Diese Dummköpfe glaubten wirklich, er würde zahlen! Sie hatten heute Morgen noch mal angerufen, über ihre Anwälte. Wer machte denn so etwas, Anwälte anrufen lassen? Typisch deutsch, so etwas. Kein Chinese hätte das getan; wenn es Schwierigkeiten gab, dann fuhr man hin, man redete, man trank … aber Anwälte? Das war genau die Arroganz, die er so hasste. Sich nicht persönlich kümmern, und dann wunderten sie sich, wieso nichts passierte. Sie hätten sich vielleicht einmal mit chinesischer Businesskultur auseinandersetzen sollen. Nun, sie würden kein Geld bekommen, nicht heute und nicht morgen! Und wenn sie dann in Panik waren, wenn sie keinen Ausweg sahen, dann würde er sie noch mal drücken, dann würde er noch mehr Subventionen verlangen, nicht offiziell, das ging nicht, aber er hatte da ja Möglichkeiten, Verbindungen, *Guanxi*, und dann hatten sie keine Alternative mehr, weil der Verkauf ja schon in der Presse gestanden hatte!

Bald würde er sehr, sehr reich sein. Nirgends stand, dass er den Flughafen nach Erwerb nicht weiterverkaufen durfte. Was sollte er auch damit? Ein gottverlassenes Nest, dieser Hahn, am Ende der bewohnten Welt, so sah er das. Ja sicher, sie hatten von Cargo Lizenzen gesprochen, von Verkehrsanbindung, von Fluglinien, die plötzlich ihre ganze Fracht über den Hahn abwickeln würden. Aber wieso sollte das jemand tun? Frankfurt war perfekt, logistisch angebunden; auf der anderen Seite, im Westen, wartete Findel, der luxemburgische Flughafen. Niemand würde den Hahn wieder zum Leben erwecken, aber daran verdienen, das konnte man ja. Und da waren sie gut, er war gut, er war stolz, diese Idee gehabt zu haben. Einen Flughafen kaufen und dann einfach weiterverkaufen und viel verdienen! Er hatte nur ein paar Geldgeber gebraucht, diese Dummköpfe, unterschrieben einfach alles, was er ihnen vorlegte. Nun ja, man wurde nicht reich, wenn man nicht auch schlau war. Diese Bauerntrottel würden ihren Einsatz verlieren, und er würde reich sein. Sollten sie sich beschweren, was kümmerte es ihn? Er hatte beste Verbindungen in Shanghai, ihm konnten sie nichts. Sollten sie zurück auf ihre Äcker gehen, Mist schaufeln oder was immer man da so tat.

Zufrieden trank er einen Schluck Wasser. Himalaya Water, ha!

TAG VIER

Wütend drückte der Innenminister das Gespräch weg. Er solle sich nicht aufregen, das Geld komme schon noch; so ein Unsinn! Heute war der Tag des Geldeinganges, die Chinesen hatten fest zugesagt zu zahlen, aber wo war das verdammte Geld? Er war es leid, von der Prüfgesellschaft, die das ganze Bieterverfahren um den Hahn federführend überwachte und die Regierung beriet, vertröstet zu werden. Die hatten keinen Stress, das war ihm schon klar. Eine Menge Geld zahlte das Land denen, natürlich nicht nur für die Überprüfung der Shanghai Fu You Ltd., sondern für die Ausschreibung und Begleitung des gesamten Verfahrens. Die Opposition machte schon Druck, es war irgendwie an die Presse gelangt, dass man, also die Landesregierung von Rheinland-Pfalz, Millionen an die Berater gezahlt hatte. Ja, so etwas kostete nun mal; die Ausschreibungsunterlagen erstellen und überprüfen, alle Bieter einer Due Diligence, also einer intensiven wirtschaftlichen Prüfung unterziehen, die Rechtsberatung, der Datenraum – davon verstanden die alle nichts, aber es war natürlich ein gefundenes Fressen, jetzt, wo Einzelheiten des Mordes am Hahn durchgesickert waren. Ein Ritualmord, chinesische Triaden! Wie sich von einem Tag auf den anderen die ganze Stimmung gedreht hatte! Eben waren alle noch zufrieden, dass der Flughafen nun in neue Hände kommen sollte, niemand hatte etwas am Verfahren zu beanstanden. Und nun, wegen des Mordes und weil das Geld nicht kam, gleich Panik und Kritik an ihm!

Er schaute auf seine Uhr. Eine schöne Uhr, *Lange & Söhne*, Gold mit blauem Zeiger, die 1815. Das war ein Geburtstagsgeschenk eines Mitarbeiters gewesen; das musste ja keiner wissen. Der kam da günstiger dran, warum nicht. Diese Uhr war immer schon sein Traum gewesen, und jetzt hatte er sie. Er trug sie nicht, wenn er Presseauftritte hatte, das war klar; aber so, an seinem Schreibtisch, liebte er es, sie anzuziehen und immer wieder anzuschauen. Ein Meisterstück deutscher Handwerkskunst! So etwas bekamen die Chinesen dann doch nicht hin, da konnten sie Roboter und Flughäfen kaufen, wie sie wollten!

Es war früher Nachmittag, bis zwanzig Uhr hatten sie noch Zeit. Was sollte er nur tun, wenn das Geld nicht kam? Konnte man Chinesen mahnen? Und wenn nicht? Was würde die Ministerpräsidentin sagen? Was sollte er nur tun?

TAG FÜNF

Cora erwachte, als die Sonne sie in der Nase kitzelte. Sie hatte am Vorabend die Vorhänge weit geöffnet, um Licht von der Straße hereinzulassen, und jetzt durchflutete Sonnenschein ihr Zimmer. Sie wühlte sich aus den Laken und tastete nach ihrem Handy. Halb acht, höchste Zeit, aufzustehen. Sie schlurfte ins Bad, griff sich im Vorübergehen ihr Handtuch, das sie am Vorabend einfach über einen Stuhl geworfen hatte, und schloss die Glastür hinter sich, auch wenn das unter dem Aspekt des Schutzes vor Beobachtung nicht viel brachte.

Nach einer gründlichen Reinigung, irgendwie fühlte sie sich durch die Blicke der Kameras, auch wenn sie vielleicht gar nicht existierten, beschmutzt, und nachdem sie das Zähneputzen nachgeholt hatte, zog sie sich rasch an und verließ das Zimmer, um frühstücken zu gehen. Unten in der Lobby war ein riesiges Buffet aufgebaut, man wusste gar nicht, wo man anfangen sollte. Cora entschied sich für ein Müsli und etwas Obst, dazu ein Papaya-Mango-Smoothie und einen Kaffee, der erwartungsgemäß nicht schmeckte. Als sie sich gerade überlegte, ob sie sich dennoch einen weiteren Kaffee bestellen sollte, um trotz des Jetlags wach zu werden, tauchte Ma plötzlich an ihrem Tisch auf. Er bestellte sich einen Tee und setzte sich zu ihr.

„Wie hat es dir gestern Abend gefallen?", fragte er sie. „Was hältst du von der Truppe?" Er wusste, dass Cora eine gute Beobachtungsgabe hatte, und war ernsthaft an ihrer Meinung interessiert.

Cora überlegte und legte ihren Kopf schief, während sie mit einer Gabel Melonenstücke vom Teller aufspießte. Sie hatte sich gegen Kaffee und für Vitamine entschieden.

„Ehrliche Meinung? Zhang ist sicher ein guter Geschäftsmann, aber dem traue ich nicht über den Weg. Der würde auch seine Großmutter verkaufen, wenn es Profit bringt. Peng? Nett, sehr kultiviert, scheint okay. Vielleicht liegt es auch daran, dass er Deutsch spricht, man vertraut automatisch Menschen mehr, wenn sie die eigene Sprache sprechen. Das ist ja auch der einzige Grund, warum ich dir vertraue", lachte sie.

Ma grinste. „Deutsch nix gut, Ma'am, nix verstehen, Sie meinen was?"

Cora knuffte ihn in die Seite. Das Maximum dessen, was an Körperkontakt für sie erlaubt war.

„Okay, machen wir weiter. Die beiden anderen kann ich nicht einschätzen. Sie haben ja nicht viel gesagt, und du hast es gedolmetscht, da kann man kein klares Bild bekommen. Yi? Na ja, sie ist nicht mein Fall, das hast du ja gemerkt. Sie scheint nur daran interessiert zu sein, sich einen reichen Ausländer zu angeln, der sie versorgt, aber ihr nicht zu sehr auf die Nerven geht. Scheinbar hat sie ein perfektes Exemplar gefunden, sogar einen Deutschen, wenn ich mich nicht irre. Sie erinnert mich an die arme Meili, du weißt ja, letztes Jahr in Tibet. Hoffentlich ist sie weniger aggressiv!"

Ma nickte zustimmend. „Ja, ich finde sie auch etwas seltsam, und ich wusste nicht, dass Peng sie mitbringt. Tut mir leid, das nächste Mal sorge ich dafür, dass sie nicht dabei ist. Aber es gibt leider immer mehr solche Mädchen hier, die sich denken, es sei angenehmer, sich einen Ausländer zu halten, als richtig zu arbeiten. Ist es ja auch", fügte er hinzu. „Die Ausländer sind selbst schuld, wenn sie das mitmachen. Ist wohl eine Win-win-Situation, jeder profitiert. China verändert sich, Cora, und nicht zum Besseren. Wir erzählen allen, wie stolz wir auf unsere Kultur sind, und wehe, ein Ausländer sagt etwas Negatives über

China. Das lassen wir nicht zu, die Reaktionen im Netz werden immer heftiger. Das haben wir bei der letzten Olympiade gesehen, in Brasilien, als jemand einen chinesischen Sportler kritisierte. Die Accounts des Kritikers, eines Amerikaners, wurden mit Hunderttausenden von Nachrichten überschwemmt; übrigens seine Accounts bei Facebook, Twitter und Instagram, also alles Plattformen, auf die man hier gar nicht zugreifen darf. Aber er hatte die nationale Ehre Chinas beleidigt, das war das allgemeine Empfinden. Viele dieser Reaktionen sind sicher von der Regierung gesteuert, da gibt es klare Hinweise, aber auch im normalen Volk mehren sich solche Angriffe. China ist unter Xi Jinping zunehmend nationalistischer geworden. Kritische Berichterstattung gab es nie, aber jetzt werden die Hochschulen zunehmend gegängelt, viele Intellektuelle verlassen das Land. Das ist eine Katastrophe für die Zukunft Chinas!

Aber intern kritisieren wir auch viel, weil die alte Kultur ja in Wirklichkeit gar nicht mehr existiert. Ich habe gelesen, wie viele Menschen in Europa und auch in den USA gegen die Globalisierung sind, aber das gilt sicher auch für uns! Auch in China gibt es negative Begleiterscheinungen der Globalisierung, obwohl wir natürlich vom Welthandel profitieren. Aber das tut ihr ja auch; ich finde es seltsam, wenn jemand gegen Globalisierung redet und selbst ein Handy hat, einen Laptop, eine Kaffeemaschine – das ist ja nicht lokal in Deutschland oder in New York produziert worden."

„Du musst das anders sehen", wandte Cora ein. „Viele Menschen glauben, dass ihre Arbeitsplätze durch neue Produkte, aber auch durch wachsenden ausländischen Einfluss, verloren gehen. Viele Amerikaner sehen sich als Verlierer der sogenannten Globalisierung, sicher auch, weil sie gar nicht verstanden haben, was das ist. Und wenn dann ein Politiker daherkommt und davon spricht, die Globalisierung zurückzudrehen, meinen sie, er könne die eigenen Interessen durchsetzen. Im Grunde sind die Menschen aber gar nicht gegen Globalisierung, sie wollen ja Textilien aus Bangladesch, weil die so billig sind. Das Problem ist derzeit die damit einhergehende Migration, die Flüchtlingswellen, die wir in Europa haben, aber auch in den USA. Wusstest du, dass die USA schon 1882 die Einwanderung chinesischer Arbeiter verbieten wollten? Die Angst, dass Migration zum Sieg der Kultur führt, aus der die Migranten kommen, also der eigentlich unterlegenen Kultur, ist groß. Deutsche haben Angst vor einer Islamisierung Deutschlands; wir werden verletzlich durch Migration. Die Gegenbewegung verlangt verstärkte Kontrolle, die dann aber zu Einschränkungen, zu Misstrauen gegenüber den Anderen führt. Und das ist sehr gefährlich, denn wir können die Globalisierung nicht stoppen, wir sollten lieber dafür sorgen, dass sie möglichst viel Gutes bringt."

„Aber dann ist es doch okay, wenn chinesische Firmen deutsche Unternehmen kaufen, nicht wahr?", warf Ma ein.

„Natürlich ist es das, wenn sie die Interessen der deutschen Mitarbeiter wahren, wenn sie das Know-how nicht abziehen, wenn sie weiter in den Standort Deutschland investieren. Und das tun die meisten ja. Aber das Problem ist das Ungleichgewicht. Der Dozent meines Bruders hat mir erzählt, dass die Europäische Handelskammer in Beijing zum Beispiel kein Problem damit hat, dass die Chinesen deutsches Know-how in Form von Firmen kaufen, aber gleichzeitig lassen die Chinesen dasselbe für Europäer in China nicht zu. Genau dieses Ungleichgewicht kritisiert die Kammer sehr heftig, und ich denke, zu Recht. Ausländer haben nur sehr eingeschränkte Möglichkeiten, chinesische Unternehmen zu erwerben, und bestimmte

Branchen sind schlicht ausgeschlossen. Der Staat China protektioniert seine Wirtschaft, verlangt aber von uns, dass wir Übernahmen von deutschen Firmen durch Chinesen absolut akzeptieren. Wenn China aber als Marktwirtschaft anerkannt werden will, darf es sich nicht mehr abschotten. Das führt zunehmend zu einer entsprechenden Gegenbewegung. Die Briten überlegten, ein mit chinesischer Hilfe zu bauendes Atomkraftwerk doch nicht zu bauen, die Australier ließen ausländische Käufer in einem Bieterprozess um eine Stromversorgung nicht zu. Man unterstellt Beijing inzwischen unlautere Absichten, das ist neu. In dem Papier, das der Dozent mir gemailt hat, steht, dass China von allen G20-Staaten der unzugänglichste ist. Chinas Firmen wachsen rasant, auch durch Zukäufe bei uns, und wir können andererseits nicht in das abgeschottete China hinein.

Und wir wissen gar nicht, wie Chinesen denken, welche Pläne sie haben. Wer sagt mir, dass das stimmt, was Peng oder Zhang uns erzählen? Woher weiß ich, dass sie wirklich den Flughafen ausbauen wollen? Wer garantiert, dass sie nicht das Knowhow der gekauften Firmen abziehen und Deutschland bald den Anschluss an die Weltspitze verliert, weil die Chinesen mit deutscher Technologie dort schon stehen, nämlich an der Spitze? Davor haben wir berechtigte Angst. Und wenn der Verkauf des Flughafens Hahn schiefgeht, wird das Misstrauen gegenüber chinesischen Investoren noch größer."

Cora zögerte, bevor sie weitersprach. Sie wollte Danli nicht beleidigen. Aber es war ihr wichtig. Schließlich platzte sie heraus: „Oder kannst du deinen Freunden wirklich vertrauen? Wie gut kennst du sie denn? Es geht um sehr viel Geld, es geht um viele Arbeitsplätze. Das ist nicht irgendein kleines Unternehmen in Deutschland, das ist ein Flughafen! Hand aufs Herz, Danli, wie gut kennst du deine Freunde?"

Ma schaute sie überrascht an. „Tatsächlich kenne ich nur Peng, die anderen sind ja durch ihn gekommen. Ich kenne ihn noch aus Studienzeiten; wir haben zwar nie zusammen studiert, aber wenn man Deutsch lernt, dann trifft man sich in manchen Kursen und kommt automatisch in Kontakt miteinander. Ich habe ihn eigentlich als verlässlichen Mann kennengelernt, und ich habe auch keinen Grund, an seinen Aussagen zu zweifeln. Im Übrigen gehe ich davon aus, dass die Regierung in Rheinland-Pfalz und die Beratergesellschaft, die damit beauftragt wurde, alles überprüft haben! Das ist ja wohl das Mindeste, was man bei einem Kauf dieser Dimension tut. Also, woher kommt dein plötzliches Misstrauen?"

Cora hob abwehrend ihre Hände. „Kein Misstrauen, lieber Danli, nur Interesse. Ich habe ja gerade erzählt, wie schwierig die Situation in Deutschland ist, wo viele Menschen Sorge haben, dass unser Wissen und unser technologischer Vorsprung verloren gehen, wenn wir alles nach Asien verkaufen. Deswegen bin ich interessiert, was du eigentlich über das Projekt weißt. Du rufst mich an, ich soll euch helfen; aber ich bekomme keine Informationen. Ich habe das Gefühl, du weißt auch nichts, richtig? Auch denke ich, wir möchten beide nicht in etwas hineingezogen werden, was nachher Probleme macht."

Ma setzte krachend seine Teetasse ab. „Jetzt stopp, Cora, glaubst du, ich arbeite mit Betrügern zusammen? Natürlich kenne ich den Hintergrund nicht genau, aber das Angebot ist von Euch überprüft worden, und ich habe keinen Grund, an Peng oder den anderen zu zweifeln. Aber wenn du misstrauisch bist, gut, dann fahren wir hin und schauen uns das selbst an."

Cora blickte ihn überrascht an. „Fahren? Wohin genau sollen wir denn fahren? Was gibt es denn zu sehen?"

„Na, die Firma, die meine Freunde gegründet haben, um den Flughafen zu kaufen. Wir fahren zu der Adresse, wir reden mit ihnen, und du wirst sehen, dort gibt es noch andere Projekte, in die sie involviert sind; davon haben sie mir auch berichtet. Okay?" Er blickte sie an, sein Zorn war verraucht, aber etwas verärgert war er doch über ihr Misstrauen gegenüber seinen Landsleuten. Auch er war nicht frei von dem neuen Nationalstolz der Chinesen, von dem er eben erzählt hatte. Es stand Ausländern einfach nicht zu, China so zu kritisieren!

„Gut, dann machen wir das jetzt sofort." Cora sprang auf, nun auch gereizt. „Ich möchte nicht, dass eine schlechte Stimmung zwischen uns aufkommt, aber du musst schon verstehen, dass ich das hier alles einfach nicht beurteilen kann. Glaubst du wirklich, in der Pfalz kann irgendjemand beurteilen, was in China geschieht? Die Einzigen, die das wirklich beurteilen können, sind die Mitarbeiter der Beratergesellschaft, die die Käufer überprüfen sollen. Ich weiß nicht genau, welchen Auftrag sie hatten und was sie getan haben, aber sie kamen zu einem positiven Gutachten, sonst hätte das Innenministerium ja dem Verkauf nicht zugestimmt, richtig? Dennoch finde ich, wir sollten uns das mal anschauen, wenn du schon sagst, dass das geht!"

Cora unterschrieb die Rechnung für das Frühstück, die in einem kleinen braunen Ständer auf dem Tisch auf sie wartete. Dann gingen Ma und sie durch die Lobby hinaus auf die Straße. Eine Jacke brauchte Cora bei der Hitze nicht, sie konnte sofort los. Handy und Geldbeutel trug sie wie immer in einem kleinen Rucksack bei sich. Dienstbeflissen eilte sogleich ein Portier herbei und fragte sie, ob sie ein Taxi bräuchten.

„Eine Adresse wäre keine schlechte Idee", sagte Ma mehr zu sich selbst als zu Cora und holte sein Handy heraus. Langsam scrollte er durch die verschiedenen Adressen, bis er es gefunden hatte. „Hier, da ist sie!"

Er nannte dem Portier die Adresse, der schnell ein Taxi herbeiwinkte. Es warteten immer mehrere Taxis nahe der Einfahrt, um für die Hotelgäste bereit zu sein.

Cora und Ma stiegen hinten ein, und Ma nannte dem Fahrer nochmals die Anschrift. „Ist das weit?", fragte Cora, sichtlich bemüht, die schlechte Stimmung von eben zu vertreiben.

„Überhaupt nicht, man könnte auch laufen", sagte Ma. „Aber bei der Schwüle macht das keinen Spaß. Es ist etwas nördlich von hier, ungefähr in der Richtung meiner Universität, der Tongji Daxue. Zehn Minuten mit dem Taxi, zu Fuß sicher fast eine Stunde."

Sie fuhren über die Nanjing Lu und die nördlichere Beijing Lu hinweg und dann auf der Sichuan Bei Lu nach Norden. Kurz darauf hielt der Taxifahrer am Straßenrand.

„Daole!", sagte er zufrieden und nahm einen tiefen Schluck aus dem Teebecher, der zwischen den Sitzen stand und mit einer bräunlichen Flüssigkeit gefüllt war. Deutlich konnte man die Teeblätter erkennen, die in der Flüssigkeit schwammen. Er rülpste, dann schraubte er den Becher wieder zu und fragte: „Fapiao?"

Ma schüttelte den Kopf; eine Quittung brauchte er nicht. Fasziniert beobachtete Cora, wie Ma sein Handy herausnahm, kurz schüttelte und dann zu Cora sagte: „Wir können aussteigen."

„Das war alles?", fragte sie bewundernd. „Wow! Und ich suche in Deutschland Kleingeld für einen Taxifahrer, der behauptet, nicht rausgeben zu können …"

„Tja, das ist WeChat. Wir machen alles online; hier hat niemand Angst vor Datenklau. Es gibt sowieso keine Geheimnisse vor dem Staat. Und es ist so einfach, selbst kleinste Beträge kann man so bezahlen. Das waren gerade mal drei Euro! Sogar meine Süßkartoffeln auf dem Markt bezahle ich so."

Sie stiegen aus und sahen sich um. In dieser Gegend von Shanghai befanden sich nicht so viele Hochhäuser; die meisten Häuser hier waren zwei- oder dreistöckig, es gab viele Geschäfte, Reparaturwerkstätten, Restaurants, ein Kino. Wie in jeder Straße Shanghais (und Chinas) war auch hier sehr viel los; Hunderte von Menschen wuselten über den Bürgersteig, viele davon wie immer starr auf ihr Handy blickend.

„Welches Gebäude ist es denn?" fragte Cora neugierig. Ma schaute auf sein Handy und zeigte dann auf das gegenüberliegende Haus, eines der wenigen Hochhäuser hier.

„Hier, der Hausnummer nach müsste es das hier sein." Sie betraten die Lobby des Hauses, wie immer in China sehr ausladend, und betrachteten die Firmenschilder neben den Aufzügen.

„Keine Shanghai Fu You Ltd.", stellte Ma das Offensichtliche fest. Er ging hinüber zur Rezeption und fragte die Mitarbeiterin nach der Firma, die sie suchten. Dann kam er zurück.

„Es gibt ein Büro, hat sie gesagt. Aber sie weiß nicht, ob das jetzt besetzt ist."

Sie fuhren mit dem Fahrstuhl auf die angegebene Etage und liefen den Flur entlang, von dem mehrere Bürotüren abzweigten. Schließlich hielten sie vor einer Glastür, auf der *Shanghai Fu You Ltd.* stand. Cora drückte dagegen, und sie gingen hinein. Ein großer, unaufgeräumt wirkender Raum, vollgepackt mit Schreibtischen, leeren Kartons,

Müll; dazwischen schauten ein paar schwarze Köpfe erstaunt in die Höhe, als wunderten sie sich, hier Menschen eintreten zu sehen. Ma stellte rasch ein paar Fragen, erntete aber nur Kopfschütteln. Auch ohne ein Wort von dem zu verstehen, was Ma sagte, war Cora klar, dass sie hier wohl an der falschen Adresse waren. Der Fahrer hatte sich verfahren oder Ma hatte die falsche Adresse in seinem Handy, so viel war offensichtlich. Schließlich winkte Ma ihr zu, und sie verließen das Büro und fuhren wieder nach unten.

„Was war denn los?", fragte Cora irritiert. „Falsche Adresse?"

„Nein", meinte Ma nervös und fuhr sich mit der Hand durch die Haare. „Das wäre mir lieber gewesen ... Das ist sehr seltsam. Die haben gesagt, ja, das sei die richtige Adresse, und sie seien Mitarbeiter der Firma Shanghai Fu You. Aber von Herrn Zhang oder Herrn Peng hatten sie schon lange nichts mehr gehört, sie würden sich um irgendwelche Formulare und Verwaltungsangelegenheiten kümmern, aber ich glaube, die spielten die ganze Zeit irgendwelche Spiele im Internet. Hier passiert rein gar nichts. Das kann doch nicht sein, dass das die Zentrale des Investors ist, der einen Flughafen kaufen will!"

Er wirkte völlig verstört und sagte mehrmals: „Das kann doch nicht sein!" Cora hielt sich zurück, um nicht mit dem naheliegenden „Hab ich doch gesagt" herauszuplatzen. Ihre dunkle Ahnung, dass hier etwas nicht stimmte, hatte sich bestätigt.

„Und jetzt?", fragte Ma, fast verzweifelt. „Was machen wir denn jetzt?"

Cora überlegte. Die Adresse war richtig, aber hier war niemand. Es musste noch eine andere Adresse geben. „Hör mal, Danli, dieser Zhang, das ist doch der finanzielle Kopf, richtig? Der erfolgreiche Geschäftsmann? Der hat doch bestimmt noch eine Adresse, seine eigene Firmenadresse. Kannst du die rauskriegen?"

Ma schaute sie an. „Ich könnte Peng anrufen, der hat bestimmt die Nummer von Zhang."

„Nein, das würde ich nicht tun", unterbrach Cora ihn. „Wenn hier etwas nicht stimmt, steckt Peng vielleicht mit drin. Kannst du Zhang nicht irgendwie anders finden, der muss doch bekannt sein als Geschäftsmann? Warte, warte, ich hab's!" Triumphierend kramte sie in ihrem Rucksack, dann zog sie eine verknitterte Visitenkarte hervor. „Hier, Zhangs Karte! Die hat er mir gestern zugesteckt, meinte, ich soll mich melden, wenn ich mit ihm zusammenarbeiten will. Auch ohne dich, hat er gesagt, ich solle niemandem etwas davon erzählen, ihn einfach nur anrufen!"

„Na, der ist ja nett!", rief Ma aus. „Hinter meinem Rücken macht er meine Freundin an! Gib mal her, ich schau mal, wo das ist. Dem werde ich was erzählen!"

Cora lachte. „Oh, eifersüchtig? Ich wusste gar nicht, dass ich deine Freundin bin! Wie schön. Und was sagt deine Frau dazu?"

Jetzt musste auch Ma grinsen. „Ja, du weißt ja, wir Chinesen ... haben alle noch Zweit- und Drittfrauen ... so sind wir!"

„Drittfrauen? Und wo komme ich da?", flachste Cora.

„Hm, mal sehen, also, da wäre die süße Liu, dann die ..."

Weiter kam er nicht, weil er einen heftigen Schlag gegen die Schulter erhielt. „Du sollst die Karte ansehen, nicht deine Frauen aufzählen!", sagte Cora lachend.

Ma blickte jetzt wirklich auf die Karte. „Hm", machte er. „Das ist wirklich eine andere Adresse und eine andere Firma. Wahrscheinlich gehört die Zhang allein, hier steht, er sei der Geschäftsführer. Und an der Fu You hat er ja nur Anteile, so wie die anderen auch."

„Und, wo ist das? Los, lass uns hinfahren! Ist das weit?", fragte Cora, jetzt wieder ganz die neugierige Detektivin, die ein Abenteuer witterte.

„Ja, schon etwas", erwiderte Ma. „Drüben in Pudong, bestimmt eine halbe Stunde Taxifahrt. Na gut." Er winkte, und ein vorbeifahrendes Taxi hielt gerade noch rechtzeitig, bremste aber so scharf, dass zwei Radfahrer gegen seinen Kofferraum fuhren und zu Boden stürzten. Sofort erhob sich ein lautes Geschrei, wer schuld sei; einer der Radfahrer ging mit erhobenen Fäusten auf den Taxifahrer zu, der ausgestiegen war, um den Schaden an seinem Auto zu begutachten, nicht wegen der möglicherweise verletzten Radler.

Ma hielt rasch ein anderes Taxi an. „Komm", sagte er zu Cora und bedeutete ihr, einzusteigen. „Da halten wir uns raus, wir verlieren nur Zeit."

Während sie sich durch den Stau quälten und der Taxifahrer sich bemühte, auf den Inneren Ring zu kommen und dann über die Yangpu-Brücke nach Pudong auf der anderen Seite des Huangpu zu fahren, überlegte Cora, wie sie Ma wieder aufheitern könnte.

„So, Danli, jetzt erzähl mal von deiner Tochter. Fängt sie schon an zu brabbeln und zu laufen?"

Mas Deutsch war ausgezeichnet, aber diese Wörter aus der Kindersprache waren ihm doch zu fremd. Cora erklärte, was sie meinte, und schlagartig hellte sich sein Gesicht auf. Begeistert berichtete er, was die Kleine schon alles konnte, dass die Nächte schon viel besser geworden waren und vor allem, wie sie ihn ansah. Man merkte deutlich, wie glücklich er als Vater war, und Cora war mehr als froh, letztes Jahr in Tibet nichts kaputtgemacht zu haben. Und das hätte leicht passieren können; es hatte einige

Situationen gegeben, die zumindest Ma vielleicht nicht im Griff gehabt hätte … Aber Cora war nicht der Typ Frau, der unüberlegt Risiken einging oder sich einfach gehen ließ. Gerade jetzt war sie darüber sehr froh! Den Rest der Fahrt unterhielten sie sich eher belanglos über private Dinge, das Thema vermeidend, das vorhin fast zum Streit geführt hatte.

Eine halbe Stunde später waren sie da; sie stiegen aus, und Ma deutete auf eine Straßenkreuzung genau gegenüber. Cora folgte seinem Blick und sah auf ein Eckgebäude mit einem gelben Schild, auf dem der Name einer deutschen Reifenmarke verzeichnet war.

„Das sieht aus wie ein Reifenhändler", meinte sie erstaunt. „Komm, wir gehen mal rüber und schauen." Sie überquerten die Straße, wie man das in Shanghai eben tat: einfach durch den Verkehr laufen. Ein Polizist war ohnehin weit und breit nicht zu sehen. Dann standen sie vor dem Gebäude.

„Ein Reifenhändler, ja", sagte Ma langsam, als könne er die Wahrheit noch ändern, wenn er ihr Zeit gab.

Cora wollte gerade etwas sagen, als ein Ausländer aus dem Geschäft trat und sich suchend umblickte. Sein T-Shirt fiel ihr auf, denn diese Aufschrift war in Shanghai selten: *Weltmainzer* stand da in weißen Buchstaben auf dem roten Hemd! Er schien durch die Sonne geblendet, denn er rempelte sie an. Dann hörte sie ganz deutlich, was er sagte: „Entschuldigung."

TAG FÜNF

Mit dem Zettel in der Hand ging Stefan langsam die Straße entlang. Diese verdammten Schriftzeichen! Warum stellten die Chinesen nicht einfach auf lateinische Buchstaben rum? Dann könnten doch alle Menschen viel schneller lesen und schreiben lernen! Er musste das mal recherchieren. Jetzt hieß es erst einmal, die richtige Anschrift zu finden.

Er hatte sich im Hotel die Adresse genau aufschreiben lassen, und jetzt musste er einfach hoffen, jemanden zu finden, der auch Englisch sprach. Der Taxifahrer hatte Stefan direkt vom Hotel hierhergefahren, es konnte also nicht weit sein. Aus Deutschland hatte er die Adresse der Shanghai Fu You Ltd. mitgenommen, und er hatte sie schon in Hongkong einem jungen Chinesen an der Rezeption gezeigt. Er wollte ihn fragen, ob dieser im chinesischen Internet vielleicht ein wenig suchen könne, um etwas über die Firma etwas herauszufinden. Der Rezeptionist war sehr erfreut, dem Deutschen helfen zu können.

„Das ist interessant", hatte er gesagt. „Ich finde die Firma und ihre Adresse. Aber sonst gibt es fast nichts über sie im Internet. Die haben keine vernünftige Website, gar nichts. Hier stehen nur die Namen der Inhaber. Soll ich da mal weitersuchen?"

„Ja, bitte", hatte Stefan in der Hoffnung auf etwas Interessantes geantwortet. Der Chinese hatte noch ein wenig Zeit gehabt und ihm geholfen. Er hatte schließlich bei den Namen der Eigentümer etwas gefunden; einer von ihnen, ein gewisser Zhang, besaß offensichtlich noch eine Firma. Deren Adresse wiederum konnte er finden, und die verfügte auch über eine sehr gute Website. Stefan hatte daraufhin beschlossen, gleich zu der Firma von Herrn Zhang zu fahren; zur Fu You konnte er ja später immer noch. Erst einmal zu der Adresse, die mehr Informationen versprach. Der Taxifahrer vor seinem Hotel in Shanghai hatte eifrig genickt, als er die Adresse sah, und hatte ihn über die Nanpu-Brücke nach Pudong gefahren.

Jetzt war er vor dem Haus. Ein Eckgebäude, unten ein großes gelbes Schild einer deutschen Reifenmarke, merkwürdig. Eine Investmentfirma, die sich in einem Gebäude verbarg, in dem sich auch ein Reifenhandel befand? Nun gut, er kannte sich in China nicht aus. Das würde schon seine Richtigkeit haben.

Stefan überquerte die Straße und stand jetzt direkt vor der Reifenhandlung. Er ging die Straße erst nach links, dann nach rechts, aber es kam kein weiterer Eingang. Die Hausnummer war korrekt. Es blieb ihm nichts anderes übrig, als hineinzugehen und zu hoffen, dass dort jemand seine Sprache sprach.

Der Raum war fast dunkel, und seine Augen mussten sich nach dem grellen Licht draußen erst ein wenig adaptieren. Dann erkannte er große Stapel von Reifen, zwei Hebebühnen und mehrere Werkzeugbänke.

„Hello!", rief er laut und etwas unsicher. Keine Antwort. Er rief erneut, diesmal deutlich lauter. „Hello? Anybody here?"

Aus einer Ecke ertönte ein undefinierbares Geräusch. Ein älterer Mann im blauen Arbeitskittel schlurfte langsam auf ihn zu. Er trug Plastiksandalen und eine Schirmmütze. Fragend sah er Stefan an, dann sagte er etwas, was Stefan nicht verstand.

„Do you speak English?", fragte Stefan vorsichtig. Der Alte schüttelte den Kopf, lachte und rief etwas. Stefan holte den Zettel mit der Adresse aus seiner Tasche und hielt ihn dem alten Mann hin. Dieser warf einen kurzen Blick darauf, kratzte sich sein stoppeliges Kinn, schob die

Mütze in den Nacken und schlurfte ebenso langsam wieder zu seiner Werkbank zurück, wie er gekommen war. Stefan wollte schon aufgeben, als der Alte endlich anfing, in einer Schublade zu kramen; dann hielt er stolz in die Höhe, wonach er gesucht hatte: seine Brille. Umständlich setzte er sie sich auf die Nase, dann kam er wieder in Zeitlupe zurück zu Stefan und besah sich den Zettel genauer. Plötzlich brach er in lautes Gelächter aus, schüttelte den Kopf und sagte etwas. Stefan zuckte hilflos mit den Achseln. Schließlich nahm er den Zettel wieder an sich, bedankte sich bei dem Mann und verließ die Werkstatt.

Er wurde kurz geblendet, als er in die gleißende Sonne trat, und wäre beinahe mit einer Frau zusammengestoßen. Reflexartig sagte er auf Deutsch: „Entschuldigung", und wollte weitergehen.

„Bitte sehr", kam es da zurück, und er blickte sich erstaunt um. Eine sehr attraktive Blondine stand vor ihm, vielleicht einen Meter fünfundsechzig groß, Jeans, helle Bluse. Neben ihr ein hochgewachsener Chinese; beide sahen ihn ebenso erstaunt an wie er sie.

„Sie sprechen Deutsch?", fragte er überflüssigerweise und trat näher.

„Ja, ganz gut", kam es kess von der Frau. Sie musterte ihn kritisch, und er zog unwillkürlich seinen Bauchansatz ein. Er musste unbedingt wieder anfangen zu joggen, er hatte es sich so oft vorgenommen! Aber irgendetwas kam immer dazwischen ... Sie hatte seine Reaktion bemerkt und konnte sich ein Lächeln nicht verkneifen.

„Was machen Sie denn hier?", fragte die Frau weiter. „Haben Sie da drin etwas gesucht? Oder besser, haben Sie etwas gefunden?"

Journalisten neigen meist nicht dazu, bereitwillig Auskunft zu geben, woran sie gerade arbeiten, zumal wenn es sich um eine potenzielle Knüllerstory handelt. Während

Stefan noch überlegte, was er sagen solle, kam schon die nächste direkte Frage: „Sie sind doch aus Mainz, nicht wahr? Geht es um den Flughafenverkauf?"

Stefan war völlig überrumpelt; er hatte sich mehr oder weniger allein in Shanghai gefühlt, so wie jeder Ausländer sich in China fühlte, als sei er der Erste seit Marco Polo. Und er hatte geglaubt, er sei der Einzige, der einem ganz großen Ding auf der Spur war, und jetzt kam diese Blondine und fragte ihn direkt danach? Und woher wusste sie, dass er aus Mainz kam? Sie schien seine Gedanken erraten zu haben und zeigte schmunzelnd auf sein T-Shirt.

„*Weltmainzer*. War nicht so schwer. Übrigens, mein Name ist Remy, Cora Remy. Das hier ist ein Freund, Herr Ma. Ma Danli, Sie wissen ja, dass hier die Nachnamen vorn stehen. Und Sie sind …?"

„Archer, Stefan Archer. Angenehm. Ich bin aus Mainz, okay, das war wirklich sehr offensichtlich. Aber wie kommen Sie darauf, dass ich im Zusammenhang mit dem Flughafen hier bin? Sind Sie etwa auch hier deswegen?"

Zu spät fiel ihm ein, dass der Gebrauch des Wörtchens *auch* vielleicht keine gute Idee gewesen sei könnte. Die Frau schaute ihn noch immer freundlich an.

„Aus dem *auch* schließe ich mal, dass ich richtig geraten habe", meinte sie dann auch prompt. „Und ja, auch wir sind deswegen hier. Haben Sie etwas gefunden? Unter dieser Adresse sollte doch eigentlich eine Firma zu finden sein, die im Zusammenhang mit dem Verkauf des Flughafens Hahn an die Chinesen steht. Wir waren schon bei der anderen Adresse, drüben in Puxi, die der Firma Fu You. Dort ist gar nichts. Sieht es hier besser aus?"

Neugierig betrachtete Stefan die Frau, die ihn so unverblümt befragte. Ihm gefiel ihre offene Art und dass sie ihre Informationen einfach preisgab. Das brachte ihn in

Zugzwang; geschickt! Da er sich ohnehin schon verraten hatte, konnte er auch gleich bei der Wahrheit bleiben. Das mit den Triaden würde er natürlich für sich behalten.

„Ich weiß es nicht", sagte er. „Ganz ehrlich. Ich bin reingegangen und habe dem alten Mann dort die Adresse gezeigt, und er hat etwas gesagt und gelacht, aber ich habe nichts verstanden. Vielleicht können Sie", er wandte sich an Ma, „es einmal versuchen? Da wir alle wegen der gleichen Sache hier sind, können wir es genauso gut auch zusammen versuchen. Oder sind Sie etwa auch Journalisten?"

Beide lachten gleichzeitig laut auf.

„Nein", sagte der Chinese dann in fast akzentfreiem Deutsch, „Journalisten sind wir wirklich nicht. Wir sind Ingenieure, Hydroingenieure, genau genommen. Aber Frau Doktor Remy hat gute Beziehungen zum Hunsrück und soll den chinesischen Investoren helfen, das Projekt möglichst problemlos über die Hürden zu bringen. Sie sind also Journalist? Na, das können Sie ja nachher erzählen, gehen wir erst mal rein."

Gemeinsam gingen sie wieder in den Laden hinein. Der alte Mann saß an seiner Werkbank und hatte die Brille wieder abgelegt. Er schien zu schlafen. Ma rief etwas, und der Alte drehte sich um und grinste. Ma fragte offenbar nach der Adresse, jedenfalls hielt er den Zettel hoch. Stefan beobachtete die gleiche Reaktion des Alten wie vorhin, der Mann lachte und konnte sich gar nicht mehr beruhigen. Dann sagte er etwas, und Mas erstaunter Blick verriet Stefan, dass sie hier nicht fündig werden würden. Ma bedankte sich bei dem Alten, gab ihm die Hand, und sie verließen die Werkstatt und traten hinaus in die Sonne Shanghais.

Gespannt sah Stefan den Chinesen an.

„Und? Was ist denn, sag schon, Danli", forderte die Deutsche ihren chinesischen Freund auf. Stefan wartete ab, er wusste noch nicht recht, wem er hier trauen konnte.

Ma schüttelte langsam den Kopf. „Ich verstehe das nicht", sagte er dann. „Hier ist auch nichts! Der Alte sagte, hier kämen immer wieder mal Leute, die nach der Firma fragten, die offensichtlich auch auf irgendwelche Betrüger hereingefallen seien. Aber es sei das erste Mal, dass Ausländer kämen. Nein, es gebe hier keine Firma des Namens, den wir suchen. Cora, das kann doch alles nicht wahr sein! Nichts drüben in Puxi, nichts hier. Wo sind die? Wer ist denn dieser Investor, wenn nicht mein Bekannter Peng? Wo steckt der? Ich rufe ihn sofort an!"

„Das tust du nicht!", fiel ihm Cora ins Wort, als der Chinese sein Handy zückte. „Erst müssen wir überlegen, was das alles bedeutet. Am besten, wir gehen etwas trinken. Kommt mit!"

Ohne zu warten, was er und Ma davon hielten, stiefelte sie los, einfach die Straße hinauf; mehr oder weniger hilflos folgten Stefan und Ma. Nach wenigen Metern kamen sie an einer kleinen Teestube vorbei, Cora warf einen Blick hinein, entschied, dass es gut aussah, und setzte sich an einen freien Tisch in der hinteren Ecke. Ma und Stefan folgten gehorsam wie zwei Schuljungen; auch Stefan hatte die natürliche Autorität Coras sofort akzeptiert. Der Chinese schien ohnehin ihren Vorgaben zu folgen, beobachtete Stefan; die beiden waren sehr vertraut im Umgang miteinander.

Ma bestellte Lü cha, grünen Tee, für alle, dazu ein paar Jianbing, eine Art Crêpes, gefüllt mit Eiern, grünen Zwiebeln und einer scharfen Soße. Schweigend aßen sie und warteten, dass der kochend heiße Tee trinkbar wurde.

„Und jetzt?", brach Stefan das Schweigen. „Was war denn an der anderen Adresse? Was haben Sie da gefunden?"

„Nicht viel!", sagte Ma. „Wir waren bei der richtigen Adresse, aber da war nur ein Raum mit ein paar Mitarbeitern. Alles sah sehr chaotisch aus, überhaupt nicht professionell. Unten in der Lobby des Hochhauses gab es nicht einmal ein Firmenschild. Ich sage Ihnen, da stimmt etwas nicht. So etwas ist nicht normal für chinesische Firmen."

Die Sache war so klar wie verstörend. Es gab keine Shanghai Fu You Ltd., jedenfalls nicht als real existierende Firma. Es gab sie nur auf dem Papier, und sie hatte dennoch den Zuschlag bekommen, einen deutschen Flughafen zu kaufen! Weder die Landesregierung Rheinland-Pfalz noch die mit der Prüfung der Unterlagen beauftragte Beratergesellschaft hatten bemerkt, dass sie einer Luftnummer auf den Leim gegangen waren! Und auch die Firma, die Zhang ganz allein gehörte, die zweite Adresse, hatte sich soeben als Fake herausgestellt. Die naheliegende Frage wurde von Stefan gestellt, der erst langsam zu verarbeiten begann, was er gerade miterlebte: „Warum? Warum gibt jemand vor, einen Flughafen zu kaufen, wenn es die Firma gar nicht gibt? Wie wollten sie bezahlen?"

Wieder war es Cora, die antwortete. „Ich denke mir das so: Zhang hat eine Firma, die läuft gut, er verdient viel Geld. Aber er hat nicht genug, er will mehr. Er muss etwas Großes machen. Da trifft er Peng, der sich in Deutschland auskennt, und zwei Bauern, die aus Versehen zu Geld gekommen sind. Peng hat eine geniale Idee, weil er glaubt, Zhang sei ein Profi. Zhang plant von Anfang an, das Ganze nicht wirklich durchzuziehen. Er erzählt den anderen, sie sollten eine Firma gründen. In Wirklichkeit gibt es keine Firma. Alle vertrauen ihm. So, was passiert jetzt?

Die Firma tritt seriös auf, dank des Deutsch sprechenden Peng fallen auch die Deutschen auf sie herein. Wie er das mit den Wirtschaftsprüfern gemacht hat, weiß ich noch nicht. Fu You bietet einen hohen Preis, jedenfalls stand es so in der Zeitung."

„Stimmt nicht ganz, Frau Remy", unterbrach Stefan sie. „Der Preis betrug immer nur einen Euro. Alles andere ist der Kassenbestand. Das hat die Öffentlichkeit nicht verstanden."

Die beiden sahen ihn an. „Jetzt verstehe ich", sagte Cora langsam. „Warum macht die Landesregierung das nicht publik?"

„Weil die Leute nicht verstehen würden, dass man Millionen für Berater ausgibt und nichts für den Flughafen bekommt. In Wirklichkeit rechnet sich die Subventionierung für die Regierung; die Einnahmen aus der Weiterführung des Flughafens inklusive aller Steuern, Gebühren, den Menschen, die dort leben und auch Steuern zahlen usw. sind deutlich höher als die Subventionen, die das Land jährlich zahlt. Der Flughafen könnte ewig weitersubventioniert werden, wenn die Europäische Kommission das nicht verboten hätte. Das habe ich recherchiert; so weit ist alles klar. Verkauft wird nur, weil man muss. Man hätte den Militärflughafen der Amerikaner nie übernehmen dürfen, um ihn einer zivilen Nutzung als Flughafen zuzuführen, das war der Kardinalfehler. Aber gut, das war damals der zuständige Wirtschaftsminister, es war sicher nicht sein einziger Fehler ... Stellen Sie sich vor, es gab doch in Zweibrücken schon einen Flughafen, in Saarbrücken, natürlich den in Frankfurt, auch in Luxemburg, sogar Mannheim, Karlsruhe oder Straßburg sind nicht weit entfernt. Und dann noch einen am Hahn zu eröffnen, absoluter Unsinn! Statt, sagen wir, Zweibrücken richtig auszubauen, hat man versucht, zwei kleine Regionalflughäfen hochzupäppeln; das konnte nicht gut gehen. Jetzt ist Zweibrücken insolvent, und der Hahn auch so gut wie! Es gibt durchaus alternative Vorschläge für die Nutzung des Geländes. Ein erfolgreicher Flughafen wird das nicht mehr. Aber, sagen Sie, Frau Remy, was wird dieser Zhang denn mit dem Flughafen machen?" Das war das, was ihn wirklich interessierte; er hatte schon seine Story, aber da musste noch mehr sein. Er konnte es kaum abwarten, seiner Redaktion die Sensation zu übermitteln, dass es gar keinen solventen Käufer für den Hahn gab!

Er bemerkte, dass die Ingenieurin bitter auflachte. „Ich denke, er wird ihn weiterverkaufen! Er hat irgendeinen Deal mit einem anderen Investor, der nicht direkt an der Ausschreibung teilnehmen will. Und dem kann er den Flughafen, die Gebäude im Randbereich und alles andere mit einem fetten Gewinn weiterverkaufen! Zhang hat das alles nur eingefädelt, um den Hahn wieder abzustoßen. Die Leute dort sind ihm egal, er will Profit. Peng und Mao und Liang werden ein böses Erwachen haben!"

Ma hatte die ganze Zeit geschwiegen; irgendwann hatte er zu seinem Handy gegriffen und begonnen, etwas zu suchen.

Stefan bemerkte es, sagte aber nichts. Er hatte die ganze Zeit überlegt, was er mit seinem Wissen über die Triaden machen sollte. Schließlich hielt er es nicht mehr aus. „Was hat das denn alles mit dem Mord auf dem Hahn zu tun?", fragte er so beiläufig wie möglich.

Cora sah ihn scharf an; hatte er es übertrieben? Aber dann fragte sie doch eher harmlos: „Wie meinen Sie das? Warum sollte das zusammenhängen?"

Stefan merkte, dass er einen Fehler gemacht hatte, er hätte das Thema nicht anschneiden dürfen. „Keine Ahnung, ich dachte, Sie wissen vielleicht etwas …", stotterte er.

„Sind Sie eigentlich direkt nach dem Mord hierhergeflogen?", fragte sie ihn. „Hören Sie, wir sitzen hier zu dritt in einer Teestube in Shanghai und versuchen doch alle drei, Licht in die Angelegenheit zu bringen. Sie sind Journalist, und wir wollen Ihnen Ihre Story nicht wegnehmen. Sie können damit berühmt werden. Aber wir sollten zusammenarbeiten, dann kommen wir alle schneller weiter. Was wissen Sie noch? Wir haben Ihnen auch von heute Morgen berichtet, was in Puxi geschah bzw. dass wir dort nichts gefunden haben. Und von meinem Freund Ma hier können Sie noch Hintergründe zur Shanghai Fu You haben."

Stefan überlegte; es klang vernünftig, was sie sagte. Allein käme er hier nicht weiter, das hatte er schon gemerkt.

„Moment mal!", unterbrach da ihr chinesischer Freund seine Überlegung. Er hatte die ganze Zeit auf sein Handy gestarrt und etwas gesucht. „Ihr werdet nicht glauben, was ich eben gemacht habe! Nach alldem, was wir heute herausgefunden haben, wollte ich doch mal sehen, wie schwer es ist, das auch online festzustellen, nämlich, dass die Fu You Ltd. kein seriöser Investor ist. Es gibt auch hier in China so etwas wie ein Handelsregister, und ich habe mir mal den Auszug der Fu You besorgt. Ich habe jetzt, wartet …", er schaute kurz auf seine Armbanduhr, „genau fünfunddreißig Minuten gebraucht, um mir den Handelsregisterauszug der Shanghai Fu You Ltd. runterzuladen. Da steht alles drin! Sie haben ein registriertes Kapital von fünfhunderttausend Yuan, Gesellschafter sind Zhang und die anderen drei. Keine anderen Aktivitäten, nichts. Schon hier hätte doch jedermann merken müssen, dass da etwas nicht stimmt! Wie soll eine Gesellschaft mit so wenig Kapital einen Flughafen kaufen und managen? Das und die Tatsache, dass sie nicht einmal eine Website haben, hätte jedem Wirtschaftsprüfer auffallen müssen! Sogar irgendeine Firma, die in betrügerischer Absicht ein Geschäft durchziehen möchte, baut sich eine Website; diese Firma hat nicht einmal eine gefälschte Website! Wieso haben es hochbezahlte Fachleute nicht für nötig empfunden, etwas zu überprüfen, wozu ich als Laie eine halbe Stunde gebraucht habe?"

Das war allerdings eine gute Frage. Wenn es so einfach war, wie hatten die Berater dies übersehen können? Oder hatten sie es gar nicht übersehen? Aber wieso dann eine Empfehlung zum Verkauf an die Fu You aussprechen?

„Es gibt da noch etwas", sagte Stefan zögernd. Er hatte beschlossen, den beiden zu vertrauen. „Es gab ja noch andere Bieter, ursprünglich so etwa dreißig, glaube ich, von denen alle bis auf drei oder vier ausgeschlossen wurden. Wieso eigentlich? Warum hat man sich die anderen nicht besser angeschaut, wenigstens zu Gesprächen eingeladen? Es ist schon vor Monaten entschieden worden, an die Shanghai Fu You zu verkaufen, und alle anderen waren plötzlich aus dem Rennen." Das hatte er von Angela, sie hatte es von ihrer Freundin aus dem Innenministerium. Seltsam war die frühe Festlegung auf einen Käufer schon, zumal wenn der sich jetzt als unseriös erwies.

„Es gab sogar einen Interessenten, der tatsächlich aus dem Luftfahrtbereich kam! Er legte eine sehr gute Referenz vor, aber mit ihm wurden nicht einmal Gespräche geführt!"

„Ich möchte noch mal auf den Mord am Hahn zurückkommen", sagte Cora. „Was haben Sie denn darüber erfahren? Haben Sie da auch recherchiert?"

„Nun, ich war gestern in Hongkong, ein Freund von mir arbeitet bei der *South China Morning Post*, der besten Tageszeitung dort", erzählte Stefan den beiden. „Er hat mir einen Kontakt zu einem Detektiv hergestellt, der sich sehr gut mit den Triaden auskennt." Kurz berichtete er, was er erfahren hatte. Sein ungutes Gefühl ließ er weg, es kam ihm jetzt, aus der Entfernung, doch albern vor.

Die Ingenieurin hatte sehr konzentriert zugehört. „Ma, du wolltest mir gestern Abend doch auch etwas über die Triaden erzählen, aber dann kamen deine Freunde … äh, ich sage besser nicht mehr Freunde zu ihnen … also, Zhang und die anderen kamen dazu, und wir haben das Thema nicht weiter besprochen. Mich interessiert das inzwischen doch sehr. Ich hatte da nämlich auch ein seltsames Erlebnis …"

Stefan hörte mit offenem Mund zu, als Cora von ihrer Begegnung mit dem Asiaten auf dem Hahn erzählte, erst im Gang zur Cargohalle und dann auf dem Parkplatz.

Ma schaute besorgt drein. „Wieso hast du mir das nicht erzählt?", fragte er aufgebracht. „Du bist in Gefahr! Wenn das wirklich jemand von den Triaden war, dann war er vielleicht sogar der Mörder! Vielleicht konnte er in der Nacht nicht mehr verschwinden, hat sich in der Halle versteckt und ist dir begegnet, als er fliehen wollte! Dann wärest du die Einzige, die ihn identifizieren kann! Und was machst du? Fliegst hierher in die Höhle des Löwen! Wenn der Mord am Hahn mit diesem Verkauf zusammenhängt, Cora, dann bist du in Gefahr!"

Stefan war ebenfalls sehr besorgt, meinte aber: „Ich muss sofort einen Bericht an meine Zeitung schreiben. Wenn bekannt wird, dass es den Investor gar nicht gibt, wird das wie eine Bombe einschlagen. Das kann unabsehbare politische Konsequenzen haben. Erinnern Sie sich an die Skandale um den Nürburgring? Die jetzige Landesregierung ist erst kurz im Amt, und die Opposition wird das sofort für sich ausschlachten. Das wird ein

Hammer! Ich werde sofort meinen Text aufsetzen und ihn mit Bildern von diesem Reifenladen nach Deutschland schicken."

„Was ich immer noch nicht verstehe", meinte Cora nachdenklich, während Ma schon bezahlte, „ist, dass die Beratungsgesellschaft hier versagt hat. Es kann doch nicht sein, dass sie nicht einmal in den Handelsregisterauszug geschaut haben. Ich würde gerne einmal mit einem Vertreter dieser Gesellschaft sprechen; die haben doch bestimmt auch hier in Shanghai ein Büro. Geht das, Danli?"

Ma schaute sie an und runzelte die Stirn. „Cora, ich denke, wir sollten das nicht tun. Wir haben herausgefunden, dass Shanghai Fu You nicht existiert, wir haben herausgefunden, dass Herr Zhang ein Betrüger ist, das reicht doch!" Er blickte Stefan an. „Was meinen Sie?"

„Ich sehe das auch so; Sie sollten da nicht hinfahren. Meine Story habe ich, ich brauche nicht mehr. Die werden uns sowieso nichts erzählen, diese Berater haben doch immer ein NDA unterschrieben, da dürfen die gar nichts sagen."

„Ein was?", fragte Ma nach.

„Ein NDA. Non-disclosure agreement, eine Vertraulichkeitsvereinbarung. Sie verpflichtet Berater zu absoluter Verschwiegenheit; die dürfen und werden uns nichts erzählen." Stefan sah fragend zu Cora. Das musste sie doch auch einsehen!

Eine Frau Dr. Remy gab aber nicht auf. „Doch", sagte sie. „Das können und sollten wir tun. Aber heute sicher nicht mehr. Es ist sechs Uhr, da erreichen wir niemand mehr, der bereit ist mit uns zu sprechen. Gleich morgen Früh, schlage ich vor, fahren wir dorthin und sprechen mit denen." Trotzig schaute sie Ma an.

Stefan war widerstrebend beeindruckt, wie diese Frau an der Sache dranblieb und unbedingt aufklären wollte, was da für ein Politthriller ablief. Er verstand gut, dass Ma das nicht wollte; schließlich hatte er sie da mit hineingezogen, und es waren seine Freunde, die als Investoren aufgetreten waren. Vermutlich fühlte er sich für ihre Sicherheit verantwortlich. Er beschloss, erst mal das Thema zu wechseln. „Was machen wir jetzt? Ich fahre ins Hotel und schreibe meinen Text; sollen wir uns nachher zum Abendessen treffen?"

Er sah, wie Cora und Ma sich anblickten; vielleicht waren sie lieber allein?

„Warum nicht?" meinte Ma schließlich. „Aber vorher versuche ich noch, Peng zu erreichen. Er muss unbedingt wissen, was hier gespielt wird. Ich muss ihn vor Zhang warnen, sonst verliert er sein ganzes Geld. Ich rufe ihn jetzt sofort an", fügte er hinzu, als er sah, dass Cora etwas einwenden wollte. „Wir müssen ihn ja sowieso wegen des Treffens kontaktieren, das wir mit dir, Cora, geplant hatten. Wir hatten noch kein Restaurant für heute Abend vereinbart. Wo wohnen Sie?", fragte er, zu Stefan gewandt.

„Ich wohne im *Peace Hotel*, direkt am Bund", antwortete dieser. „Ziemlich luxuriös, aber dafür habe ich in Hongkong billig gewohnt. Da ich mich nicht auskenne, habe ich etwas gebucht, was sehr zentral liegt, und die hatten gerade ein Angebot im Internet."

„Ein sehr schönes Hotel!", stimmte Ma zu. „Kennen Sie die Geschichte dazu? Ich erzähle sie Ihnen heute Abend. Gut, dann treffen wir uns doch dort! Frau Remy wohnt auch dort in der Nähe, und im achten Stock gibt es ein gutes Restaurant mit Blick auf den Fluss und die Skyline, das *Dragon Phoenix*. Ich reserviere dort einen Tisch, sagen wir acht Uhr?" Sie standen auf, und Stefan sah, wie Ma eine Nummer wählte, als sie die Teestube verließen.

Als Cora und Ma Richtung U-Bahn-Station gingen, blickte Stefan ihnen nach. Einige Chinesen schauten vor allem Cora nach, mit ihren blonden Haaren fiel sie immer auf. Ausländer waren hier keine zu sehen, jedenfalls war Stefan keiner aufgefallen. Nur einer, auch ein Asiate, aber er schien Japaner zu sein; jedenfalls trug er eine Tasche mit dem Aufdruck *All Nippon Airlines* über der Schulter. Er lief, wie so viele andere Chinesen auch, hinter Cora her und verschwand in der Menge.

TAG FÜNF

Sogar die Tagesschau brachte es und eine Tageszeitung titelte: *Und täglich grüßt die Luftnummer.* Auch bei unterschiedlicher Wortwahl war der Tenor in allen elektronischen Medien stets gleich: *Landesregierung fällt auf Betrüger herein!* Und weil das ZDF nun ausgerechnet in Mainz saß, richtete sich die geballte Aufmerksamkeit der deutschen Medienlandschaft auf das, was sich zwischen einem kleinen Dorf im Hunsrück und der Millionen-Metropole Shanghai abspielte.

Der Innenminister saß gerade beim Mittagessen bei seinem Lieblingsitaliener, als ihn die Nachricht in Form einer SMS seines Staatssekretärs erreichte. Er ließ das Essen stehen, nickte dem Kellner zu, der das von seinen hochrangigen Gästen kannte, und eilte zurück in sein Ministerium. Der Portier, an dem er grußlos vorbeistiefelte, blickte ihm mitleidig nach; auch er hatte es offenbar schon gelesen. Was für ein verdammter Mist war das denn wieder? Ein Journalist war nach Shanghai geflogen und hatte herausgefunden, dass es die Firma Shanghai Fu You Ltd. gar nicht gab? Das war doch nicht möglich!

„Wozu haben wir denn diese verdammte Beratungsgesellschaft an Bord?", schrie er seinen Staatssekretär an, den er sofort zu sich zitiert hatte.

Alles, was er bekam, war ein hilfloser Blick.

„Ja, wir haben uns auf die Berater verlassen, denn die haben eine eindeutige Empfehlung ausgesprochen. Wir können ja kein Chinesisch und können daher nicht überprüfen, was in China im Internet steht. Bis zur Vertragsunterzeichnung gab es keine Warnung der Berater; im Gegenteil, die Ampel war auf Grün geschaltet, und der Verkauf an diesen Bieter wurde ausdrücklich empfohlen! Die haben selbst ein Prüfverfahren vorgeschlagen und dann, nachdem wir das beauftragt hatten, auch durchgeführt. Die sind international renommiert, wir müssen uns doch darauf verlassen können, dass die das ordentlich machen!"

„Ist denn keiner auf die Idee gekommen, sich das mal anzuschauen?" Der Minister war knallrot im Gesicht. Seine sonst so ruhige und ausgeglichene Art versank im Albtraum, dass ihn das hier seine Karriere kosten konnte! „Da kann man doch mal hinfahren oder anrufen. Angeblich steht dieser Laden nicht mal im Shanghaier Telefonbuch! Wie stehen wir denn jetzt da? Wissen Sie eigentlich, wie wir beide bezeichnet werden? *Doppelnull*!", brüllte er dem Häufchen Elend entgegen, das ihm gegenübersaß. „So nennen uns die Medien! Wissen Sie, was das bedeutet, wenn der Deal platzt? Nicht nur Insolvenz des Flughafens, nicht nur Blamage vor der ganzen Welt, nein! Ich sage nur: Nürburgring! Das kann die Landesregierung stürzen. Und selbst wenn nicht, dann kostet es meinen Kopf, ich bin der Innenminister, ich bin zuständig. Aber eines sage ich Ihnen, ich gehe nicht allein!" Drohend blickte er seinen Staatssekretär an. „Ich verlange sofortige Aufklärung. Schleppen Sie mir diese Beratertypen her, sofort! In zwei Stunden treffen wir uns hier in meinem Büro!"

Als er wieder allein an seinem Schreibtisch saß, machte er sich sofort Notizen, was nun zu tun war. Er musste das schriftlich machen; wenn er die Alternativen vor sich auf einem Blatt Papier sah, hatte er den Überblick und konnte handeln. Als Erstes musste er den Verkaufsprozess stoppen, damit nicht weiterer Schaden entstand. Die Verhandlungen mit der Shanghai Fu You Ltd. waren einzustellen; das war evident. Dann musste er unbedingt prüfen lassen, wen man vielleicht sogar auf Schadenersatz verklagen konnte. Immerhin hatte das Land der Beratergesellschaft viel Geld gezahlt. Steuergelder! Notfalls musste man in China klagen, ging das überhaupt? Er machte sich auch dazu eine Notiz.

Und, was noch? Wer war noch im Boot? Es gab noch zwei weitere Bieter, die waren aber nicht berücksichtigt worden. Warum eigentlich nicht? Ach ja, der Kaufpreis. Das Land hatte bei der Ausschreibung darauf gedrungen, dass mögliche Investoren einen Businessplan vorlegen sollten, wie sie den Flughafenbetrieb weiterzuführen gedachten. Das hatte die Shanghai Fu You getan. Sehr ambitioniert sogar; sie wollten das Frachtaufkommen in kurzer Zeit verfünfzehnfachen! Das war allen etwas unrealistisch vorgekommen, aber andererseits, Chinesen! Die klotzten, die kleckerten nicht. Geld hatten die angeblich wie Heu.

Was war nochmal mit den anderen? Hektisch blätterte er in seinen Unterlagen. Die wollten alle weniger zahlen. Aber da war ihnen die Europäische Kommission dazwischengekommen, die eindeutig gesagt hatte, der Kaufpreis sei das entscheidende Argument! Der höchste Bieter sei zu bevorzugen, und da die Berater auch zugestimmt hatten, war die Entscheidung so ausgefallen, wie sie ausgefallen war. Man hatte gar nicht weiter mit den anderen Interessenten verhandelt. Hätte man vielleicht tun sollen. Wieso wurde das nicht weiterverfolgt? Er musste seinen Stab dazu befragen. Jetzt galt es, die beiden noch verbleibenden Bieter wieder ins Boot zu holen. Hoffentlich hatten die noch Interesse. Es war ja bezeichnend, dass nur drei chinesische Bieter überhaupt Interesse an einem Kauf hatten, trotz einer aufwendigen, weltweiten Ausschreibung!

Gut, also, auch das musste sofort angegangen werden. Dann ein Gespräch mit der Opposition, das würde er der Ministerpräsidentin überlassen. Dass die Opposition ihnen jetzt auch noch in den Rücken fiel, konnten sie gar nicht gebrauchen. Die sollten stillhalten, bis die anderen Bieter wieder im Boot waren!

So, das war das Wichtigste. Jetzt nur einen kühlen Kopf bewahren. Die Schuld auf die Chinesen schieben, und auf die Berater. Dann konnte er vielleicht seinen Kopf noch aus der Schlinge ziehen, die er schon deutlich über sich baumeln sah.

Das Telefon klingelte. „Ja", rief er völlig entnervt in den Hörer.

„Die Frau Ministerpräsidentin ist in der Leitung, Herr Innenminister", hörte er die leise Stimme seiner Sekretärin.

„Ist gut, stellen Sie durch!", sagte er, schlagartig ebenso leise.

„Hallo, Michael", hörte er die vertraute Stimme. Sie kannten sich seit vielen Jahren, hatten viele Probleme gemeistert, sich gegenseitig geschützt, wenn es nötig war, und waren gemeinsam aufgestiegen. Er mochte sie persönlich sehr; ihre fröhliche, aber stets ruhige und integre Art. Undenkbar, dass sie vielleicht seinetwegen als Ministerpräsidentin zurücktreten musste, wenn das hier aus dem Ruder lief.

„Es tut mir leid", begann er, wurde aber sofort unterbrochen.

„Es ist mir egal, ob es dir leid tut oder nicht", hörte er ihre feste, entschlossene Stimme. Aber da war noch etwas, ein Unterton, den er so nicht kannte.

„Ich weiß nicht, ob bei mir Wut über deine Dummheit oder Trauer über die Enttäuschung vorherrscht, die du für mich bist. Soll ich schreien vor Wut oder weinen vor Enttäuschung? Sag du es mir."

Er schwieg. Was sollte er sagen? Sich rechtfertigen? Es sei nicht seine Schuld, sein Staatssekretär habe die Verhandlungen geführt? Nein, das wäre unprofessionell.

Er war der Innenminister, er trug die Verantwortung. Und er hatte seine Chefin enttäuscht, das war schlimm.

„Vielleicht beides", sagte er schließlich, um die furchtbare Stille zu beenden. „Schrei und weine, ich verstehe das. Es tut mir leid."

Einen Moment herrschte Stille, dann hörte er ihre leise Stimme. „Habe ich schon, Michael. Habe ich schon." Dann legte sie auf.

TAG FÜNF

Der chinesische Konsul, zuständig für Wirtschaft und Handel, saß an seinem Schreibtisch und las interessiert die Schlagzeilen, die sich auf seinem Bildschirm aufbauten. Er hatte den Deutschen auf ihre Anfrage hin schon vor drei Tagen gesagt, dass diese Firma Shanghai Fu You weder ihm noch seinen Mitarbeitern bekannt war. Aber da hatte niemand weiter nachgefragt, offensichtlich hatte man sich mit dieser Antwort zufriedengegeben. Man hätte ihn schon vor einem Jahr fragen sollen. Ganz schönes Schlamassel, in das die Landesregierung da reingeraten war. Aber konnte man wirklich von reingeraten sprechen? War es nicht fast schon Vorsatz, wenn man ein so wichtiges Projekt wie den Verkauf eines insolventen Flughafens, von dessen Überleben direkt Hunderte und indirekt vielleicht zweitausend Arbeitsplätze abhingen, einfach an jemand verkaufte, den man überhaupt nicht einschätzen konnte? Ja, waren die denn nie auf die Idee gekommen, da mal hinzufahren? Anzurufen? Nur weil einige Chinesen mit viel Geld und hochtrabenden Plänen vor der Tür standen, waren die Deutschen wieder einmal darauf hereingefallen. Noch immer ließen sie sich von solchen Äußerlichkeiten beeindrucken.

Der Konsul seufzte. Das würde dem Image seiner Landsleute in Deutschland nicht gerade zuträglich sein. „Alle Chinesen sind Betrüger", das hatte er schon oft gehört, auch wenn das natürlich Unsinn war. Dieser Vorfall festigte wieder solche Vorurteile. Natürlich nutzte auch China seine wirtschaftliche Macht und die ungeheure Menge an Devisenreserven, um strategisch einzukaufen; das taten alle. Und unter vielen weißen gab es natürlich auch schwarze Schafe. In der Erinnerung blieben aber Enttäuschungen viel deutlicher hängen als die guten

Übernahmen, bei denen Chinesen deutsche Betriebe gekauft hatten, investiert hatten und die Geschäfte prächtig liefen. Darüber berichtete keine Zeitung, denn das war nicht spektakulär, sondern selbstverständlich zu erwartende zuverlässige, problemlose Zusammenarbeit.

Aber diesmal hatten nicht nur ein paar seiner Landsleute betrogen, nein, diesmal hatte sich auch eine deutsche Landesregierung bis auf die Knochen blamiert. Es konnte nicht in seinem Interesse sein, dass der Verkauf scheiterte, auch nicht, dass die Regierung in Mainz stürzte. Er war politisch neutral, das war seine Aufgabe als Diplomat, aber er bevorzugte stabile Machtverhältnisse mit Herrschenden, die er einschätzen konnte. Und die derzeitige Regierung konnte er einschätzen, und das war gut. Ein negatives Image Chinas war ebenfalls zu vermeiden, vor allem so kurz vor dem avisierten Staatsbesuch des Ministerpräsidenten. Er musste etwas unternehmen. Wenn jetzt noch die Verbindung des Triadenmordes mit dem Besuch des Ministerpräsidenten ans Licht kam, hätte China ein mediales Chaos.

Zhang Aiguo nahm den Hörer seines Diensttelefons ab und wählte über eine sichere Leitung die Botschaft der Volksrepublik China in Berlin an.

TAG FÜNF

Endlich ging dieser verdammte Chinese nach Hause! Er hatte den ganzen Abend gewartet und auf diese Gelegenheit gehofft. Es war dunkel geworden, und die Ausländerin schien sich entschlossen zu haben, den Weg zu ihrem Hotel alleine zu gehen. Sie hatte sich eben von dem Chinesen verabschiedet und hatte sich, nachdem sie aus der Tür des *Peace Hotel* hinaus auf die Nanjing Road getreten war, nach links zum Bund gewandt. Wahrscheinlich wollte sie dort noch einmal die Skyline genießen. Sollte ihm recht sein. Langsam folgte er ihr, noch immer waren Tausende von Menschen auf den Straßen unterwegs. Sie hätte ihn als Verfolger nicht bemerkt, selbst wenn er direkt neben ihr gelaufen wäre.

Die Deutsche lief jetzt die Prachtstraße in südliche Richtung entlang, überquerte sie aber nicht, sondern lief auf der rechten Straßenseite an den alten Gebäuden vorbei, die überwiegend in den Zwanzigerjahren entstanden waren. In den unteren Etagen beherbergten sie heute zumeist Luxusboutiquen. Das schien sie nicht weiter zu interessieren, wunderte er sich; sie schlenderte langsam weiter und zeigte kaum Interesse für die Auslagen der Juweliere und angesagten Modedesigner. Er überlegte. Hier war zu viel los, er musste warten, bis sie in eine der Seitenstraßen abbog, die sie zu ihrem Hotel führen würden. Er mochte es nicht, eine Frau zu verletzen, aber sie war selbst schuld. Er hatte am Nebentisch gesessen, in der Teestube, und alles mitgehört, was sie gesagt hatten. Der Journalist wollte nach Hause, nicht weiterforschen, gut; auch der Chinese schien vernünftig. Aber diese vorlaute Deutsche war einfach nicht damit zufrieden, dass sie einen Skandal aufgedeckt hatten! Sie wollte weiter, noch mehr wissen, und die Gefahr, dass sie wirklich mehr herausbekam, war groß. Er hatte einen Anruf getätigt, dann hatte man ihm gesagt, was zu tun war.

Nach etwa zweihundert Metern tat sie ihm den Gefallen und bog nach rechts in die Guangdong Lu ein. Diese Straße war klein und dunkel, und hier war fast niemand unterwegs. Er folgte ihr noch einige Meter die Straße hinein, bis sie allein waren. Rechts kamen jetzt Stufen, die in eines der Gebäude hinaufführten; oben befand sich das berühmte Restaurant *3 on the Bund*. An der nächsten Abzweigung, einer winzigen Gasse, stand das Eckhaus ein wenig hervor; dadurch hatte sich eine dunkle Ecke gebildet, in die das Licht der Straßenbeleuchtung nicht fiel. Perfekt. Er beschleunigte seine Schritte und holte aus.

TAG FÜNF

Was hatte er da eben im Radio gehört? Der Verkauf des Hahn war gescheitert? Der Bieter existiere überhaupt nicht? Das war doch Unsinn; wer sagte denn so etwas? Jörg Mayer setzte sich auf einen Stuhl im Verkaufsraum seines Juweliergeschäftes. Seine Hände zitterten. Das konnte nur ein Missverständnis sein; sein Freund würde ihn nicht so im Stich lassen! Er blickte auf seine Uhr; gleich Mittag. Für dreizehn Uhr war wieder eine chinesische Besuchergruppe angesagt; sie wollten Schmuck kaufen. Sollte er absagen? Oder einfach weitermachen und sehen, wie sich alles entwickelte?

Mayer verstand das alles nicht. Er führte das Geschäft seiner Vorfahren weiter; ein Traditionsgeschäft, berühmt für seinen Schmuck. Und er wollte nichts als Geschäfte machen; immer, wenn chinesische Besuchergruppen in die Stadt kamen, betraten auch einige sein Geschäft. Mit einem Kunden, der besonders viel kaufte, hatte er sich über die Jahre angefreundet, er hatte ihn dann auch mal privat eingeladen, man war zusammen essen gegangen. Der Chinese hatte gute Verbindungen nach Trier und wollte ihm dort weitere potenzielle Kunden vorstellen, warum nicht? Also hatten sie oft in Trier in diesem Chinarestaurant zusammengesessen und gegessen. Immer wieder war er so an neue chinesische Kunden gekommen, ein wirklich lukratives Geschäft! Und dann hatte alles begonnen. Sein Freund hatte ihn gefragt, wo man in Deutschland noch investieren könne. Da hatte er ihm von dem Flughafen erzählt, der zu verkaufen sei. Der Chinese war sofort interessiert, begeistert geradezu; in wenigen Wochen kam die Nachricht aus China, er werde den Flughafen kaufen! Aber er brauche ihn, Mayer, dazu. Dieser war ziemlich überrascht, aber gut, wenn er seinem Freund damit helfen konnte, warum nicht? Der hatte ja auch viel für ihn getan.

Und jetzt sollte das alles ein Fake sein? Aber es gab ihn doch, seinen Freund, und er hatte viel Geld, das hatte er gemerkt, so, wie der Juwelen kaufte! Das konnte nicht stimmen, was dieser Journalist da im Radio berichtet hatte. Wenn seine Rolle dabei herauskam, war er ruiniert. Schmuckhandel war Vertrauenssache. Ohne Vertrauen kein Handel. Aber eine andere Angst war viel größer als die vor dem wirtschaftlichen Ruin.

TAG SECHS

Als das Handy klingelte, war er gleich hellwach. Es war sein Diensthandy, und wenn um diese Uhrzeit jemand anrief, musste es wichtig sein. Er stützte sich mühsam auf seinen Ellbogen und fingerte unsicher nach dem Handy.

„Baumgartner, Deutsches Konsulat, ja bitte?"

„Uwe, ich bin es! Entschuldige die Störung, aber wir haben ein Problem, und du bist, glaube ich, zuständig und kannst uns helfen. Bist du wach? Kann ich mit dir reden?"

„Ja natürlich, Andreas, jetzt bin ich wach. Was gibt es denn so Wichtiges um diese Uhrzeit?"

Der Anrufer klang sehr aufgeregt. „Ich war mit ein paar Freunden im *3 on the Bund*, und als wir herauskamen, sind wir Richtung Fuzhou Lu gelaufen. Da haben wir nach ein paar Metern in einer Ecke eine Gestalt liegen sehen. Als wir näherkamen, sahen wir, dass es eine Frau war, und dann sahen wir die blonden Haare. Eine bewusstlose Ausländerin in einer dunklen Ecke in Shanghai! Wir sind zu ihr und haben sie vorsichtig umgedreht; sie hatte eine blutende Wunde am Hinterkopf. Aus ihrer Lederjacke habe ich dann eine Brieftasche genommen und ihren Namen gesehen. Sie ist Deutsche, heißt Dr. Remy, und weil ich nicht weiß, was ich jetzt tun soll, habe ich dich angerufen. Du bist doch als Mitarbeiter hier am deutschen Konsulat zuständig für diese Frau, was sollen wir tun?"

Jetzt war Baumgartner hellwach. Eine Deutsche, niedergeschlagen in Shanghai? Ja, das Konsulat musste sich kümmern.

„Okay", sagte er. „Wo seid ihr?"

„Wir stehen immer noch hier in der Ecke und passen auf sie auf."

„Gut, wir müssen sie ins Krankenhaus bringen und auch die Polizei benachrichtigen. Kannst du sie ins Parkway Health Hospital bringen, wir treffen uns dort? Ich komme sofort hin; aber erst informiere ich die Behörden."

Als Wirtschaftsattaché war er nicht wirklich zuständig, aber da sein Freund ihn angerufen hatte, konnte er wohl kaum darauf verweisen, und natürlich musste er sich um diese Frau kümmern. Rasch zog er sich etwas über, fuhr sich mit dem nassen Kamm durch die Haare, suchte nach seinem Autoschlüssel und rannte die Treppe hinunter. Er war erst seit einem Jahr in Shanghai, hatte sich aber in der Nähe des Konsulats eine hübsche Wohnung gemietet. Sein Auto stand unten auf der Straße. Er sprang hinein und hetzte durch das nächtliche Shanghai. Es hatte angefangen zu regnen, die Straßen waren ziemlich leer, nur hier und da Menschen am Straßenrand, die verzweifelt auf ein Taxi warteten. Ein Taxi zu bekommen, war in Shanghai nie einfach, aber nachts und bei Regen praktisch unmöglich. Deshalb hatte er sich eine der vielen Apps auf seinem Smartphone installiert, mit denen man schnell und unkompliziert Taxen bestellen konnte, aber ein eigenes Auto war trotzdem besser.

Während der Fahrt rief er seine chinesische Sekretärin an. Er musste es lange klingeln lassen, bevor sich eine verschlafene Stimme meldete. Sie war es nicht gewohnt, um diese Uhrzeit aus dem Schlaf gerissen zu werden, aber als sie die Nummer ihres Chefs auf dem Display sah, wusste sie, dass es wichtig sein musste. Baumgartner erklärte ihr rasch, worum es ging, und bat sie, die Polizei zu informieren. Dann legte er auf und konzentrierte sich wieder auf die Fahrt.

Welchen Namen hatte sein Freund genannt? Remy? Das kam ihm irgendwie bekannt vor, aber er konnte den Namen nicht gleich einordnen. Baumgartner stammte aus dem Saarland und wusste daher, dass der Name Remy in der Region durchaus verbreitet war. Kannte er den Namen vielleicht von früher? Nein, es musste etwas Aktuelles sein. Und dann fiel es ihm ein. Erst am Abend hatte es eine Sitzung beim Generalkonsul gegeben. Sie hatten sich alle in dem Besprechungsraum versammelt und waren gebrieft worden. Die Nachricht kam direkt vom Auswärtigen Amt in Berlin und war mit den chinesischen Behörden in Peking sowie der Botschaft in Berlin abgestimmt worden. Es ging um den Verkauf des Flughafens Hahn an die Chinesen und den Mord, der dort geschehen war. Die Nachrichten verbreiteten sich bis hier, und alle deutschen Konsulate in China waren über den Stand der Dinge informiert worden; in besonderem Maße stand das Generalkonsulat in Shanghai im Fokus, da der Investor ja hier seinen Sitz hatte. Sowohl der chinesische Generalkonsul in Frankfurt als auch die Botschaft in Berlin forderten alle Konsulate in China auf, entsprechend aufmerksam zu sein. Vor dem Zubettgehen hatte er dann noch die neuesten Nachrichten aus Deutschland auf seinem iPad gelesen. Offensichtlich hatte sich ein deutscher Journalist hier in Shanghai umgehört und herausgefunden, dass es den vorgeblichen Käufer überhaupt nicht gab! Eine ziemliche Sensation, dass das Land Rheinland-Pfalz auf Betrüger hereingefallen war.

In dem Artikel hatte der Redakteur auch davon berichtet, dass ihm eine deutsche Ingenieurin bei den Nachforschungen geholfen habe; in einem Nebensatz hatte er den Namen Remy erwähnt. Daher kannte er ihn. Sollte das etwa die Frau sein, die überfallen worden war? Dann drohten eventuell sogar politische Verwicklungen.

Als er endlich im Krankenhaus ankam und das richtige Zimmer gefunden hatte (es war nicht so einfach, da er noch immer kein Wort Chinesisch sprach), traf er dort seinen

Freund Andreas, der ihn angerufen hatte. Zusammen mit zwei weiteren Freunden standen sie auf dem Gang und warteten darauf, dass die Ärzte mit der Untersuchung fertig waren. Die Gänge waren voller Menschen, die auf Untersuchungen warteten; die Lautstärke, das Chaos – Baumgartner, der zum ersten Mal in einem chinesischen Krankenhaus war, und dies war eines der besten in Shanghai, nahm sich vor, sich nie wieder über deutsche Krankenhäuser zu beschweren, egal was dort passierte.

Durch ein Fenster konnte er ins das Krankenzimmer blicken, in dem die Deutsche versorgt wurde. Sie trug einen Kopfverband und beantwortete die Fragen der beiden chinesischen Ärzte. Neben ihr saß ein weiterer Chinese, der aber kein Arzt zu sein schien, und dolmetschte offensichtlich.

„Und was passiert jetzt?", fragte Andreas, der sie gefunden hatte.

„Erst mal ist es sehr gut, dass ihr sie hergebracht und mich angerufen habt!", bedankte sich Baumgartner bei seinen Freunden. „Es ist wohl nichts Schlimmes passiert. Ihr könnt nach Hause gehe, ich kümmere mich jetzt. Die Polizei ist informiert, sie wird das aber auch nicht aufklären, denke ich. Wahrscheinlich ein normaler Raubüberfall, das gibt es auch in Shanghai."

Eine halbe Stunde später, seine Freunde waren gegangen, saß er immer noch im Gang und wartete darauf, dass die Deutsche aus dem Zimmer herauskam. Schließlich öffnete sich die Tür, und sie trat am Arm eines hochgewachsenen Chinesen heraus. Sie schien etwas wacklig auf den Beinen, aber sonst ganz in Ordnung zu sein. Rasch trat er auf sie zu. „Frau Remy? Dr. Remy?"

Sie schaute ihn überrascht an. „Ja, das bin ich. Wer sind Sie?"

„Baumgartner mein Name; ich bin der hiesige Wirtschaftsattaché am Deutschen Generalkonsulat. Darf ich Sie kurz sprechen?"

Sie lächelte etwas verkrampft. „Ja, natürlich. Worum geht es denn?"

Baumgartner sah zu dem Chinesen, der sie am Arm stützte. „Können wir das unter vier Augen besprechen? Vielleicht in dem Raum dort?"

„Das ist mein Freund, Herr Ma", erklärte ihm die Patientin. „Er kann ruhig mitkommen und alles hören."

Als sie sich gesetzt hatten, sagte Baumgartner: „Frau Dr. Remy, wir sind informiert über die Situation am Hahn, den Verkauf und das, was der Journalist mit Ihnen gemeinsam herausgefunden hat. Es könnte durchaus sein, dass da ein Zusammenhang mit dem Überfall besteht. Können Sie mir bitte kurz schildern, was genau passiert ist? Die Polizei wird das auch alles noch einmal fragen, aber wir als deutsche Vertretung sind selbstverständlich auch für Sie da."

Cora Remy fasste sich vorsichtig an den Verband, dann sah sie den Attaché an. „Eigentlich kann ich mich nicht wirklich erinnern, was passiert ist. Wir wollten zusammen essen gehen", sagte sie mit Blick auf ihren chinesischen Begleiter. „Wir beide und dieser deutsche Journalist, der den Artikel geschrieben hat. Aber er hatte kurz vorher angerufen und gesagt, er könne nicht. Er musste mit seiner Redaktion telefonieren, in Mainz herrscht verständlicherweise ziemlicher Aufruhr. Also haben wir das Abendessen abgesagt, und Herr Ma und ich saßen etwa eine Stunde unten im *Peace Hotel* in der Bar und haben der Jazzband zugehört. Dann wollte er mich nach Hause bringen, aber ich habe darauf bestanden, alleine zu gehen; das ist alles."

„Ich hätte dich nicht alleine gehen lassen dürfen", sagte Ma und fuhr sich durch seine schwarzen Haare. „Es ist meine Schuld, ich hätte besser auf dich aufpassen müssen!"

Die Frau lachte herzlich auf. „Ach, Danli, das ist wirklich lieb von dir, aber Shanghai gilt als eine der sichersten Städte der Welt. Was sollte mir passieren? Ich habe doch sogar Mordanschläge in Tibet überlebt!"

„Sie haben was?", fragte Baumgartner erstaunt nach.

„Egal", meinte Frau Remy leichthin. „Jedenfalls wollte ich zu Fuß in mein Hotel gehen; ist ja nicht weit. Erst den Bund entlang und dann in eine kleine Straße hinein, ich weiß nicht, wie sie heißt."

Hier unterbrach sie der Chinese. „Guangdong Lu. Dort wurde sie auch gefunden."

Baumgartner nickte. „Ja, ich weiß. Direkt neben dem Eingang zum *3 on the Bund*. Das haben mir die Freunde gesagt, die Sie gefunden haben. Was geschah dann?"

Cora schüttelte leicht den Kopf, fasste sich dann aber sofort mit schmerzverzerrtem Gesicht wieder an den Verband.

„Das sollte ich wohl lieber lassen", murmelte sie. „Ich weiß auch nicht; ich bin die Straße entlanggelaufen, und dann bekam ich wohl einen Schlag auf den Kopf. Das ist alles. Ich bin erst im Krankenhaus wieder zu mir gekommen. Hm. Vielleicht bin ich mit meinen Nachforschungen irgendjemandem auf die Füße getreten. Der Journalist hat ja leider meinen Namen genannt, und es besteht eventuell ein Zusammenhang zwischen dem Mord am Hahn und den Geschäften hier. Wir vermuten, dass die Triaden involviert sind."

Baumgartner blickte sie mit großen Augen an. „Die Triaden?", fragte er ungläubig. „Sie glauben wirklich, dass die Triaden Sie überfallen haben? Das denke ich nicht. Ich weiß nicht viel darüber, aber ich denke, es würde Ihnen nicht so gut gehen, wenn das wirklich die Triaden gewesen wären!"

„Oh, das war vielleicht nur die Warnung!", meinte sie nachdenklich.

Insgeheim bewunderte Baumgartner sie, wie sie so völlig ruhig da saß und darüber sprach, dass vielleicht eines der gefährlichsten Verbrechersyndikate der Welt sie gerade im Visier hatte.

„Sie wollten mich nicht töten; natürlich hätten sie das gekonnt. Aber wenn es eine Warnung war, dann ist sie angekommen."

„Ich muss das melden", sagte der Attaché. „Und der Generalkonsul wird es auch weitergeben an die Botschaft in Peking, an das Auswärtige Amt in Berlin und dann an die chinesische Botschaft dort. Die Drähte zwischen Berlin und Peking und Shanghai laufen ohnehin schon heiß. Seit dem Bericht über die nicht vorhandene Adresse der Firma, die den Flughafen kaufen wollte, ist hier jede Menge los. Und das war erst gestern Abend, der große Medienrummel kommt erst noch."

„Ich würde jetzt gern in mein Hotel gehen", sagte Cora.

„Ja, natürlich", beeilte sich Baumgartner verständnisvoll beizupflichten. „Aber vielleicht ist es keine gute Idee, wenn Sie in Ihr Hotel zurückkehren? Ist es da sicher genug?"

Die Frau lachte. „Ich denke schon. Was heißt sicher? Im Hotel werde ich vermutlich überwacht, vielleicht sogar gefilmt. Wenn das keine Sicherheit darstellt …"

Sie verabschiedeten sich, und er versprach, sich im Laufe des Tages bei ihr zu melden. Nachdem sie ihre Telefonnummern ausgetauscht hatten, ermahnte er sie noch zur Vorsicht; das leichte Grinsen, das dabei über das Gesicht des Chinesen glitt, der sie begleitete, entging ihm. Dann nahm ihr Freund sie am Arm und führte sie vorsichtig zum Aufzug. Sie schien den Überfall nicht sehr ernst zu nehmen, dachte Baumgartner, als er sie beobachtete, wie sie schon wieder mit ihrem Begleiter scherzte. Starke Frau. Andere wären weinend zusammengebrochen. Sie dagegen wirkte nicht so, als ob sie sich dadurch hätte einschüchtern lassen.

Er blickte auf seine Uhr, es war fünf Uhr morgens. Vielleicht konnte er noch zwei Stunden schlafen, dann musste er ins Büro und seinen Vorgesetzten informieren. Es wartete viel Arbeit auf das Konsulat; die Anfragen aus Berlin und Beijing waren gewiss schon eingegangen.

TAG SECHS

Ma hatte darauf bestanden, Cora nicht nur ins Hotel zu bringen, sondern sie bis auf ihr Zimmer zu begleiten. Sie hatte ihn noch aus dem Krankenhaus sofort angerufen, da sie die Ärzte nicht verstand und unbedingt den Freund an ihrer Seite haben wollte.

Jetzt standen sie vor ihrer Zimmertür, und für einen kurzen Moment erinnerten sich beide, ohne dass sie es hätten aussprechen müssen, an die Situation in Lhasa, als sie nach dem Überfall auf Cora auch gemeinsam vor ihrer Zimmertür gestanden hatten. Damals hat er darauf bestanden, mit hineinzugehen, um sie zu beschützen. Sie hatte es geschehen lassen, weil sie wusste, dass es ihm guttun würde, sie beschützen zu können. Diesmal war es anders, sie waren in Shanghai, und ein Überfall in ihrem Zimmer war im Grunde ausgeschlossen. Ma und sie schauten sich kurz an, und es war nicht nötig, etwas zu sagen, um zu wissen, was der jeweils andere dachte.

Schließlich meinte Cora: „Geh nach Hause, Danli. Geh zu deiner Familie. Hier bin ich ja sicher. Wir sehen uns nachher und fahren gemeinsam zu den Wirtschaftsprüfern, in Ordnung?"

Ma strich ihr vorsichtig über den Kopfverband, so sanft, sie spürte die Berührung nicht einmal. „Du gehst jetzt da hinein, und dann schließt du die Tür ab und legst die Kette vor!", befahl er ihr streng. Cora lächelte. Es war wirklich süß von ihm, dass er sich Sorgen machte. Nur, falls die Triaden wirklich hinter ihr her waren, wäre eine Kette sicher kein wirklicher Hinderungsgrund, in das Zimmer zu kommen. Und alle anderen würden ohnehin nicht hineinkommen. Aber sie schloss die Tür hinter sich, legte brav die Kette vor und rief dann durch die geschlossene Tür: „Alles in Ordnung! Geh jetzt nach Hause."

Cora stellte sich vor dem Badezimmerspiegel und musterte vorsichtig ihren Kopfverband. Die Ärzte hatten gesagt, sie habe nur eine leichte Verletzung, eine Beule und Kopfschmerzen, aber es sei nichts Ernstes. Das heilt auch ohne Verband, dachte sie sich, und das Ding nervte sie jetzt schon. Die Ärzte mussten auf Nummer sicher gehen, und bei einer Ausländerin waren sie vermutlich doppelt vorsichtig. Langsam und sorgfältig wickelte sie den Verband ab. Sie betrachtete ihre blutverklebten Haare; gut, das würde sie später auswaschen. Jetzt musste sie schlafen. Sie ging am Fernseher vorbei, nickte dem Flatscreen kurz zu und sagte im Vorübergehen: „Schön aufpassen!" Dann ließ sie ihre Kleider einfach auf den Teppich fallen, wickelte sich in die Bettdecke und schlief sofort ein.

TAG SIEBEN

Gegen zehn Uhr erwachte sie mit rasenden Kopfschmerzen. Im Gegensatz zu allem, was ihr Körper ihr dringend empfahl, schaffte Cora es, aufzustehen und Richtung Bad zu wanken. Sie hielt die Augen geschlossen und tastete sich an der Wand entlang. Erst im Bad, und als die grellen Sonnenstrahlen, die durch die großen Zimmerfenster hereinfielen, sie nicht mehr erreichten, öffnete sie langsam, nur einen Spaltbreit die Augen.

Was ihr da im Spiegel entgegensah, konnte nicht Cora sein. Sie blinzelte kurz, um zu sehen, wo ihr Kulturbeutel lag; endlich fand sie die Kopfschmerztabletten. Sie warf zwei oder drei davon ein und trank einfach aus dem Wasserhahn so viel Wasser, wie sie schaffte.

Immer noch mit geschlossenen Augen tastete sie sich ab. Scheinbar war sie noch immer nackt, gut. Sie lief direkt in die Walk-in-Dusche, stellte das Wasser auf kalt und ließ es laufen. Als eine Stelle an ihrem Hinterkopf zu brennen begann, berührte sie vorsichtig die Stelle, eine riesige Beule war als Souvenir geblieben. Egal, duschen musst du, dachte sie. Bestimmt zehn Minuten stand sie unter dem Wasserstrahl, lehnte sich rückwärts an die Wand und ließ das Wasser durch ihre Haare ihren Hals hinab über den gesamten Körper laufen.

Schließlich, beinahe wäre sie im Stehen eingeschlafen, gelang es ihr, das Wasser abzustellen, das Handtuch vom Halter herunterzuziehen und sich vorsichtig abzutrocknen. Den Kopf ließ sie vorsichtshalber aus. Dann beschloss sie, die Augen wieder zu öffnen. Ihr Aussehen hatte sich nicht wesentlich verändert, aber sie fühlte sich ein wenig besser.

Sie schlich barfuß zum Bett hinüber, auf dem ihre geöffnete Reisetasche lag, fand frische Wäsche und ein T-Shirt.

Was sollte sie mit ihren Haaren machen? Das Blut hatte sie herausgespült, die Haare würden schon trocknen; und trotz Beule fielen die Locken sowieso, wie sie es wollten. Cora putzte sich ausgiebig die Zähne, wusch noch mehrfach das Gesicht mit eiskaltem Wasser und ließ sich erschöpft wieder aufs Bett fallen.

Dann streckte sie ihre Hand zum Nachttisch aus, zog das Handy heran und drückte auf Mas Nummer. Er ging sofort nach dem ersten Klingeln ran. „Cora! Wie geht es dir? Soll ich vorbeikommen?"

„Ich bin gerade aufgewacht", meinte sie. „Ich habe geduscht und mich angezogen, immerhin. Die Kopfschmerzen kriege ich in den Griff, noch ein paar Tabletten vielleicht. Wollen wir los?"

„Los?", fragte er entgeistert. „Du willst jetzt wirklich zu dieser Beratungsfirma fahren? Willst du dich nicht lieber ausruhen?"

Noch während er es aussprach, merkte er, was er da sagte. Er hätte sie besser kennen sollen, nach allem, was sie letztes Jahr in Tibet gemeinsam erlebt hatten.

„Okay, okay. Alles klar, ich verstehe. Ich bin in einer halben Stunde da und hole dich ab. Ich bringe dir Kaffee mit."

Das Shanghaier Büro der Beratergesellschaft lag in der Innenstadt, Huaihai Xilu; Xi war der Westen, erinnerte Cora sich. Also im westlichen Abschnitt dieser sich durch die ganze Stadt ziehenden Einkaufsstraße. Sie brauchten etwa eine halbe Stunde, dann standen sie vor einem großen Büroturm.

„Hier ist es", sagte Ma. „Bin gespannt, wie sie uns empfangen."

Als sie im 12. Stock vor dem Büro standen, an dessen Tür auf Englisch und Chinesisch der Name der Beratungsgesellschaft stand, sagte Ma: „Und jetzt? Was sagen wir denen? Wir sind in keiner offiziellen Funktion hier, wir kennen niemanden, und niemand kennt uns. Warum sollten sie uns etwas sagen?"

„Auch eine Reise von tausend Meilen beginnt mit dem ersten Schritt!", zitierte Cora lakonisch ein chinesisches Sprichwort, das sie letztes Jahr vom chinesischen Vize-Minister Jiang gelernt hatte, als er sie in Fujian in seinem Haus empfing. Sie klingelte an der Tür. Ein Summton ertönte, und sie drückte die Glastür auf und ging trotz ihrer Kopfschmerzen forschen Schrittes geradeaus direkt auf die Rezeption zu.

„Ja bitte, was kann ich für Sie tun?", fragte die junge Dame am Empfang. Business Kostüm, perfekt geschminkt, registrierte Cora. Professionelles Auftreten, akzentfreies Englisch. Leicht misstrauisch musterte sie die Ausländerin, die mit wunderschön blonden Haaren vor ihr stand.

„Wir möchten die Person treffen, die den Verkauf des deutschen Flughafens Hahn an die Shanghai Fu You Ltd. verantwortet", sagte Cora mit entschlossener und leicht herablassender Stimme. „Bitte melden Sie Frau Dr. Remy an."

Während die Sekretärin in ihr Telefon sprach, drehte Cora sich halb zu Ma um. „Doktortitel machen immer Eindruck", flüsterte sie ihm zu. „Die Leute glauben immer, man sei wichtig. Eigentlich mag ich das nicht, aber manchmal hat es doch Vorteile."

Inzwischen hatte die Sekretärin mit der zuständigen Person gesprochen und bat die beiden Besucher, noch einen Moment Platz zu nehmen. Kurz darauf erschien eine Chinesin, Anfang dreißig, ebenfalls sehr westlich und sehr businessmäßig gekleidet, und bat sie mit freundlichen Worten, ihr zu folgen. Sie setzten sich in einen Besprechungsraum mit dem üblichen ovalen Tisch, den Teetassen, den Wasserfläschchen; Cora bediente sich sogleich dankbar.

Die Chinesin schloss die Tür. „Guten Tag", sagte sie. „Mein Name ist Dr. Liu. Ich leite das Büro hier. Was genau kann ich für Sie tun? Ich hatte Ihre Namen nicht recht verstanden."

Schon im Jahr zuvor war Cora beeindruckt gewesen, wie viele Chinesen sehr gutes Deutsch sprachen. Offenbar fast alle, die mit Deutschen Geschäfte machten oder sonst wie zu tun hatten. Und für Chinesen war es keinesfalls leichter, Deutsch zu lernen, als für Deutsche, Chinesisch zu sprechen. Dr. Liu jedenfalls überreichte den beiden Besuchern ihre Visitenkarte, normalerweise die Einladung, das Gleiche zu tun. Ein probates Mittel, um den Namen des anderen zu erfahren. Sie überreichte die Karte traditionell mit zwei Händen; Cora hatte das auch so gelernt, dass man Visitenkarten, aber auch zum Beispiel die Kreditkarte beim Einchecken im Hotel, oder Geldscheine immer mit zwei Händen übergab und auch in Empfang nahm; sie hatte aber auch registriert, dass viele Chinesen, vor allem die Jüngeren, das nicht mehr so formell handhabten.

„Tut mir leid", sagte sie entschuldigend. „Wir haben unsere Karten nicht dabei. Ich bin aus Rheinland-Pfalz und wurde gebeten, die Verkaufsgespräche der Shanghai Fu You Ltd. mit der Landesregierung zu begleiten. Wir wüssten sehr gerne, was genau Ihr Beratungsauftrag implizierte, da sich ja nun herausgestellt hat, dass die von Ihnen empfohlene Firma offensichtlich nicht existent ist."

Ma schwieg die ganze Zeit, ihm war sichtbar nicht recht wohl in Anbetracht von Coras forschem Auftritt.

Aber Frau Dr. Liu lächelte ebenso freundlich wie unverbindlich.

„Ich habe immer noch nicht ganz verstanden; bitte verzeihen Sie meine Unwissenheit. Wer genau hat Sie beauftragt?", fragte sie mit einem Lächeln, das nur als maliziös zu bezeichnen war.

„Die Shanghai Fu You Ltd. hat mich beauftragt", sagte Cora, als wäre dies das Selbstverständlichste der Welt. Und sachlich stimmte das ja auch, was sie sagte. „Insofern bin ich in den ganzen Prozess involviert und möchte nur wissen, wieso Ihnen nicht aufgefallen ist, dass es sich bei diesem Unternehmen offensichtlich um Betrüger handelt."

Die Bürochefin hatte sich schon erhoben. „Es tut mir leid", sagte sie. „Sie werden sicher verstehen, dass ich dazu keine Auskunft geben kann. Wir unterliegen selbstverständlich den üblichen Vertraulichkeitsvereinbarungen und werden keine Fragen, die im Zusammenhang mit dem Flughafenprojekt stehen, mit Ihnen diskutieren. Ich muss Sie jetzt leider bitten, unser Büro zu verlassen, ich habe zu tun."

„Nur eine Frage noch", sagte Cora, während sie zu dritt zur Ausgangstür gingen, Ma voorneweg, der froh schien, das Büro verlassen zu dürfen. „Wann haben Sie zum ersten Mal die Adresse der Shanghai Fu You Ltd. aufgesucht, um sich zu vergewissern, wie es um die Firma steht?"

Erstaunt sah Frau Liu sie an. „Wir haben zu keinem Zeitpunkt diese Adresse ...", sie unterbrach sich selbst. „Ich muss Sie wirklich jetzt bitten zu gehen!"

„Siehst du, Danli", meinte Cora sichtlich zufrieden, als sie wieder auf der Straße standen. „Das hat sich doch gelohnt. Wir haben immerhin erfahren, dass die Firma sich offensichtlich nie darum gekümmert hat, dieses

Büro auch nur aufzusuchen. Vermutlich hatten sie nur die Aufgabe, die vorhandenen Daten zu überprüfen und Zahlen durchzurechnen. Was immer dieser Prüfauftrag auch beinhaltete, wahrscheinlich war es nicht die Aufgabe der Wirtschaftsprüfer, tatsächlich vor Ort den möglichen Bieter aufzusuchen. Das ist juristisch wohl in Ordnung, aber verständlich ist es in keinem Falle."

„Und nun?", fragte Ma. „Was machen wir jetzt?"

„Hast du eigentlich gestern Abend deinen Freund Peng erreicht?", fragte Cora nachdenklich. „Das hast du mir gar nicht erzählt."

„Nein", meinte Ma zögernd. „Ich habe es immer wieder versucht, habe ihm natürlich auch auf die Mailbox gesprochen, aber er hat nicht zurückgerufen. Ich hab's noch bei Zhang versucht, aber ihn ebenfalls nicht erreicht. Die Telefonnummern der beiden anderen habe ich gar nicht. Ich verstehe nicht, warum er sich nicht meldet. Hat er schon mitbekommen, was der Journalist herausgefunden hat, was meinst du?"

„Mit Sicherheit", murmelte Cora, während sie die Straße hinunter Richtung Jing'an Tempel liefen.

„Weißt du was, wir sollten den Journalisten anrufen, vielleicht können wir uns noch einmal treffen. Ich rufe ihn an, ich habe mir gestern seine Telefonnummer geben lassen." Sie drückte die Nummer, die ihr Adressverzeichnis ihr anzeigte.

„Ja, hallo, Herr Archer? Ma und ich waren gerade bei der Wirtschaftsprüfungsgesellschaft. Nein, wir haben nichts erreicht, die Chefin wollte uns keine Auskunft geben. Obwohl wir eine Kleinigkeit dann doch herausbekommen haben. Können wir uns treffen und das Ganze besprechen? Wo sind Sie denn jetzt? Noch im Hotel? Gut, wir kommen dort hin. Bis gleich!"

Cora legte auf und winkte gleichzeitig ein Taxi heran. Sie stiegen ein, und Ma nannte dem Taxifahrer das *Peace Hotel*. Während sie die Huaihai Lu nach Osten fuhren, am Volksplatz nach Norden abbogen und dann parallel die Beijing Lu wieder nach Osten entlangfuhren, fragte Ma besorgt wie immer: „Was macht dein Kopf? Zeig mir mal deine Beule!"

„Schon in Ordnung, ich kann damit leben", meinte Cora leichthin. „Die Kopfschmerzen sind noch da, aber sie werden besser. Ich nehme gleich beim Mittagessen noch einmal zwei Tabletten."

Ma schüttelte nur den Kopf. „Du wirst dich nie ändern, oder? Ich weiß ja, dass du eine Menge aushältst, aber der Schlag war schon ziemlich heftig. Ich fände es wirklich besser, wenn du dich noch einmal hinlegst, statt jetzt bei der Hitze durch die Stadt zu fahren."

„Ja sicher", meinte Cora lachend. „So kennst du mich. Wir sind mitten in einer spannenden Nachforschung, es geht um einen Politthriller, der die Landesregierung in Rheinland-Pfalz stürzen könnte, und ich lege mich ins Bett und ruhe mich aus. Genauso bin ich!"

Sie mussten beide lachen. Das passte nicht zu Cora, sicher nicht. Sie hatte auch in Tibet nicht aufgegeben, nachdem sie überfallen worden war; sie hatte gegen Mas Willen immer wieder nach Osten fahren wollen, entlang des Yarlong Tsangpo Flusses, zur tiefsten Schlucht der Welt, obwohl sogar die Polizei sie aufzuhalten versuchte. Sie hatte im Base Camp des Mount Everest in 5200 Metern Höhe um ihr Leben gekämpft, und jetzt, in Shanghai, sollte sie sich wegen einer Beule in die weichen Kissen eines Luxushotels legen? Ganz sicher nicht.

TAG SIEBEN

Eine Stunde später saßen sie, Ma, und Stefan in dem berühmten *Victor's Café* im *Peace Hotel*. Cora schaute bewundernd um sich; das stilvoll restaurierte Art-déco-Ambiente war ganz nach ihrem Geschmack. Die handgefertigten Macarons sahen verlockend aus, sie gönnte sich ein Teilchen. Der Zucker war sicher gut gegen ihre Kopfschmerzen. Ma und Stefan blieben beim Espresso.

„Also", meinte Cora, nachdem sie auch einen Espresso getrunken und sich noch einen bestellt hatte und unter Mas erstaunten Augen viel Zucker hineinrührte. Normalerweise machte sie sich nichts aus Süßigkeiten, aber bei den Kopfschmerzen, die sie noch immer hatte und in Anbetracht des Schlafmangels der letzten Tage war das vielleicht doch eine ganz sinnvolle Entscheidung.

„Was haben wir? Die Regierung in Rheinland-Pfalz verkauft einen Flughafen. Muss ihn verkaufen, genau genommen. Die Insolvenz droht. Stefan, erklären Sie doch noch einmal bitte, warum es dem Flughafen plötzlich so schlecht geht?"

„Von plötzlich kann keine Rede sein", führte der Journalist aus, der sich inzwischen mit der Materie befasst hatte. „Sie müssen wissen, dass nach der Umwandlung in einen zivilen Flughafen dringend Fracht an den Hahn gebracht werden musste. Und ein ganz kostbares Gut, das wir Deutsche importieren, auch wenn das die meisten Menschen nicht wissen, ist Sondermüll. Aber der Sondermüll darf inzwischen nicht mehr über den Hahn ins Land kommen. Die SAM, das heißt Sonderabfallmanagementgesellschaft, tolles Wort, hat da ein Auge drauf, damit Rheinland-Pfalz nicht zum Müllimportland wird. Die Bürger regen sich ohnehin über den ganzen Schutt auf, der in die vom Bergbau ausgehöhlten Eifelvulkanberge gekippt wird. Die Landkreise müssen jetzt Abfallwirtschaftspläne machen und kein Landrat will mehr als Müllimporteur dastehen. Also fällt dieses relativ lukrative Geschäft weg. Ehrlicherweise muss man aber auch sagen, dass das nur wenige Arbeitsplätze betraf, es war nur ein Baustein in dem ganzen brüchigen Gebäude, das da Flughafen Hahn heißt. Und es lohnt einfach nicht, den Hahn anzufliegen, wenn in der nahen Umgebung so viele andere Flugplätze existieren. Aber noch mal, von plötzlich kann keine Rede sein."

Cora ergriff wieder das Wort. „Vor der Wahl war das alles ein schlechtes Thema für die Landesregierung, aber es gelingt, den Verkauf bis nach den Wahlen mehr oder weniger auf kleiner Flamme zu halten. Die Ausschreibung ergibt etwa dreißig Bewerber, von denen drei realistischer Weise in Betracht kommen. Einer davon, die Shanghai Fu You Ltd., erhält den Zuschlag. Warum? Wurden die anderen sorgfältig genug geprüft, warum erschienen sie als nicht seriös? Jetzt aber stellt sich heraus, dass diese Shanghai Fu You Ltd. nur auf dem Papier existiert. Sie hat weder irgendwelche finanziellen oder wirtschaftlichen Aktivitäten noch akzeptable Büroräume. Die Inhaber sind zwei Bauern, die nichts von Gelddingen verstehen, ein Chinese, der sich sehr gut mit den Deutschen auskennt, und ein reicher und geschäftlich sehr erfahrener Betrüger. Dieser Letztere wiederum präsentiert sich als Geschäftsführer einer weiteren Firma, die hinter der Fu You stehen soll, aber auch sie existiert nicht. Beide Standorte haben wir besichtigt." Sie nickte Ma und Stefan zu. „Soweit alles richtig?" Beide nickten brav.

„Gut, die erste Frage war also, warum wurde genau dieser Bieter ausgewählt? Was hat die Regierung bewogen, die beiden anderen bereits in einem frühen

Stadium der Ausschreibung nicht weiter zu berücksichtigen? Zweite Frage, was beabsichtigte die Shanghai Fu You beziehungsweise warum hat sie mitgeboten, wenn sie doch nicht genug Geld hatte? Dritte Frage, welche Rolle spielen die Herren Zhang und Peng? Vierte Frage: Wie konnte es passieren, dass eine renommierte Unternehmensberatung zwar angeblich den Bieter überprüft, aber nicht merkt, dass dieser weder einen Telefonbucheintrag noch eine Website hat, von seriösen wirtschaftlichen Aktivitäten ganz zu schweigen? Diese vier Fragen gilt es zu beantworten, dann haben wir einen der größten Politskandale der letzten Zeit geklärt. Es geht um Millionen von Steuergeldern, um die Menschen am Hahn, an die in diesem Poker keiner zu denken scheint." Cora wurde wütend, wenn sie daran dachte, dass die Menschen, die am und vom Flughafen lebten, in jedem Fall die Verlierer zu sein schienen. Niemand fragte sie, welche Art der Weiterführung für sie gut wäre! Vielleicht gab es neben dem Flugbetrieb alternative Modelle?

Stefan mischte sich erstmals ein: „Die erste Frage ist einfach zu beantworten", sagte er. „Warum wurde genau diese Firma ausgewählt? Nun, sie hat das höchste Gebot abgegeben. Die Europäische Kommission hat bestimmt, dass beim Verkauf des Flughafens keinerlei Auflagen für den Bieter gemacht werden dürfen. Die Weiterführung des Flugbetriebes ist also keine Voraussetzung für den Verkauf. Und da die Firma Shanghai Fu You den höchsten Betrag geboten hat, bekam sie den Zuschlag. So einfach ist das."

Cora sah ihn zweifelnd an. „Gut, lassen wir das einmal so stehen, aber ich bin mir nicht sicher, ob das der wahre Grund ist. Wir wissen nichts über die beiden anderen Firmen, warum haben die weniger geboten? Die zweite

Frage, was wollte die Firma Shanghai Fu You mit dem Kauf bezwecken?"

„Das hatten wir schon geklärt", sagte Ma und nahm sich eines von den Macarons. „Du hattest ja vermutet, dass sie vorhaben könnten, den Flughafen einfach weiterzuverkaufen. Das würde betriebswirtschaftlich Sinn ergeben, mit dem Verkauf kann man ordentlich Gewinn machen. Fu You wäre nur der Zwischenhändler."

„Was uns zu Frage drei bringt", meinte Stefan. Es machte ihm Spaß, mit den beiden anderen herauszufinden, was hinter der Sache steckte. Das hatte etwas mit Journalismus zu tun, mit Recherche. Er war ganz in seinem Element. „Welche Rolle spielen Zhang und Peng? Stecken sie unter einer Decke? Haben sie die Bauern reingelegt oder sind die mit im Boot? Vermutlich nicht, alles deutet auf Zhang hin. Ihm gehört die andere Scheinfirma!"

„Die vierte Frage finde ich am spannendsten", meinte Cora nachdenklich und schlug Ma auf die Finger, der schon wieder nach ihrem Teller griff.

„Aber ich weiß nicht, ob wir sie lösen können. Wieso hat diese Beratungsgesellschaft nicht gemerkt, was wir an einem Vormittag herausgefunden haben? Ma hat innerhalb einer halben Stunde den Handelsregisterauszug der Fu You runtergeladen, das hätten die doch auch tun müssen! Und sie haben sogar ein Büro in Shanghai, keine halbe Stunde Taxifahrt zu der angegebenen Adresse. Sich diese dreißig Minuten nicht zu nehmen, das kann doch nicht sein! Ich weiß nicht, was der Prüfauftrag alles implizierte, aber die Sorgfaltspflicht bei einer Überprüfung und einer anschließenden gutachterlichen Empfehlung an die Landesregierung hätte das, zumindest aus Laiensicht, doch wohl eingeschlossen, oder was meint ihr?"

Ma und Stefan nickten.

„Der gesunde Menschenverstand sagt Ja. Aber", warf Stefan ein. „Wenn der Beratungsauftrag das nicht vorsah, die Berater dafür genau genommen also nicht bezahlt wurden, warum sollten sie dann dahin fahren? Sie haben alle Datenbanken und Recherchemöglichkeiten ausgeschöpft, die ihnen zur Verfügung standen und die bezahlt wurden. Und viele Berater, das gilt ja auch für Banken, fahren nie zu dem Objekt, das sie bewerten sollen. Faulheit. Das mag uns unprofessionell erscheinen, aber warum sollten sie über den Auftrag hinaus Kosten generieren? Und ehrlich gesagt, diese Beraterfirmen … Da sitzen ja nicht immer langjährig erfahrene Berater. Diese Prüfungen machen am Ende möglicherweise Anfänger, direkt von der Uni, fit in PowerPoint, aber ohne Erfahrung mit solchen Deals. Und wenn die beauftragte Firma in Frankfurt sitzt, wissen die nichts über China und das Geschäftsgebaren und die Risiken hier. Die machen alles, was sie an der Uni gelernt haben. Mehr können die nicht! Und nach kurzer Zeit sind sie weg aus der Firma und niemand weiß, was gelaufen ist!"

„Wenn das so ist", fragte Ma, der den Ausführungen des Journalisten erstaunt gefolgt war. „Wieso nimmt man dann nicht kleine, spezialisierte Beraterfirmen? Die gibt es doch sicher auch in Deutschland."

„Ja schon", gab Stefan zu bedenken. „Aber darum geht es nicht. Keine große Firma oder kein Ministerium kann es sich leisten, einen kleinen Berater zu beauftragen, selbst wenn er spezialisiert auf China ist, und sicher auch viel kostengünstiger. Wenn irgendetwas schiefgeht, ist der schuld, der beauftragt hat. Bei den Großen kann man immer sagen, ich kann nichts dafür, ich musste davon ausgehen, dass diese erfahrenen Berater das können. Das ist jetzt passiert, alle schieben die Schuld auf die Berater und verstehen nicht, wie das passieren konnte. Bei einem kleinen

Unternehmen hätten alle auf das Ministerium gezeigt; wie konnten die nur so ein kleines Unternehmen beauftragen? Also letztlich nimmt man die Großen, um selbst die Verantwortung abzugeben. Das ist normal."

„Kann sein. Aber was, wenn ...", sagte Cora nachdenklich. „Und wenn alles ganz anders ist?"

„Was meinst du?", fragte Ma verblüfft.

„Na ja. Was ist, wenn jemand aus dieser Beraterfirma doch an der Adresse war? Wenn hier in Shanghai jemand sogar wusste, dass es die Firma gar nicht gibt bzw. dass sie nicht seriös ist?"

„Ich verstehe, worauf Sie hinauswollen", sagte Stefan. „Was, wenn die Berater Bescheid wussten? Und es nicht an Deutschland weitergegeben haben? Das Gutachten hat Deutschland gemacht, aber sie haben sich auf die Chinesen verlassen. Die haben möglicherweise Informationen zurückgehalten. Warum?"

„Welche Gründe gibt es denn, dass ein Chinese Informationen zurückhält?", fragte Ma selbstironisch. „Welchen Vorteil hätte diese Person? *Guanxi*? Beziehungen zur Fu You? Finanzielle Vorteile?"

In diesem Moment klingelte Coras Handy. Sie schaute auf das Display; eine chinesische Nummer, die ihr nichts sagte. Sie hielt Ma das Telefon vors Gesicht, aber er schüttelte nur den Kopf und zuckte mit den Schultern. Cora hielt sich das Handy ans Ohr und sagte: „Hello?"

„Hallo", ertönte eine deutsche Stimme aus dem Lautsprecher. „Ich bin es. Yi! Du erinnerst dich, wir haben doch vorgestern zusammen gegessen! Ich dachte, wenn du noch in Shanghai bist, hast du Lust, mit mir etwas trinken zu gehen? Wir können noch ein bisschen reden über das Thema, das wir schon angefangen hatten!"

Cora war einen Moment völlig verdutzt. Yi wollte mit ihr über ausländische Männer reden? Ganz sicher nicht. Für diesen Unsinn hatte sie keine Zeit. Gerade wollte sie ablehnen, da sah sie Mas Blick. Er hatte gehört, was Yi gesagt hatte, und machte ihr Zeichen, die Cora nicht verstehen konnte. Sie sagte rasch: „Einen Moment!" in das Telefon und flüsterte zu Ma: „Was gibt es, was willst du?"

Ma beugte sich zu ihr. „Ich denke, du solltest sie treffen. Ich mag sie genauso wenig wie du, aber wenn sie plötzlich anruft, um mit dir zu reden, dann ist es vielleicht interessant. Weißt du noch, als ich dich vor ein paar Tagen in Deutschland anrief und du mich sofort gefragt hast, was ich wirklich von dir will? Du hattest mich durchschaut und gesagt, Chinesen rufen doch nicht ohne Grund an. Und jetzt ruft sie dich an, mit der du keine zwanzig Sätze gewechselt hast, die dich nicht kennt und die wahrscheinlich auch weiß, dass du sie nicht magst? Und will sich mit dir verabreden? Da steckt etwas dahinter. Triff dich mit ihr, vielleicht bekommst du etwas heraus. Immerhin hat Peng sie mitgebracht, vielleicht kommen wir so wieder an ihn heran."

Cora dachte nicht lange nach. „Du hast recht", sagte sie, nahm die Hand vom Lautsprecher des Handys, den sie abgedeckt hatte, und fragte: „Hallo? Yi? Ja, Entschuldigung, ich freue mich, von dir zu hören. Natürlich erinnere ich mich. Wie wäre es mit einem Tee jetzt gleich? Ich habe gerade nichts zu tun. Ich bin im *Peace Hotel*. Wo wollen wir uns treffen? Oh, umso besser. Gut, bis gleich!"

Sie legte auf und sagte zu Stefan und Ma: „In einer halben Stunde. Sie war etwas erstaunt, dass ich im Hotel bin. Sie sagte, da sei sie auch, und sie würde herunterkommen."

„Runterkommen?", wiederholte Ma fragend. „Du meinst, die wohnt hier? In diesem Fünf-Sterne-Luxushotel? Das kann ja nur heißen, dass sie von einem der

Männer, von denen sie dir erzählt hat, hier untergebracht wurde. Oder gerade bei ihm auf dem Zimmer ist. Ich denke, es ist besser, wenn Stefan und ich jetzt gehen und dich hier alleine lassen. Ruf an, wenn du mit dem Gespräch fertig bist, dann kommen wir. Wir gehen ein wenig am Bund spazieren, mehr können wir momentan nicht tun."

Ma zahlte für alle drei und verließ mit Stefan zusammen das Hotel durch den südlichen Eingang Richtung Nanjing Lu; Cora schlenderte zu dem Souvenirgeschäft, das genau gegenüber dem Café lag. Dort gab es allerlei chinesische Kleinigkeiten, bestickte Kissen, Fächer, der übliche Nippes, und sie besah sich desinteressiert die Auslagen.

Nach kurzer Zeit hörte sie schon eine Stimme: „Hallo Cora! Hier bin ich!"

Tatsächlich kam Yi quer durch die Halle zu ihr gelaufen; sie trug ein enges, weißes Seidenkleid, das deutlich über dem Knie aufhörte, und passende High-Heels. Farblich passend, dachte Cora, geschmacklich unpassend, aber das behielt sie für sich. Sie lächelte Yi freundlich an. „Hallo!", sagte sie und mimte Begeisterung. „So ein Zufall, dass wir beide hier sind. Was machst du hier?"

Cora sah, dass Yi wohl geweint hatte. Sie sah gar nicht gut aus und hielt ein Taschentuch in der Hand. „Können wir uns irgendwo ruhig unterhalten?", fragte Cora rasch. „Ich kenne mich hier nicht aus."

„Ja, komm", meinte Yi, hängte sich bei ihr ein und zog sie zu den Aufzügen. Sie fuhren nach ganz oben, dort gab es eine Aussichtsterrasse. Der Regen hatte wieder eingesetzt, und die Terrasse war leer. Yi ging mit Cora zu einem der Sonnenschirme, unter dem sie ungestört waren. Sie hätten sehen können, wenn jemand sie beobachtet oder zugehört hätte. Cora ließ ihren Blick schweifen; direkt unter ihnen lag der Huangpu, dahinter Pudong. Zur anderen Seite, nach Westen, erstreckte sich ein unübersichtliches Gewirr von Häusern, zumeist Wolkenkratzer, bis an den Horizont. Shanghai, dachte sie, vierundzwanzig Millionen Einwohner. Was mache ich hier eigentlich? Ich wollte Chinesen auf Deutschland vorbereiten, jetzt bin ich in ein Spiel geraten, das ich nicht durchschaue, bei dem ich nicht einmal alle Mitspieler kenne, geschweige denn ihre Rollen.

„Also, Yi, was gibt es denn so Wichtiges? Und warum hast du geweint?", fragte Cora mit besorgter Miene. „Du hast doch geweint? Was kann ich für dich tun?"

„Du kannst nichts tun, Cora. Aber ich musste mit jemandem reden, und da du Deutsche bist, dachte ich, du verstehst mich. Du weißt doch, dass ich einen Mann kennengelernt habe, einen Deutschen." Schon füllten sich ihre Augen wieder mit Tränen.

Cora musste sich beherrschen; aber es gelang ihr, mitfühlend Yi den Arm um die Schulter zu legen. „Du Arme, was ist denn passiert? Ich weiß, wen du meinst, diesen reichen und berühmten Mann, nicht wahr?"

Yi entging die Ironie in Coras Ton, sie nickte und schluchzte. „Ja, genau der. Wir wollten uns morgen hier treffen in Shanghai, er hat gesagt, er kommt. Wir treffen uns immer in diesem Hotel. Schon seit einem Jahr geht das so. Und jetzt hat er eben angerufen und gesagt, er kommt nicht! Und er hat auch gesagt, er kann nie wieder nach China kommen, und wir können uns nicht mehr sehen!" Jetzt brach sie tatsächlich in Tränen aus.

„Ganz ruhig", tröstete Cora sie. „Jetzt mal der Reihe nach. Was hat er genau gesagt, und warum hat er es gesagt?"

„Ich weiß es nicht", schluchzte Yi. „Normalerweise kommt er alle paar Wochen nach China. Und plötzlich ruft er an und sagt, er wird nie wiederkommen. Warum nur, ich verstehe das nicht!"

Cora verstand sehr wohl, aber es war wohl besser, Yi nicht zu sagen, was sie wirklich dachte. Vielleicht konnte sie sie ein wenig ablenken und etwas über Peng herausfinden. „Sag mal", begann sie vorsichtig. „Hast du gestern oder heute schon etwas von Peng gehört? Ma hat versucht, ihn zu erreichen, aber er geht nichts ans Telefon. Weißt du, wo er ist?"

Yi sah sie durch einen Schleier von Tränen erstaunt an. „Nein, wieso glaubst du, dass ich das weiß?"

„Na ja, ihr seid doch zusammen zu dem Abendessen gekommen. Ich dachte, ihr seid befreundet."

„Aber nein, nein, wir sind nicht befreundet. Wir kennen uns ganz entfernt, und er hatte mich nur gefragt, ob ich mitkommen möchte, weil du dabei bist und er dachte, ich freue mich, wenn ich mal wieder Deutsch reden kann und jemanden treffe, der auch aus Rheinland-Pfalz kommt, das ist alles. Ich weiß nicht, wo er ist, das ist mir auch egal."

Schade, dachte Cora, das hat schon mal nicht geklappt. Was sollte sie jetzt tun? Einen Rat unter Freundinnen geben? Nicht gerade ihre Stärke.

„Na komm", sagte sie. „Du hast doch gesagt, dass du eigentlich ganz froh bist, wenn du deine Freiheit hast. Vielleicht braucht er auch einfach seine Freiheit. Es gibt so viele Deutsche und andere Ausländer hier in Shanghai, du findest sicher jemand anders. Die große Liebe war es ja wohl ohnehin nicht, oder?"

„Nein", sagte Yi und schluchzte schon weniger. „Liebe war es nicht. Wir haben uns gut verstanden. Und er hat mir immer schöne Sachen gekauft. Dafür habe ich ihm zugehört, wenn er von seiner Arbeit erzählt hat, von seiner Familie und so. Welchen Stress er hat, wie viel Druck und wie viel Verantwortung er trägt. Und wie schwierig die Situation gerade ist, ich höre schon gar nicht mehr richtig hin."

Das war ja einfach, dachte Cora. So schlimm scheint es ja nicht gewesen zu sein. Sie hatte keine Zweifel, dass die hübsche und lebenslustige Yi sehr schnell jemanden finden würde, der sie besser zu trösten wusste als sie. Jetzt musste sie sehen, wie sie hier wegkam.

„Ich höre mich mal um", versuchte sie zu scherzen. „Ich mache in Deutschland Werbung für dich, da finden wir schon jemanden ..."

Yi sah sie an. „Du machst Witze, richtig?", kam es unsicher hinter dem Taschentuch hervor. „Du möchtest mich aufheitern, das ist lieb. Aber ich bin so enttäuscht ... Na gut, ich weiß, dass du losmusst. Geh ruhig. Ich danke dir, dass du für mich da bist. Das vergesse ich dir nicht."

Sie umarmte Cora, die sich jetzt ein wenig schäbig vorkam, weil sie so arrogant über Yi dachte und nicht wirklich Anteil nahm. Sie verabschiedeten sich, und Cora verließ das Hotel auf die Nanjing Lu, wie Ma vorher auch, und rief ihn dann an. Er und Stefan hatten sich in ein Eiscafé auf der Uferpromenade gesetzt, keine fünf Minuten entfernt. Cora lief hinüber und setzte sich zu ihnen, um von dem ergebnislosen Gespräch zu berichten.

TAG SIEBEN

Der rheinland-pfälzische Innenminister saß allein auf der schönen neuen Sitzgruppe in seinem Büro. Es hatte ihn tief getroffen, was die Ministerpräsidentin zu ihm gesagt hatte; mit einem Wutausbruch wäre er klargekommen, aber nicht mit dieser leisen und traurigen Aussage. Wie hatte dieser verdammte Fehler passieren können? Er pflegte nicht zu fluchen, aber es gab wirklich keinen anderen Ausdruck für das, was da abgelaufen war. Und als er dachte, es könne nicht schlimmer kommen, hatte er ein Interview mit einem Edelsteinhändler gesehen, der offensichtlich in das Ganze involviert war! Ein Edelsteinhändler, ja, was wusste denn der von China? Nichts, wie sich herausstellte, aber das hinderte ihn nicht daran, mit einem chinesischen Freund einen Flughafen zu kaufen! Oder stimmte das auch wieder nicht?

Es klopfte, und sein Staatssekretär kam herein. Auch er war nur noch ein Nervenbündel, völlig überfordert mit der Situation. Er sah aus, als habe er seit Tagen nicht geschlafen.

„Wer hat denn jetzt diesen verdammten Vertrag unterschrieben?", brüllte der Minister ihn ohne Vorwarnung an. „Stimmt das, was die da im Fernsehen sagen? Und wieso erfahre ich das aus den Medien? Was läuft hier? Und wer ist da noch verwickelt?"

Sein Staatssekretär stand wie ein Schuljunge in der Tür; er wagte es nicht, sich zu setzen. „Na ja", begann er stotternd. „Bei der Vertragsunterzeichnung, also, ich rede jetzt vom Kaufvertrag mit der Shanghai Fu You Ltd., musste jemand unterschreiben, der Deutsch kann; dieser Chinese, Zhang, der dabei war, also, der kann ja kein Deutsch, und deswegen hat er jemand mitgebracht, einen Deutschen, und der hat dann ..."

„Aber wie kann denn jemand unterschreiben, der gar nicht zu der Firma gehört, die kauft?" Der Minister zwang sich zur Ruhe. „Mensch, und wieso haben die Berater da nichts gesagt?"

„Er hatte eine Vollmacht, dass er unterschreiben darf, und da dachte ich, das sei okay so. Wir wollten doch nur, dass die ganze Angelegenheit schnell vom Tisch ist, das wissen Sie doch. Wir hatten Druck von allen Seiten, auch von ganz oben ..." Er deutete mit dem Finger aus dem Fenster, Richtung Staatskanzlei. „... da hat niemand so genau darauf geschaut. Hauptsache Unterschrift, und der Flughafen ist verkauft. Ich ... also, wir alle konnten doch nicht ahnen, dass die Fu You uns reinlegen wollte ..."

Als das, was von seinem Staatssekretär übrig war, den Raum wieder verlassen hatte, starrte der Minister nachdenklich vor sich hin. Etwas zu viele seltsame Zufälle und Verwicklungen für seinen Geschmack. Erst der Betrug, dann dieser Mord, Triaden oder wie die hießen, der chinesische Konsul hatte sich bei ihm gemeldet, jetzt ein Edelsteinhändler – eine Provinzposse, hätte man meinen können. Aber leider wahr. Und wenn doch jemand aus seinem Laden dahintersteckte? Wenn jemand hier in Deutschland, hier in Rheinland-Pfalz, davon profitierte, dass der Flughafen unbedingt an die Shanghai Fu You Ltd. verkauft wurde? Jemand, der gute Beziehungen nach China hatte?

Er stand auf und ging hinüber zu seinem Schreibtisch. Er musste nach Hause, seine Frau hatte Geburtstag. Aus seiner obersten Schreibtischschublade holte er die kostbare Halskette, die er für sie besorgt hatte. Die grünen Steine funkelten im Licht der Sonne, die von draußen hereinschien.

TAG SIEBEN

Die Ministerpräsidentin legte den Hörer zurück auf die Gabel. Das Gespräch mit dem Innenminister hatte nicht lange gedauert. Er hatte versucht, ihr alles zu erklären. Den raschen Verkauf unter Zeitdruck, den Edelsteinhändler, die Rolle der Berater. Alles sehr seltsam, und so kannte sie ihn nicht. Sie hatte sich immer auf ihn verlassen können; was um alles in der Welt hatte er sich dabei gedacht? Sein Verhalten konnte der Grundstein zu ihrem Rücktritt sein, zum Sturz der gesamten Landesregierung. Die Opposition wetzte schon die Messer. Wer profitierte am meisten davon, wenn sie gehen musste? Waren wirklich nur die externen Berater schuld? Und die Chinesen? Was, wenn das Problem in Mainz saß? Nachdenklich betrachtete sie den Hörer, den sie eben noch in der Hand gehabt hatte.

TAG SIEBEN

Irgendetwas hatte sie übersehen. Seit sie mit den beiden Männern im Straßencafé saß, ließ sie der Gedanke nicht mehr los. Sie wusste nicht mehr, was es gewesen war, aber irgendeine Bemerkung, die heute gefallen war, war wichtig gewesen. Im Büro der Wirtschaftsprüfer? Frau Liu, eine Bemerkung von ihr? Hatte Stefan etwas gesagt, was seltsam gewesen war? Nein, sie kam nicht darauf, aber es nagte an ihr und ließ sie nicht los. Während Ma und Stefan sich unterhielten, wie das Ganze jetzt wohl in Mainz weiterginge und welche Konsequenzen es für die Regierung hätte, auch, welche Auswirkungen die Affäre auf Stefans Karriere haben könnte, war Cora mit den Gedanken woanders. Sie ging noch einmal die Gespräche durch; was sie mit Ma im Taxi auf dem Weg zu dem Einkaufszentrum, in dem das Büro der Wirtschaftsprüfer lag, besprochen hatte; dann das Treffen mit Stefan und Ma. Sie hatten Kaffee getrunken, und dann hatte Yi angerufen. Die Männer waren gegangen, und Cora hatte sich mit Yi oben auf der Terrasse unterhalten. Worüber hatten sie gesprochen? Belangloses, der Mann, der Deutsche, der Yi gesagt hatte, er käme nie wieder nach China; ihre Tränen, ihre Trauer. Dann hatte sie Yi verlassen und sich mit den Jungs am Bund getroffen. Irgendetwas hatte Yi gesagt, in einem Nebensatz, der wichtig gewesen war.

Und dann fiel es ihr ein. Der Nebensatz, das Wort, das so wichtig gewesen war. Das konnte nicht sein! Das konnte einfach nicht sein. Und wenn es doch so war? Sie musste sofort Yi anrufen. Hastig zog sie unter den erstaunten Blicken von Ma und Stefan ihr Handy aus der Jackentasche. Sie öffnete die Anrufliste; ganz oben stand die Nummer, von der sie zuletzt aus angerufen worden war.

Yi. Hastig drückte Cora auf die Nummer und wartete auf den Klingelton.

„Ja, Cora?", meldete sich die inzwischen vertraute Stimme von Yi.

„Ja, hallo Yi", sagte Cora, „Als wir uns vorhin auf der Dachterrasse unterhalten haben, da hast du etwas gesagt, etwas Wichtiges. Warte kurz …"

Sie ging einige Schritte vom Tisch weg, um besser hören zu können. Dann fragte sie noch mal nach dem entscheidenden Satz und dem Wort, und Yi bestätigte es. Cora stellte noch zwei konkrete Fragen, dann legte sie völlig entgeistert auf. Sie schaute auf das Display. Wenn das wahr war, wenn sie dafür Beweise fände … Stefan durfte das nicht mitbekommen. Er war Journalist, und er würde sofort eine Meldung nach Deutschland schicken. Sie musste es für sich behalten, bis sie Gewissheit hatte. Aber wie Gewissheit erlangen? Wie konnte sie herausbekommen, ob ihre Vermutung stimmte?

Sie musste sofort zurück ins *Peace Hotel*. Sie wandte sich zu Ma und Stefan und sagte kurz: „Ich muss noch mal zurück ins Hotel, allein!", und, ohne auf die beiden zu achten, rannte sie den Bund entlang. Schon nach wenigen Metern verlangsamte sie ihre Schritte wieder, da ihre Beule heftig protestierte, aber trotzdem drängelte sie sich so schnell wie eben möglich durch die Menschenmenge.

Sie betrat das Hotel durch die Drehtür und lief in die große Halle. Yi wartete dort schon auf sie, vor einem schwarz glänzenden, achteckigen Tisch mit einer riesigen Blumendekoration japanischer Kirschzweige. Kein Mann ging vorüber, der nicht mehr oder weniger verstohlen einen Blick auf sie geworfen hätte; auch Cora musste zugeben, dass Yi in ihrem hautengen Kleid mit den hohen Schuhen, elegant vor der Blumendekoration drapiert, ein echter Hingucker war. Aber Cora hatte jetzt anderes im Sinn und blickte Yi, als sie den Tisch erreicht hatte, fragend an. Diese nickte und zeigte Cora ein Foto auf ihrem Handy; Cora warf einen Blick darauf, schüttelte aber dann den Kopf.

„Komm", sagte Yi zu Cora, „ich weiß, wen wir fragen können."

Sie gingen hinüber zum Empfang, wo ein livrierter Angestellter des Hotels sie, nach einem kurzen Blick auf Cora, auf Englisch nach ihren Wünschen fragte. Yi sprach ihn ebenfalls auf Englisch an, als ob sie kein Chinesisch könne, gab sich hochmütig als Gast des Hotels aus und verlangte einen speziellen Pagen zu sprechen, der ihr mit dem Gepäck helfen solle. Als dieser kurz darauf erschien und sich formvollendet vor den Damen verbeugte, befahl Yi ihm in knappen Worten, sie auf ihr Zimmer zu begleiten und den schweren Koffer zu tragen. Der junge Mann führte sie zu den Aufzügen; als sich die Türen hinter ihnen geschlossen hatten, holte er seinen Schlüssel aus der Tasche und steckte ihn in ein Schloss neben den Knöpfen für die Stockwerke. Er drehte den Schlüssel, drückte eine Kombination auf den Tasten, und der Aufzug hielt nach einigen Sekunden. Er hatte die ganze Zeit kein Wort gesprochen; Yi und Cora sahen ebenfalls keinen Anlass, etwas zu sagen. Dass der Mann Yi kannte und das, was er tat, für sie tat, war klar.

Als sie den Aufzug verließen, befanden sie sich in einem Flur, der Cora an den Gang erinnerte, den sie in ihrem eigenen Hotel gesehen hatte, als der Aufzug versehentlich dort gehalten hatte. Zahlreiche Türen zweigten von ihm ab, und schließlich blieben sie vor einer Tür stehen. Zweifelnd sah der Page sich zu Yi um, die ihm auffordernd zunickte. Zögernd öffnete er die Tür, und sie traten rasch ein, dann schloss er die Tür hinter ihnen ab. Auch der Raum ähnelte dem, den Cora gesehen hatte, lange Reihen von Bildschirmen, die unterschiedliche Zimmer zeigten.

Rasch und noch immer schweigsam setzte sich der Mann an einen der Computer und gab etwas in die Suchmaske ein, dann wechselte er noch ein paar Worte mit Yi, die seine Fragen kurz und mit ausdruckslosem Gesicht beantwortete. Er suchte etwas, scrollte mehrfach hin und her, und Cora sah, wie auf dem Bildschirm ein Film sehr schnell ablief. Schließlich hielt er den Film an und zeigte auf den Bildschirm. Cora und Yi traten näher heran. Deutlich war eine Suite zu sehen, sehr luxuriös. Man sah Yi, die nackt auf dem Bett lag und jemanden zu rufen schien. Ein Tastendruck, und das nächste Bild erschien; jetzt war ein Mann zu sehen, ein Ausländer, kein Chinese, er stand direkt vor dem Bett. Auch er war nackt, und auch sein Gesicht war deutlich zu erkennen.

Cora nickte. „Das wollte ich wissen", sagte sie, „kann ich davon einen Ausdruck haben?"

Yi sprach mit dem Mann, der heftig den Kopf schüttelte. Yi sah ihn nachdenklich an, dann griff sie in ihre Handtasche und holte ein dickes Bündel Geldscheine heraus. Wieder schüttelte der Page den Kopf, löschte das Bild auf dem Schirm, erhob sich und schob die beiden Frauen zur Tür hinaus.

Als Cora und Yi wieder in der Hotelhalle standen und ihr geheimnisvoller Gehilfe gegangen war, sagte Yi entschuldigend: „Es tut mir leid, er wollte keinen Ausdruck machen. Die Gefahr ist zu groß, dass er erwischt wird; dann drohen schlimme Strafen. Das könnte als Staatsgeheimnis gedeutet werden, was wir da gesehen haben, die Grenzen sind fließend. Und auf Landesverrat steht die Todesstrafe, bestenfalls Arbeitslager. Das können wir nicht riskieren."

Cora nickte verständnisvoll und erwiderte: „Kein Problem, liebe Yi. Ich danke dir für das, was du getan hast. Ich brauchte Gewissheit. Wie lange kennt ihr euch schon?"

Yi blickte sie traurig an. „Ein Jahr, Cora."

Cora umarmte Yi, verließ die Halle, ging zielstrebig zum Ausgang und hinüber zum Bund. Erst als sie in der Menschenmenge untergetaucht war und sicher, dass Yi sie nicht mehr sehen konnte, holte sie ihr Handy heraus. Ja, das Bild war gut geworden, das sie schnell von dem Bildschirm gemacht hatte, als Yi versucht hatte, den Pagen zu einem Screenprint zu motivieren. Der Mann vor Yis Bett war klar zu erkennen.

TAG SIEBEN

Pan, der Novize in seiner Triade, war nervös. Der *Shetou* hatte ihm gesagt, er müsse vielleicht noch heute Abend eine wichtige Aufgabe ausführen. Der Mann, der am Flughafen bestraft worden sei, war der Inhaber des Chinarestaurants, in welchem sie sich immer trafen. Dort speiste auch oft ein Deutscher, ein wichtiger Mann, hatte der *Shetou* gesagt. Eine wichtige Verbindung, um erfolgreiche Geschäfte zu machen. Die Warnung, die die Hinrichtung des Restaurantbesitzers bedeutet hatte, war nicht deutlich genug gewesen. Der wichtige Mann, den der *Shetou* brauchte, hatte Angst bekommen, so viel hatte Pan verstanden. Er hatte ein Gespräch zwischen dem *Shetou* und Gui belauscht; alles hatte er nicht verstanden, aber er glaubte zu wissen, dass der *Shetou* den Flughafen kaufen wollte! Oder es war von Vorteil für ihn, wenn ein Freund den Flughafen kaufte, oder so ähnlich. Ein Freund würde den Flughafen kaufen, und der *Shetou* wollte ihn für seine Geschäfte nutzen. Dabei würde dieser wichtige Deutsche helfen. Und dass der jetzt Angst hatte, war gut; aber der hatte augenscheinlich mehr Angst davor, dass alles ans Tageslicht käme, als vor dem *Shetou*! Unvorstellbar, dachte Pan. Wie konnte man vor etwas mehr Angst haben als vor dem *Shetou*?

Er wusste nicht genau, was für Geschäfte der *Shetou* machte. Aber er hatte gesehen, dass immer wieder Mädchen ankamen, Chinesinnen, schlichte, dumme Mädchen aus dem Hinterland der Provinzen. Die verschwanden dann schnell, nur eine, die arbeitete in diesem Restaurant. Sie sagte nichts, er durfte auch nicht mit ihr sprechen. Wie auch, sie sprach eine ganz andere Sprache als er. Aber er sah sie oft weinen, und er wusste, dass unten, in den Räumen unter dem Restaurant, schlimme Dinge mit den

Mädchen gemacht wurden. Und bei all diesen Geschäften sollte er, Pan, jetzt dem *Shetou* helfen! Das war eine große Ehre, er war sehr stolz darauf. Aber er hatte zum ersten Mal das Gefühl, nicht sicher zu sein, ob das, was er da tat, gut war. Warum weinten die Mädchen immer?

Und heute - oder morgen - sollte er sich um diesen Deutschen kümmern. Nur warnen, nicht mehr. Keine Gewalt, kein Blut, hatte der *Shetou* gesagt. Er sollte ihn besuchen, zu Hause, und ihm ein Foto zeigen. Er hatte das Bild schon bekommen, er verstand nicht, warum der Mann Angst vor dem Bild haben sollte. Man sah ihn darauf, nackt, gut, mit einer Chinesin. Na und? Wer hatte denn vor so etwas Angst? Aber es war wichtig, sonst würde der Verkauf des Flughafens in letzter Minute platzen, das hatte der *Shetou* zu Gui gesagt. Und das wäre schlecht fürs Geschäft. Pan verstand das nicht. Aber er wusste, der *Shetou* brauchte ihn. Und deshalb würde er diesen Mann besuchen, sobald er den Befehl bekam.

TAG SIEBEN

Zhang Aiguo war zufrieden. Er hatte mit Frankfurt gesprochen, mit Berlin, natürlich auch mit Beijing. Der Triadenmord am Hahn war aufgeklärt; seine Kontakte hatten ergeben, dass es sich um einen Sühnemord gehandelt hatte. Offensichtlich hatten die Triaden ein Restaurant in Trier fest im Griff. Dort wollten sie ein Attentat auf den chinesischen Ministerpräsidenten verüben, wenn dieser in vier Wochen nach Deutschland kommen wollte. Der Ministerpräsident hatte auch Trier auf seiner Reiseroute, da 2018 das Karl-Marx-Jahr war und der zweihundertste Geburtstag des größten Sohnes der Stadt gefeiert werden sollte. Das wollte der Ministerpräsident einläuten und der Stadt schon mal seine Reverenz erweisen. Viele Chinesen würden 2018 nach Trier kommen, das war sicher. Der Besitzer des Restaurants hatte von dem bevorstehenden Attentat erfahren und wollte dies den Behörden melden; er war dabei unvorsichtig gewesen, wovon seine diversen Einzelteile in der Pathologie in Mainz zeugten.

Aber das war nicht alles gewesen; bei den Nachforschungen der von China eigens entsandten Spezialisten für solche Fälle hatte sich ergeben, dass der *Shetou* in Trier auch noch ein ganz anderes Geschäft witterte. Er wollte dafür sorgen, dass der Flughafen Hahn an einen ganz bestimmten Investor ging; das hätte seine diversifizierten Importgeschäfte deutlich verbessert. Er handelte offiziell primär mit Fleisch. Dass es gelegentlich auch Menschenfleisch war, Menschenhandel eben, hatte man wohl vergessen zu deklarieren. Jedenfalls war evident, dass er den Verkauf des Hahn beeinflusst hatte.

Zwei Bausteine fehlten dem Konsul noch: Wer genau war auf chinesischer Seite, also auf Käuferseite, verantwortlich? Vermutlich einer der vier Partner der Shanghai Fu You Ltd. Wichtiger noch, wer war auf deutscher Seite involviert? Gab es einen Komplizen in Rheinland-Pfalz, jemand, der sich erpressbar gemacht hatte? Und deshalb dafür gesorgt hatte, dass die Fu You den Zuschlag bekam und keiner der anderen Bieter? Es kamen nicht sehr viele Personen dafür infrage. Es musste einen geben, der mitgemischt hatte, sicher aus Angst vor den Triaden. Das war die Verbindung zwischen dem Hahn und den Triaden. Die deutschen Behörden mussten das nicht wissen. Er, Zhang Aiguo, würde es bald erfahren; die Informationskanäle des chinesischen Geheimdienstes pflegten gut zu arbeiten.

Zhang schloss die Akte, über der er saß. Für ihn war der Fall abgeschlossen; der Ministerpräsident konnte sicher nach Trier reisen. Karl Marx würde geehrt werden, und was mit dem Hahn passierte, war nicht sein Problem. Für ihn würde das Jahr gut werden, so oder so. Es war sein Tierkreiszeichen; Zhang wurde nächstes Jahr sechzig. Mit oder ohne Flughafen, es war sein Jahr, das Jahr des Hahns.

TAG SIEBEN

Sie saßen wieder zu dritt an einem Kiosk direkt am Huangpu, auf der Uferpromenade. Cora hatte die Fragen nach ihrem plötzlichen Aufbruch ins *Peace Hotel* abgetan, als sei das nichts gewesen, nur die Kopfschmerzen.

„Was passiert jetzt noch?", fragte Stefan, während er in seinen Tee blies, um die Blätter vom Rand in die Mitte zu treiben. „Wir haben alle Fragen gelöst, die wir lösen können. Wer wirklich hinter der Sache steckt, warum die Wirtschaftsprüfer nicht vor einem Verkauf an die Fu You gewarnt haben, das können wir derzeit nicht herausfinden, sicher auch nicht hier in Shanghai. Ob jemand in Mainz vielleicht doch tiefer involviert ist, als wir alle wissen, diese Frage können wir auch nicht hier in Shanghai beantworten. Und ich denke, es ist klar, dass der Mord auf dem Hahn nichts mit dem Verkauf des Flughafens zu tun hatte, das war Zufall. Sonst hätten wir doch irgendwelche Hinweise entdeckt! Ich werde heute Abend nach Hause fliegen, da habe ich genug zu tun. Mein Chefredakteur will mich so schnell wie möglich in Mainz sehen." Er nickte, er war zufrieden mit sich. Die Reise war ein voller Erfolg gewesen; er hatte aufgedeckt, dass es die Fu You gar nicht gab.

„Ich habe nicht alles herausgefunden", gab er auf Coras kritischen Blick hin zu. „Aber das war auch nicht nötig; die Tatsache, dass die Fu You entlarvt worden ist, zählt. Der Flughafen wird wohl in die Insolvenz gehen. Was wird aus all den Menschen werden? Wer denkt an den Parkwächter, die Reinigungskräfte, all die, die ihren Job verlieren? Aber wir haben unseren Teil dazu beigetragen, dass Schlimmeres verhindert wurde, nämlich ein Skandal nach dem tatsächlichen Übergang des Hahn an die Chinesen. Das hätte die Regierung auf keinen Fall überlebt."

Ma stimmte ihm zu. „Ich denke auch, das war's. Sicher ergeben sich in Mainz noch neue Aspekte, aber wir müssen warten, was mit dem Flughafen jetzt passiert. Insolvenz oder ein anderer Käufer. Cora, es tut mir so leid, dass ich dich in diese Sache hineingezogen habe, ich hatte wirklich gedacht, meine Bekannten seien zuverlässig." Er schüttelte den Kopf, man sah ihm an, wie schlecht er sich fühlte.

Nur Cora war bester Laune. „Was redet ihr!", sagte sie fröhlich. „Ist doch alles gut! Wir haben einen Skandal aufgedeckt, wir hatten viel Spaß und haben viel gesehen, sogar meiner Beule geht es ganz gut, das wird schon wieder! Ich bereue keinen Moment, dass du mich hierhergerufen hast, Danli! Jetzt fehlt nur noch eine Sache, dann kann ich wieder nach Hause!"

„Und das wäre?", fragte Ma neugierig.

„Jiaozi natürlich!", rief Cora laut aus. „Oder was dachtest du, warum ich hierhergekommen bin? Ich liebe diese gefüllten Teigtaschen!"

Sie lachten alle drei. Dann verabschiedeten sie sich von Stefan, der noch packen musste; Ma gab ihm den Tipp, für seine Bekannte in Deutschland eine Panda-Mütze zu kaufen. Am Flughafen gab es einen ganzen Shop nur mit Panda-Zubehör; die Mützen, die bis über beide Ohren reichten, waren wirklich süß. Stefan war begeistert und bedankte sich überschwänglich. Ma und Cora blieben noch kurz sitzen.

„Also, für die Jiaozi schlage ich das *Peace Hotel* vor", meinte Ma. „Wir haben ja gestern das Dinner ausfallen lassen, das holen wir heute Abend im *Dragon Phoenix* nach. Die haben da auch sehr leckere Xiaolongbao, Kleine

Drachentaschen. Das sind auch gefüllte Teigtaschen, wie Jiaozi, etwas anders zubereitet. Was meinst du?"

Cora stimmte zu. „Prima, das machen wir! Aber vorher muss ich noch da hoch!" Sie zeigte auf den gegenüberliegenden Shanghai Tower. „Ganz oben will ich stehen, das muss eine tolle Aussicht sein. Machen wir das? Jetzt?" Sie sah ihn bittend an, mit einem Blick, der ihn völlig wehrlos machte. Wie konnte sie nur so schnell von der tapferen Cora, die sich durch einen brutalen Überfall nicht von ihrer Spur abbringen ließ, zu dieser süßen Cora werden, die ihn anblickte, dass er nicht Nein sagen konnte? Welches war denn eigentlich die wahre Cora? Ma verstand die Frauen nicht. Aber da war er wohl nicht ganz allein.

Eine halbe Stunde später standen sie an Bord der Fähre, die sie über den Huangpu brachte. Die Überfahrt dauerte nicht lange, aber Cora genoss jede Minute davon. Der Wind kühlte ihren Kopf, der immer noch schmerzte; die vorübertuckernden Boote, gelegentlich auch ein größeres mit Touristen, mussten der Fähre ausweichen, brachten sie aber ordentlich ins Schaukeln. Das Wasser war erwartungsgemäß schmutzig; der Shanghaier Hafen war immerhin einer der umschlagsstärksten Häfen der Welt. Er erstreckte sich über etwa zwanzig Kilometer weiter nach Norden, immer den Huangpu entlang, bis dieser sich schließlich mit dem Yangzi vereinte und in das Gelbe Meer mündete.

Schnell breitete sich die Skyline von Pudong vor den beiden aus, Cora hatte schon viel von der Welt gesehen, war aber dennoch sehr beeindruckt davon. Auf der östlichen Seite des Huangpu angekommen, verließen sie die Fähre, gingen durch eine Sperre und standen auf einer Straße, die nach Pudong hineinführte. Ma schlug vor, die wenigen Meter zum Tower zu laufen, und Cora war einverstanden. Minuten später musste Cora ihren Kopf tief in den Nacken legen, um überhaupt die höchste Spitze des Gebäudes sehen zu können. Auf der einen Straßenseite der Jin Mao Tower, achtundachtzig Stockwerke hoch, davon etwa fünfzig Büroetagen und dreiunddreißig Hoteletagen, im siebenundachtzigsten Stock schließlich eine Bar, *Cloud 9*; schräg gegenüber das Shanghai World Financial Center, mit fast fünfhundert Metern das zweithöchste Gebäude der Stadt; im hundertsten Stock befand sich ein Skywalk mit einem durchsichtigen Glasboden. Und jetzt eben der Shanghai Tower, hundertachtzig Etagen über der Erde und weitere fünf darunter. Ma war stolz, ihr seine Stadt und diese weltberühmten Gebäude zeigen zu können.

Cora freute sich darauf, nach oben zu fahren. Sie hatte gelesen, dass allein dieser Turm über einhundertsechs Aufzüge verfügte, die mit etwa fünfundsechzig Stundenkilometern nach oben sausten. Unglaublich, wenn sie daran dachte, wie lange es in dem größten Kaufhaus ihrer Stadt dauerte, in den fünften Stock zu kommen! Nach all den Aufregungen der letzten Tage freute sie sich auf eine entspannte Fahrt, eine schöne Aussicht und ein anschließendes, wunderschönes Abendessen mit Ma im *Peace Hotel*. Dann würde sie bald nach Hause fliegen, da sie hier nun nicht mehr benötigt wurde.

Sie stiegen im hundertachtzehnten Stock aus; hier wollte Cora unbedingt auf die Aussichtsplattform. Ma war nicht so wohl bei dem Gedanken, denn er war nicht schwindelfrei. Und auch wenn die Plattform rundum verglast war, wurde ihm schon bei dem Gedanken übel, mit nichts als einer Glasscheibe als Schutz fünfhundertfünfzig Meter über dem Boden zu stehen. Aber das konnte er nicht zugeben, und tapfer stand er mit Cora in der Menge derjenigen, die sich vor den Glasscheiben drängelten. Cora beobachtete ihn aus den Augenwinkeln, dann lachte sie und sagte: „Nun komm, Danli! Spiel hier nicht den Helden, ich weiß doch, dass du nicht schwindelfrei bist! Du hast Angst, ich sehe das! Und das ist okay so, kein Problem. Ich bin schon ein ganz großes Mädchen, du kannst mich durchaus alleine lassen. Wenn man bei diesen Massen von allein sprechen kann ..."

Mas Erleichterung war fast körperlich zu spüren. Er grinste verlegen, dann sagte er: „Okay, ich, ... ähm, also ich warte unten, ja? Die haben sicher etwas zu trinken ... das brauche ich jetzt." Und weg war er.

Cora lachte vor sich hin. Ihr Held! Sie wusste, was sie an ihm hatte; dazu musste er sie nicht auf eine der höchsten Aussichtsplattformen der Welt begleiten! Sie spazierte einmal um den ganzen Turm herum; die Aussicht war unglaublich. Ganz unten konnte sie das grüne Dach des Peace Hotels sehen. Bis zum Horizont erstreckte sich ein Meer aus Wolkenkratzern. War das die Zukunft der Menschheit? So zu wohnen? Wenn sie da an das kleine Häuschen im Hunsrück dachte, das der Freundin ihrer Mutter gehörte ... Welche Idylle. Aber eben ein großer Luxus und für die meisten Menschen der Welt unvorstellbar.

Als sie wieder unten angekommen war, wollte Ma ein Taxi rufen. Cora fiel ihm in den schon ausgestreckten Arm. „Weißt du noch, dass wir beim letzten Mal schon hoch in die Bar drüben im Jin Mao Tower wollten? *Cloud 9*, da nehmen wir jetzt einen Abschiedsdrink, okay? Bitte!"

Ma seufzte. „Gut, Cora, machen wir" sagte er langsam. „Wie ein Ehepaar", murmelte er vor sich hin. „Er gibt immer nach, und sie will immer mehr ..."

Cora zog ihn lachend am Arm über die Straße und in das Gebäude hinein. Ein erstaunlich schmaler Gang führte links herum in die Lobby, in der sich auch die

Aufzüge zu den Büros befanden; zum Hotel ging es geradeaus zu den anderen Aufzügen, die bis in den sechsundfünfzigsten Stock führten. Dort mussten sie umsteigen und fuhren in den siebenundachtzigsten Stock empor; dann ging es noch eine kleine Treppe hoch in die eigentliche Bar. Sie nahmen direkt am Fenster Platz, unter sich Shanghai, jetzt besser und differenzierter zu erkennen als aus dem hundertachtzehnten Stock eben.

Cora blickte fasziniert durch die Glasscheiben. Plötzlich zuckte sie zurück. „Was ist das?", rief sie laut aus. „Da ... ist ein Mensch! Über uns, aber draußen! Da steht doch jemand, oder?"

Ma schaute etwas verlegen. „Ja, also, das ist neu, ich wollte es dir eigentlich nicht zeigen, aber wenn du es jetzt sowieso gesehen hast ... Vor Kurzem wurde direkt über uns, also im achtundachtzigsten Stock, ein außenliegender Skywalk eröffnet. Der höchste, nicht umzäunte, nur mit einem Glasboden versehene Skywalk der Welt. Das sind so dreihundertvierzig Meter über dem Boden, völlig wahnsinnig. Du wirst angeseilt, mit Karabinerhaken am Gebäude eingehängt und kannst dann frei laufen ..." Er schüttelte sich bei dem Gedanken. „Mir wird schon hier drin schwindlig, aber allein der Gedanke, da rauszugehen ..." Sein Blick schweifte hinüber zu Cora. Er sah ihre leuchtenden Augen und sagte: „Nein, Cora, das machst du nicht! Da hängt man frei über dem Abgrund! Du wirst doch nicht wirklich ..."

„Und ob! Genau das mache ich jetzt!" Cora war nicht mehr zu halten. „Du nimmst hier deinen Drink, und ich komme gleich vorbei und winke dir von oben zu; wie krass ist das denn!" Und weg war sie, bevor er etwas hinzufügen oder weiter widersprechen konnte.

Ma rührte nervös in seinem Drink. Er hatte sich auf den innersten Platz gesetzt, den die Bank bot; so weit vom Fenster entfernt wie möglich. Aber sehen wollte er Cora schon; nach einigen Minuten, als er meinte, sie müsste nun schon draußen sein, rutschte er langsam hinüber, Richtung Glasfront der Bar. Er beugte seinen Kopf so weit nach vorn wie möglich, dabei fest auf dem Sitz klebend, die Tischplatte hielt er mit beiden Händen umklammert. Nichts, er konnte nichts sehen. Er musste weiter nach außen!

Langsam, sagte er sich. Ganz ruhig. Stück für Stück, Zentimeter für Zentimeter, rutschte er weiter. Schließlich saß er ganz an der Kante, es ging senkrecht nach unten. Die dicke, schalldichte Glasscheibe, die ihn vom Abgrund trennte, war ihm keine große Hilfe. Schwindel war nun einmal Schwindel. Jetzt konnte er Füße sehen. Ja, da waren Menschen, sie bewegten sich! Oh Gott, dachte er, die machen auch noch Verrenkungen da draußen; einer hielt seinen Fuß über den Abgrund, ein anderer Fuß (mehr konnte er von unten nicht sehen) schien einen Freund spaßeshalber zu schubsen. Er konnte kaum hinschauen.

Wie sollte er Cora von unten erkennen? Jetzt war niemand mehr zu sehen; es war ja schon Abend, und nicht mehr sehr viele Leute hatten Lust, hier oben zu sein; es musste ziemlich windig sein dort draußen. Er hatte gesehen, wie der Wind an den Jacken und Hosen der Leute zerrte, die über dem Abgrund balancierten. Ob Cora schon durch war oder erst noch kam? Ah, das musste sie sein. Er erkannte ihre Jeans, die orangen Gurte, die um ihren Körper liefen. Soweit er es sehen konnte, hing sie an einem grünen Seil, das mit einem Karabinerhaken an einer Schiene festgemacht war, die um das Gebäude lief. Die Seile waren für seinen Geschmack etwas zu lose über ihrem Körper befestigt. Sie schien allein zu sein, jetzt drehte sie sich vorsichtig um; ob sie nach unten schaute? Sie winkte, aber Ma wusste nicht, ob sie ihn durch die spiegelnden Glasscheiben sehen konnte. Er winkte zurück, vielleicht sah sie ja die Bewegung.

Da sah Ma, wie ein zweites Paar Füße auftauchte, doch noch ein weiterer Todesmutiger, dachte er. Die schwarzen Schuhe näherten sich Cora, aber sie rührte sich nicht; sie sah ihn wohl nicht, da sie nach unten schaute. Wollte er sie überholen, sich an ihr vorbeidrängen? Das ging doch gar nicht. Ma sah, wie sich der Mann, ja, es war den Schuhen und der Hose nach ein Mann, ganz nah zu Cora stellte, die noch immer dort stand; sicher konnte sie draußen durch den Wind auch nicht hören, dass da jemand hinter ihr stand. Und dann, vor den Augen des entsetzten und hilflosen Ma, machte sich der Mann an Coras Karabiner zu schaffen, der an ihrem Gürtel befestigt war, soviel konnte er gerade noch sehen, wenn er sich dicht an das Fenster presste. Der Mann öffnete Coras Karabiner und hielt sie für einen Augenblick an dem grünen Seil, ihre einzige Verbindung, die sie noch vor dem freien Fall bewahrte.

Ma schrie auf, er winkte und rief, aber Cora sah und hörte nichts, wie auch? Erst jetzt schien sie zu bemerken, dass da noch jemand war; sie drehte sich um, aber zu spät, der Mann hatte das grüne Seil schon losgelassen und versetzte Cora einen Stoß. Einen Moment schwankte sie, ruderte verzweifelt mit den Armen, machte einen Schritt zum dem Mann hin und verschwand aus Mas Blickfeld. Als sie an ihm vorbei in die Tiefe fiel, war er schon aufgesprungen und losgerannt.

TAG SIEBEN

Ma stieß seinen Drink um, als er sich zwischen Bank und Tisch herausdrückte und zum Ausgang der *Cloud 9* lief. Er rief dem Kellner zu: „Polizei, schnell! Da ist jemand von der Plattform gestoßen worden! Wie komme ich in den 88. Stock?"

Der Kellner sah instinktiv Richtung Küche, schüttelte dann aber den Kopf.

„Sie müssen erst ganz hinunter", sagte er. „Es gibt keine direkte Verbindung nach oben ..."

Da war Ma schon an ihm vorbei und lief dorthin, wohin der Kellner geschaut hatte. Er stieß die Küchentür auf und stürmte hinein, wo sollte er hin? Ma lief weiter, an Regalen vorbei, an Servicepersonal, das ihn verdutzt anschaute: jemand versuchte, ihn aufzuhalten. Ma riss sich los: Da, was war das? Eben schloss sich eine Luke in der Wand gegenüber: Das war ein Aufzug, ein Lastenaufzug wohl für die Küche. Er rannte darauf zu, drückte auf den Knopf in der Wand daneben, die Türen öffneten sich wieder. Ohne zu zögern stieg Ma in den Aufzug, die Türen schlossen sich und der Aufzug setzte sich in Bewegung. Zusammengekauert in absoluter Dunkelheit sitzend, hoffte Ma Danli auf ein Wunder. Was, wenn er im falschen Stockwerk hielt? Aber da stoppte der Aufzug schon und die Türen öffneten sich. Ma stieg aufs Geratewohl aus, fiel mehr heraus als dass er kletterte, so eilig hatte er es. Ein Abstellraum oder so etwas, eine Tür, er lief darauf zu und stieß sie auf. Ma stand neben einem Kiosk, der Souvenirs verkaufte, Becher mit JinMao Tower Aufdruck und Mousepads. Vor ihm erstreckte sich ein großer Raum, die Aussichtsplattform im 88.! Glasfront ringsherum; niemand war zu sehen. Und jetzt? Er lief weiter, im Kreis um den Turm herum, dort, ein paar Stufen führten zu einer

Drehtür, das war es! Hier konnte man hinaus auf die schmale Plattform, vielleicht einen Meter breit, etwas mehr, dann der Abgrund.

Ma wollte hinaus, aber die Kontrolleurin, die plötzlich aus dem Nichts aufgetaucht war, hielt ihn auf: „Halt! Sie dürfen hier nicht durch. Wir haben geschlossen, die letzten beiden sind eben raus und kommen gleich zurück. Kommen Sie morgen wieder!"

Ma Danli sah sie kurz an, dann stieß er sie grob beiseite und stolperte an ihr vorbei und die drei Stufen zur Drehtür hinauf, hinter welcher man sich anseilen musste. In einem Einkaufswagen lagen nachlässig hineingeworfen Helme und Seile; Ma griff sich einen Helm, stülpte ihn über, nahm sich ein Seil, hängte sich in die über ihm verlaufende Schiene ein und stieß die Tür nach draußen auf. Der Wind pfiff unglaublich stark, er musste sich sofort an einer stählernen Umrandung festhalten. Er schloss die Augen, vor ihm das Nichts. Genau genommen die ganze Stadt Shanghai, die ihm zu Füssen lag, direkt vor ihm ohne Geländer, ohne Schutz. Er beugte sich etwas vor, sofort wurde ihm schlecht, und er lehnte sich zurück an die Wand, flach an das Gebäude gedrückt. Was sollte er tun?

Drinnen auf den Mörder warten, das wäre das sinnvollste, eine Fluchtmöglichkeit gab es ja nicht. Nicht im achtundachtzigsten Stock. Aber Cora! Er musste da raus, musste sehen, ob sie noch da war. Aber – da raus? Wie? Er hörte Stimmen hinter sich, jemand schrie, er solle sofort zurückkommen. Er hatte keine Zeit zu verlieren. Nicht nachdenken. Ma ging, den Rücken fest an das Stahlgerüst gepresst, langsam Schritt um Schritt weiter; er blickte stur nach oben, in die Wolken, und hoffte nur, sich nicht übergeben zu müssen. Nach wenigen Metern fingen seine Beine plötzlich an, unkontrolliert zu zittern, immer stärker, dann schlotterten seine Knie so stark, dass er keinen Schritt mehr gehen konnte. Die pure Panik bemächtigte sich seiner, er hielt sich mit beiden Händen krampfhaft am Stahl fest und schloss die Augen. Einige Sekunden ging das so, ihm kam es wie Stunden vor. Er musste doch weiter, aber sein Körper gehorchte ihm nicht. Cora! Er musste nach ihr sehen. Seine Beine beruhigten sich wieder. Langsam und ganz vorsichtig ging Ma weiter, die Augen hatte er nur halb geöffnet, um etwas zu sehen; der Wind wurde stärker, als er um eine Kante herumging. Ihm war schlecht, aber er durfte sich jetzt nicht übergeben; jetzt war er an der Stelle, an der Cora etwa gewesen sein musste, als der Kerl sie stieß. Niemand war zu sehen, der Mörder war sicher einfach weitergegangen und betrat gerade wieder das Gebäude. Er hätte doch warten sollen! Aber nein, weitergehen ging ja gar nicht: Es gab nur einen Ein- und Ausgang: man konnte nicht um das ganze Gebäude herum, sondern nur einige Meter weit in eine Richtung, dann zurück.

Ma zitterte am ganzen Körper, was sollte er tun? Er hatte das Gefühl, nicht vor und nicht zurück zu können. Er hielt die Augen geschlossen. Ihm war übel, er wollte nichts mehr, gar nichts mehr. Nur weg hier, rein, in Sicherheit, aber es ging nicht. Sein Körper weigerte sich, den ersten Schritt zu tun. Er war gefangen, gefangen hier oben, dreihundertvierzig Meter über dem Boden, einen Meter vom freien Fall entfernt, und er konnte sich nicht bewegen.

Dann spürte er, wie ihn jemand am Arm berührte. Einer der Sicherheitsleute war hinaus auf die Plattform gekommen und führte Ma jetzt, ihn sanft am Arm haltend, langsam ins Gebäude zurück. Ma wollte ihn anschreien, ihm sagen, er solle Cora suchen, da sei ein Mörder, aber es ging nicht. Er zitterte wieder am ganzen Körper, seine Beine bewegten sich vollkommen unkontrolliert, seine Knie waren weich wie Butter. Als sie zusammen ins

Gebäude traten und sich die Tür hinter ihnen schloss, hakte ihn der Sicherheitsmann aus der Schiene aus; Ma sackte einfach zusammen und fiel auf den Boden. Dann fing er an zu weinen, krümmte sich zusammen wie ein Baby, Schultern und Knie angezogen, und weinte. Ein Weinkrampf schüttelte seinen ganzen Körper, er konnte nicht mehr aufhören, er war wie in Trance.

Ein lautes Geräusch holte ihn aus seinem Schockzustand. Ein lautes Klopfen, jemand schlug mit einem Gegenstand auf etwas Hartes. Dann verstand er, dass es sein Helm war, den er noch auf dem Kopf trug und der unkontrolliert gegen den Boden schlug, so sehr zitterte Ma Danli, so sehr weinte er um seine Cora.

Jemand berührte ihn sanft an der Schulter, strich ihm über die Wange, hielt seinen Kopf, legte sich zu ihm auf den Boden und drückte sich an ihn.

„Hey, Danli!", hörte er wie aus einem fernen Land. „Ich bin es. Cora. Alles gut. Ich lebe!"

TAG SIEBEN

Sie hielt seine Hand, als sie später endlich im *Dragon Phoenix* saßen, dem mit viel Liebe zum Detail historisch korrekt restaurierten Speisesaal im achten Stock des *Peace Hotel*. Ma erzählte von der Geschichte des Hotels. Sie aßen Jiaozi, oder genau genommen Guotie, die angebratenen Jiaozi, Teigtaschen, gefüllt mit Variationen von Fleisch, Gemüse, Krabben. Dazu passte eiskaltes Bier; in memoriam ihrer letzten Abenteuer im Vorjahr natürlich ein Qingdao Pijiu, ein Bier aus der ehemals deutschen Kolonie Qingdao. Dort hatte damals Coras erstes China-Abenteuer begonnen.

Cora sah Ma an. Nach dem zweiten Bier und einem großen Teller *Guotie* mit Sojasauce und Essig sah er wieder besser aus. Vorhin, auf dem Jin Mao Tower, hatte er wie eine Leiche ausgesehen. Das hatte sie ihm auch gesagt, um ihn aufzumuntern – es hatte jedoch nicht viel geholfen. Er hatte sie wie eine Erscheinung angestarrt, als sie sich zu ihm auf den Boden gelegt hatte. Nur allmählich war es ihr gelungen, seinen Weinkrampf zu beenden; dann hatte sie ihm geholfen, vorsichtig aufzustehen. Er hielt sie so fest, dass sie glaubte, sie müsse ersticken; vorsichtig klopfte sie auf seinen Helm und verdrehte im Spaß die Augen, als ob sie erstickte. Als er sie endlich losließ, führte sie ihn zu den Aufzügen, es war sicher eine gute Idee, hinunterzufahren. In der Hotellobby genehmigten sie sich einen starken Drink. Die Lobby war einzigartig in ihrer Höhe; die über ihr liegenden dreiunddreißig Stockwerke waren, schaute man nach oben, sämtlich sichtbar. Anders ausgedrückt hätte man vom achtundachtzigsten Stockwerk auch dreiunddreißig Stockwerke tief in die Lobby herabblicken können.

Während Ma bei seinem zweiten Teller *Guotie* weiter über die Hotelgeschichte sprach, erinnerte sich Cora noch mal daran, wie sie ihm in der Lobby erzählt hatte, was auf der Außenplattform geschehen war.

„Ich wollte dir winken und habe mich auf das grüne Seil verlassen und, mit dem Rücken zum Gebäude, weit vorgebeugt, um dich sehen zu können. Aber das ging nicht, ich sah nichts. Dann fühlte ich einen Ruck an meinem Gurt und sah aus dem Augenwinkel, dass da jemand stand. Natürlich spiegelte er sich in der Glasfassade", hatte sie berichtet. „Ich sah, wie er meinen Gurt vom Karabiner löste, und wusste, dass er mich jetzt gleich stoßen würde; er selbst hielt sich nur an der Fassade fest, war aber nicht gesichert. Also habe ich meinen Fuß auf seinen gestellt und mich an seinen Gurt geklammert; als er mich stieß, habe ich ihn ruckartig losgelassen und seinen Fuß weggetreten. Er fiel auf den Glasboden; ich habe mich gebückt, um ihn festzuhalten, aber er rollte nach vorn und verschwand über dem Abgrund. Das muss der Moment gewesen sein, in dem du mich nicht mehr gesehen hast; als ich wieder aufstand, warst du schon auf dem Weg nach draußen."

„Aber ... ich habe dich fallen sehen!" protestierte Ma.

„Du hast jemand fallen sehen, aber das war ich nicht. In deiner Angst hast Du das verwechselt!"

„Und, konntest du ihn erkennen? Wer war es denn?" Ma zitterte noch immer und trank noch ein Glas Qingdao Pijiu.

„Als er hinfiel und ich mich zum ihm hinunterbückte, sah ich eine Kette aus seiner Hosentasche fallen. Genau so eine Kette trug Yi, als wir essen waren. Sie hatte sie von ihrem deutschen Freund. Der Einzige, der Kontakt zu Yi und zu Deutschland hatte, war Peng. Ich habe ihn natürlich auch erkannt, aber die Kette war Beweis genug. Es tut mir leid, Danli, dein Freund Peng steckt hinter der ganzen Sache. Er hat Zhang und die beiden Bauern reingelegt, er hat dafür gesorgt, dass die Mainzer Regierung die Shanghai Fu You Ltd. präferiert und die anderen Bewerber aus dem Rennen wirft. Zhang ist unschuldig. Peng hat auch dich reingelegt. Danli, es tut mir leid."

Ma betrachtete sie prüfend. „Und warum wollte er dich umbringen? Wozu?"

Cora lachte bitter. „Der Journalist hatte aufgegeben; er ist abgereist. Keine Gefahr mehr. Du wolltest auch nicht weitermachen, du hast gesagt, wir finden hier sowieso nichts mehr raus. Aber ich nicht, ich habe in dem Café unten am Bund gesagt, wir machen weiter. Peng hatte Sorge, ich würde aufdecken, dass er dahintersteckt. Zhang hätte ihm das nicht verziehen, Peng hat seine drei Partner betrogen. Das hätte er nicht überlebt. Deshalb hat er mich beschatten lassen. Er war es auch, der mich gestern hat überfallen lassen, als Warnung."

Ma nickte nachdenklich. „Ergibt Sinn", sagte er.

„Aber dennoch. Ich habe verstanden, dass er hier in China seine Partner betrogen hat, um den Flughafen erst zu kaufen und dann gleich wieder mit Gewinn zu verkaufen. Dich musste er ausschalten, auch klar. Er hat auch dafür gesorgt, dass die Berater nicht zu viel über die Shanghai Fu You herausfinden konnten. Aber ..."

„Hörst du mir überhaupt zu?", hörte sie Ma fragen; jäh riss er sie aus ihren Erinnerungen an das Gespräch oben in der Bar und brachte sie wieder zurück ins *Dragon Phoenix Restaurant*, unten im schönsten Art-déco-Hotel der Stadt. „Ich rede hier über chinesische Kultur und Geschichte, und du träumst! Was habe ich gerade gesagt?"

Cora lächelte verlegen. „Ähm, also, etwas über Drachen und ..."

„... und Phönixe! Du musst schon zuhören, Cora. Das *Peace Hotel*, wie es heute heißt, hieß früher *Cathay Hotel*", erzählte Ma jetzt. „Gebaut hat es 1929 der unglaublich reiche Victor Sassoon, ein sephardischer Jude aus Bagdad. Die Familie ist übrigens im Opiumhandel reich geworden. Er hatte viel Besitz in Bombay, ist dann nach Shanghai gekommen und hat hier das meiste von dem bauen lassen, was heute den Bund ausmacht. Das Hotel hier war damals das modernste Asiens, der erste Wolkenkratzer der Stadt und einer der Ersten in ganz Asien. Aus der Luft sieht es aus wie ein V, wie in Victor. Unglaubliche technische Neuerungen hatte er einbauen lassen. So zum Beispiel den ersten elektrischen Aufzug Shanghais, Klimaanlagen in den Zimmern und Badezimmer mit eigenem, frischem, fließendem Wasser! Bei der Eröffnung galt es als das luxuriöseste Hotel östlich von Suez."

„Wow!", meinte Cora beeindruckt. „Wieso kommen wir dann eigentlich immer durch diesen kleinen Eingang von der Nanjing Road herein; ich habe vorhin gesehen, dass es auch einen Eingang zum Bund hin gibt? Der ist aber verschlossen?"

„Ein Eingang zum Wasser hin gilt als schlechtes Feng Shui", erläuterte Ma. „Deshalb ist der Eingang mit einer Eisenkette verschlossen. Hast du den schwarzen Tisch in der Lobby gesehen? Achteckig. Und es gibt kein viertes Stockwerk im Hotel. Du siehst, auch hier spielt Feng Shui eine wichtige Rolle. Überall in China, man sollte das nicht unterschätzen.

Das Restaurant hier heißt doch *Dragon Phoenix*. Der Drache steht im chinesischen Feng Shui für den Kaiser, der Phönix für die Kaiserin. Zusammen ergeben sie das perfekte Paar."

Cora legte ihren Kopf schief. „Das perfekte Paar, soso. Was willst du mir damit sagen?"

Ma grinste. „Nichts, Frau Dr. Cora Remy. Ich halte nur einen wissenschaftlichen Vortrag. Äh, wo war ich? Ach ja. Du wirst auf sehr vielen Abbildungen immer wieder Drache und Phönix sehen. Der Phönix ist übrigens ein Fabelwesen, eine Mischung aus verschiedenen Vögeln eigentlich. Der Kopf sieht übrigens aus wie der eines Huhns ... oder Hahns, ohne Kamm nur ..."

Jetzt musste Cora laut lachen. „Womit wir wieder beim Hahn wären", sagte sie. „Alles fing an, als du mich anriefst und sagtest, die Chinesen wollten den Hahn kaufen. Dann kam der Mord am Hahn heraus, ich kam hierher, Peng sagte, er müsse bis zum Beginn des Jahres des Hahns etwas erledigen ... Und jetzt sitzen wir im *Peace Hotel*, im *Dragon Phoenix*, und du sagst, ein Phoenix hat den Kopf eines Hahns!"

„Cora?", sagte Ma. „Warum bist du so fröhlich? Nein, erzähl mir jetzt keinen Unsinn; ich kenne dich. Du freust dich, obwohl doch die Hauptfrage noch nicht gelöst ist. Wer hat in Mainz von der ganzen Sache profitiert? Wer steckt dahinter? Irgendetwas war heute Nachmittag, als du noch mal ins Hotel zurückgerannt bist. Was war denn los? Bist du nochmal zu Yi?"

Cora blickte ihn sinnierend an. „Ja", sagte sie langsam. „Bin ich." Sie machte eine Pause. „Wir müssen nicht alles wissen, was es gibt, oder?", fragte sie ihn.

Ma blickte sie verwirrt an. „Was meinst du, liebe Cora? Wieso so philosophisch plötzlich?"

„Nun", meinte Cora. „Wir haben doch einige Fragen versucht zu beantworten. Warum die Shanghai Fu You, warum nicht die anderen Bieter, warum haben die Berater nichts gemerkt, wer steckt hinter alldem? Gibt es den großen Unbekannten, wer ist schuld hier in China, wer vielleicht sogar in Deutschland?"

„Ja, und'? Wir wissen doch jetzt, wer hinter der Sache steckte. Peng hatte alles eingefädelt, Peng hat seine Partner und auch mich betrogen und hintergangen, Peng ist es. Und Mainz? Gab, gibt es den, der im Hintergrund die Fäden zog? Der unsauber gespielt hat, vielleicht mehr? Der die Verbindung zwischen den Triaden und dem Hahn darstellt? Korruption in Deutschland? Ich denke nicht." Ma war sich seiner Sache sicher. Dann sah er Coras Blick und stockte. „Cora? Willst du mir etwas sagen?"

Cora lächelte. Sie zog ihr Handy hervor, scrollte kurz und hielt das Handy hoch.

„Was ist das?", fragte Ma entsetzt. „Du hast doch nicht etwa ein Bild von dem, der … woher hast du das?" Plötzlich weiteten sich seine Augen, und er verstand. „Yi! Sie hat dir das gegeben! Es gibt ihn also wirklich, den mysteriösen Mann, der sich beeinflussen ließ? Wer ist es? Los, sag schon!"

Cora nahm das Handy wieder herunter und verstaute es in ihrer Jacke.

Sie schaute Ma direkt in die Augen. „*Zhi zhe bu yan*", sagte sie leise, aber bestimmt. „*Yan zhe bu zhi*. Wer weiß, spricht nicht. Wer spricht, weiß nicht. Laozi, nicht wahr? 5. Jahrhundert vor Christus. Ein weiser Mann."

Dann erhob sie ihr Glas.

„Ganbei, mein lieber Freund! Ganbei! Auf das Nicht-Sprechen!"

Nachwort zur 2. Auflage

Seit Anfang der 80er Jahre beschäftige ich mich mit China, mit Weltwirtschaft, mit Kulturen; seit 1985 berate ich Unternehmen im Asiengeschäft, seit 1988 lehre ich in Rheinland-Pfalz am Ostasieninstitut der Hochschule Ludwigshafen. Als daher die Ereignisse um den Versuch der Landesregierung in Mainz bekannt wurden, den Flughafen Hahn im Hunsrück an chinesische Investoren zu verkaufen, fiel mir dieses Thema als Autor direkt vor die Füße. Daran konnte ich nicht vorbei. Ich habe mich nur auf das gestützt, was in der Presse und anderen Medien bekannt wurde; ich verfüge nicht über Insiderinformationen und habe auch keine Gespräche mit den betroffenen Personen geführt. Dies ist ein Roman, und daher ist alles erfunden, was einzelnen Personen und Institutionen bzw. Unternehmen an Attributen, Verhaltensweisen und Gesprächen zugeordnet wird. Die chinabezogenen Fakten, Ortsbeschreibungen und Denkweisen dagegen sind zutreffend.

Denn es geht nicht nur um den Hahn; es geht darum, dass zunehmend deutsche Unternehmen ins Visier ausländischer Investoren geraten und wie wir damit umgehen. In anderen Ländern gelten andere Spielregeln, das wurde und wird gerade an diesem Beispiel der chinesischen Investoren sehr gut deutlich. Darauf müssen wir uns einstellen; Globalisierung kann nicht mit Provinzdenken gelingen. Naives Vertrauen ist ebenso falsch wie strikte Ablehnung. Handel zwischen China und Europa gibt es seit mindestens 2000 Jahren und Protektionismus wird nicht funktionieren. Der deutsche Geograf Ferdinand von Richthofen prägte im 19. Jht. den Begriff „Seidenstraße", heute sprechen die Chinesen von OBOR, One Belt One Road. Neue, schnellere logistische Verbindungen zwischen China und

Europa. Chance oder Gefahr? Ersteres sicher, letzteres nur, wenn wir nicht lernfähig sind.

Derzeit steht eine Abschottung der USA zu befürchten; China dagegen befürwortet, wenn auch nur verbal, die freie Marktwirtschaft. Was auch immer daraus wird, Politik und Wirtschaft in Deutschland müssen sich damit auseinandersetzen und vielleicht ist eine neue, engere Anbindung an Asien vonnöten. Wenn wir uns nicht in höherem Masse als bisher (und dazu dienen die Ereignisse um den Hahn als Beispiel) mit anderen Wirtschaftsräumen und deren Kulturen und Blickwinkeln beschäftigen, werden wir nicht zu den Gewinnern zählen.

Ich danke den Personen, die mir bei diesem zweiten Thriller um Cora Remy halfen, sei es als kritische Stimme, im Lektorat oder auch als Ansporn, dieses Buch zu veröffentlichen. Danke Larissa Epp, Gabriele Hoffmann, Erdmute Lang, Marc Aurel Vermeer, Amelie Vermeer.

Und ich danke meiner geliebten Frau Lisa, die einen Großteil unseres Urlaubs opferte, weil ihr Mann wieder dringend ein Buch schreiben musste. Das nächste Buch schreibe ich außerhalb unseres Urlaubs! Oder jedenfalls überwiegend …

Shanghai 2020

Für die junge deutsche Ingenieurin Cora Remy wird die Geschäftsreise nach China zum Albtraum. Kurz nach ihrer Ankunft entgeht sie nur knapp einem Anschlag, und von einem Moment auf den anderen steckt sie mitten in einer schmutzigen Korruptionsaffäre. Dennoch beschließt sie, ihren Auftrag zu erfüllen und fährt über Shanghai nach Tibet.
Die Fahrt durch das fremde Land führt sie von Qingdao über Shanghai nach Lhasa, zum Base Camp des Mount Everest und an die Ufer des Brahmaputra. Mehr als einmal muss sie um ihr Leben kämpfen, denn Schritt für Schritt kommt sie einer gigantischen Umweltsünde auf die Spur. Ein Krieg um Wasser könnte die ganze Welt ins Chaos stürzen!

„Bei all der Spannung und Problematik wundert man sich immer wieder, wie wenig man über die ferne Kultur weiß, über die Menschen, über chinesisches Schach. Das lässt sich ändern, mit einem Buch, das sich flüssig lesen lässt wie Wasser." Mannheimer Morgen

Eigentlich wollte die deutsche Ingenieurin Cora Remy nur ihren Freund Ganesh in Indien besuchen, doch der ist spurlos verschwunden, offenbar entführt von der indischen Sandmafia. Hat er sich zu sehr in deren kriminelle Machenschaften eingemischt?

Sand ist eine ungemein kostbare und zunehmend knapper werdende Ressource der weltweiten Bauwirtschaft, ein Handelsgut von unschätzbarem Wert. Der üppig vorhandene Wüstensand ist zum Bauen nicht geeignet, selbst die Araber importieren Sand.

Cora macht sich auf die verzweifelte Suche nach Ganesh. Vom weltberühmten Taj Mahal führt die Spur sie quer durch Indien, bis an die gefährliche pakistanische Grenze, hinunter in das Zentrum der deutschen Indienaktivitäten nach Pune und schließlich nach Mumbai. Dort hält sich der Sandlord auf, der bei seinem kriminellen Handel vor nichts zurückzuschrecken scheint. Als Cora sich mit ihm anlegt und in Dharavi, dem größten Slum Asiens, in Gefangenschaft gerät, scheint ihr Leben wie feiner Sand in einer Sanduhr zu zerrinnen …

Showdown im Himalaya!

Die chinesische Seidenstraße droht die ganze Welt unter ihren Machteinfluss zu bringen. Die USA, aber auch Indien sind in höchster Alarmbereitschaft. Da gerät die deutsche Ingenieurin Dr. Cora Remy, die mit ihrem indischen Freund Ganesh in Myanmar Urlaub macht, mitten in einen Anschlag auf einen ehemaligen CIA-Agenten und wird dabei verletzt.

Wie hängt diese Tat mit dem Mord an dem amerikanischen Außenminister in Beijing zusammen?

Weltweit folgt ein Attentat auf das nächste, die Großmächte verdächtigen sich gegenseitig, und die Lage eskaliert. Kann es Cora gelingen, ein geplantes Attentat auf eine internationale Konferenz zu verhindern? Wer sind die wahren Hintermänner des Terrors? Das Schicksal der Welt hängt am seidenen Faden!